講談社文庫

つわもの

木下昌輝

講談社

目次

つわもの

火、蛾。

一

なんと、醜悪《しゅうあく》な生き物なのだろうか。

闇に目をやりつつ、水野《みずの》〝藤九郎《とうくろう》〟信近《のぶちか》はつぶやいた。

夜具《やぐ》に寝そべる顔のうえで、一匹の虫が羽ばたいている。紙細工のような翅《はね》をもつが、蝶《ちょう》ではない。濁《にご》った茶と黒でしみをつくるかのような紋様《もんよう》は、蛾《が》だ。月明かりを穢《けが》すように、水野藤九郎の眼前を泳いでいる。

横にある影が大きく動いた。黒いものがさらさらと流れる。髪だ。青磁《せいじ》を思わせる肌をもつ女が、水野藤九郎を覗《のぞ》きこんでいた。

「醜悪ってのは、あんたのことかい」

吐息を、水野藤九郎に吹きつける。

「ちがう」といった。

が、藤九郎が醜《みにく》いのは事実だ。蝙蝠《こうもり》のように尖《とが》った耳、つりあがった目尻、そして天狗のようにつきでた鼻梁《びりょう》をもつ。

「なんだい。自分の顔を見たことがないのかい」

女が手をのばし、闇をまさぐる。手にしたものは、鏡だ。目の前にかざす。しかし、ちょうど雲が月にかかり、鏡面には黒々とした影しか映っていない。

「ちょっと、お待ち」

女の髪が肌のうえを流れた。立ちあがり灯明皿《とうみょうざら》に灯《あかり》をつけると、闇がほのかに希釈《きしゃく》される。

「どう、これがあんたの顔だよ。醜いだろう」

灯で橙《だいだい》色に化粧された肌をすりつけて、女はいう。

「そんなわしの女になるなんて、もの好きだな」

鏡を枕元においた。灯明皿の火が、天井に藤九郎の腕の影を映しだす。蛾も近くを飛び、壁にひどく巨大な影を塗りつけていた。

「あんたは、自分の美しさに気づいていないだけだよ」

藤九郎は失笑をこぼす。

「気休めをいうな。さっき醜いと申したではないか。それとも、心根が美しいとでもいうつもりか」

女が甘い息をついて、藤九郎の頬を湿らせた。細い指が藤九郎の肌のうえを滑るが、無視する。徐々にまぶたが重くなる。

突如、赤く輝くものが横切った。

まぶたを跳ねあげる。

「おぉ」と、声が唇《くちびる》をこじ開けた。

目の前を、見たこともない美しい生き物が羽ばたいている。赤い宝玉を思わせる翅をひらめかせ、鱗粉《りんぷん》を散らしていた。

蝶か――いや、ちがう。

蛾だ。

さきほどの蛾が、美しく舞っている。闇のなかで、妖しく輝いている。

灯明皿の灯に誘われ、翅に火が燃えうつったのだ。

火の粉と鱗粉がまぐわい、夜にとけていく。

「どう、綺麗でしょう。蝶なんかより、ずっと美しい」

腕のしたから女がいった。

翅についた炎は、いまや蛾の胴体や頭、触角も燃やしていた。

女の手が、藤九郎の下肢へと忍びこむ。いつのまにか、精がよみがえっていた。女の上にのしかかり、灯で化粧された白い肌に顔を埋める。

背後で燃え狂う蛾の翅音が、藤九郎の耳朶《じだ》を妖しく愛撫《あいぶ》した。

二

水野家は、尾張三河《おわりみかわ》（ともに愛知県）にまたがる領地をもつ豪族だ。一族をひきいるのは水野〝下野守《しもつけのかみ》〟信元《のぶもと》——藤九郎の異母兄である。水野家の男子はみな、藤九郎のように目がつりあがった蝙蝠のような面相《めんそう》をもつ。が、兄の相貌《そうぼう》だけはちがっていた。たくましい輪郭《りんかく》に高貴さを匂わす目鼻、まさしく武家の当主の風格だ。かすかにまなじりはあがっているが、藤九郎らとちがって気品がにじんでいる。

その水野信元を中心に、一族衆がずらりと列座していた。藤九郎も、上座近くに腰をおろしている。水野家の本拠がある、尾張国緒川《おがわ》城の評定《ひょうじょう》の間でのことだ。近くにある山の木々がゆれ、葉音が窓から侵入していた。

「みなを呼んだのは、ほかでもない」

重々しく水野信元がつづける。

「今川《いまがわ》家が軍を発し、織田《おだ》家と戦うらしい。太原雪斎《たいげんせっさい》を総大将として、三河の安祥《あんしょう》城にむかっている。その数、約二万」

居並ぶ一族衆が、大きくどよめいた。

水野家は、二大勢力にはさまれている。東に名門の今川義元《よしもと》、西に新興の織田信秀《のぶひで》（信長《のぶなが》の父）だ。過去の話だが、水野家は親今川の旗幟《きし》をたてていた。先代である藤九郎の父親は、娘を同じく今川家と同盟する松平《まつだいら》家に送り縁戚関係も結んでいる。

が、水野信元の代になり、織田家と同盟した。かといって、兄に今川家と戦うほどの野心はない。織田信秀と同盟したのは、保身のためだ。織田が勝てば同盟関係ゆえ安泰《あんたい》だ。今川が勝てば、松平との縁戚関係を活《い》かし生き残りを図れる。

ふん、と藤九郎は鼻で笑った。

醜悪な策だ。乱世に生をうけて、なぜ保身に汲々《きゅうきゅう》とする。どうして、野心に身を焦《こ》がさぬ。

そして、皮肉にも兄の策は外れた。

松平家が水野家の娘を離縁し、関係を絶ったのだ。

藤九郎らの妹の於大《おだい》は、子の竹千代《たけちよ》（後の徳川家康《とくがわいえやす》）を松平家に残し、水野家に帰ってきた。ちなみに、竹千代は今川家に人質として送られる際に、織田家の手先に拐《かど》かされて今は尾張にいる。

やれやれと、周囲にわかるほど大きく藤九郎はため息をついた。両面外交を展開した結果、今川家松平家を敵に回し、織田家にも竹千代という切り札をにぎられる始末である。

「二万もの大軍では、さすがの織田も敵《かな》うまい」

「織田方の安祥城が落ちれば、今度は我々に鉾《ほこ》をむけてくるのではないか」

「やはり、織田とは手を結ぶべきではなかったのじゃ」

一族衆が口々にいう。

織田家は織田信広《のぶひろ》（信長の庶兄《しょけい》）をたてて、三河の安祥城にやり、徹底抗戦の姿勢をみせている。噂では、野戦に打ってでる構えであるという。だが、無謀な賭けだ。大軍の今川軍に敵うわけがない。

「今川家の力は侮《あなど》りがたい。密《ひそ》かに誼《よしみ》を通じるべきだ。それも早急にな」

無能を露呈《ろてい》するかのような、水野信元の言葉だった。が、容姿端麗な兄がいうと説得力がある。一族衆全員がうなずいた。

「兄者、それは織田と手を切るということか」

藤九郎が身をのり出してきくと、水野信元は首を横にふった。まるで役者のような所作《しょさ》なのが忌々《いまいま》しい。

「いや、織田とはこのまま同盟を結びつつ、今川とも誼を結ぶ」

ははは、と藤九郎は笑いをまき散らした。みなが険《けわ》しい目をむけてきた。だが、やめられない。

「黙れ、藤九郎」と、水野信元が叱声《しっせい》を投げつける。

「これは失礼。また、かつての二の舞を演ずるのかと思うと」

両面外交にしくじったにもかかわらず、この期《ご》におよんでまだ固執するのか。

「ですが、どうやって、今川に近づくのです。しかも、織田と盟約したままで」

藤九郎の隣の男が問うた。

「策がある」と、水野信元は静かに発する。

「水野家の一族のだれかを、密かに今川家と通じさせる。そして、合力《ごうりき》させる。今川家にとっても、水野家に協力者がいるのは都合がいいはずだ」

そうしておけば、織田家が滅んでも、今川家と通じた水野家の一族は生き残ることができる。

「ほお」と、感嘆の声を発したのは藤九郎だ。今川や織田にばれれば、さらに水野家の立場を悪くしかねない。孤立の危険をともなう策だ。博打《ばくち》をうてぬ男と侮っていたが、なかなかどうして。

が、不満もある。所詮《しょせん》は、生き残りの策だ。敵を滅ぼす、攻めの策ではない。

「幸い、われらは兄弟一族に恵まれている。一族の何人かに内通者をよそおわせ、今川家に食いこませる」

　藤九郎らは、十人以上の兄弟姉妹がいる。みな、壮健《そうけん》だ。

「あとは、だれが今川家に密かにわたりをつけるか、だが」

　水野信元は語尾を濁した。

「その役は、この藤九郎にやらせてもらおう」

　藤九郎は水野信元のすぐ下の弟で、母がちがう。そういうこともあり、水野家に信元派と藤九郎派のふたつの派閥《はばつ》があるのは、今川家も周知の事実だ。また、藤九郎は三河と尾張の国境にある刈谷《かりや》という大きな城を宛《あ》てがわれている。内通者としては、藤九郎ほど適した人物はいない。

　かなり長く黙考していたが、水野信元は「いいだろう」とうめくようにいった。

「今川家に密かに通じる役は、藤九郎に託す。だが、今川家の信を得るのは容易なことではないぞ」

「造作もないことだ」

　強がりではない。わが策で城をひとつ——安祥城を攻めおとす。それを手土産《てみやげ》にすれば、今川家に深く食いこめる。

三

三河にある安祥城は、田んぼと深い堀に囲まれていた。そこに押しよせるのは、名軍師太原雪斎ひきいる二万の兵だ。守るのは、織田信広。織田信秀の長男だが、妾《めかけ》腹《ばら》のために後継者ではない。噂では、本妻の子の織田〝三郎《さぶろう》〟信長が家督《かとく》をつぐことになっているという。とはいえ、織田の一族衆が守る重要な城であることに変わりはない。

「それにしても、織田の兵がここまで手強《てごわ》いとは。意外でしたな」

藤九郎の横でいったのは、女のように秀麗な顔をした二十代の侍だった。名を浅井《あさい》六之助《ろくのすけ》という。周りにいる今川軍の兵たちがちらちらと目をやるのは、この男が衆道《しゆどう》(男色)をたしなむのを、体臭や所作から感じとったからだろうか。

今、藤九郎は今川家の陣にいる。目の前では今川勢が猛攻を仕掛けているが、田んぼや堀にはばまれて、攻めあぐねていた。

「ああ、それに関しては、こちらも胆《きも》を冷やしたわ」

織田軍の数はすくないが、質のいい武具が行きわたっていた。長い槍と厚い鉄できた桶側胴《おけがわどう》という甲冑《かっちゅう》を、足軽《あしがる》にいたるまで装備している。

「小豆坂《あずきざか》では、ひとつ間違えれば、今川が負けるところでしたな」

安祥城をかこむ前に、小豆坂という地で両軍は激突した。優れた武具をもつ織田軍に、今川軍は押しまくられた。

「十郎左衛門殿《じゅうろうざえもん》」と、藤九郎の変名をよぶ声がした。

織田の間諜《かんちょう》に、水野藤九郎が今川家に通じているとばれると厄介《やっかい》なので、十郎左衛門の変名を名乗ることを許されていた。

馬鎧《うまよろい》と呼ばれる、革製の甲冑をきた武者が歩いている。脇には、猪《しし》のかざりのついた兜《かぶと》をかかえていた。あごに蓄《たくわ》えた鬚《ひげ》が、精悍《せいかん》さを感じさせる。

「おお、岡部《おかべ》殿か」

藤九郎が親しげに笑いかけると、武者の顔がかすかにゆがんだ。この男の名は、岡部五郎兵衛《ごろうべえ》。今川軍きっての勇将である。先の小豆坂では織田軍の側面を奇襲し、形勢逆転のきっかけをつくった。

「どうされたのです。持ち口の采配をせんでよいのですか」

岡部五郎兵衛は、城を三方から攻める一手の大将を任されている。ききつつ奇妙に思ったのは、背後にふたりの農夫を引きつれていたことだ。男たちの足の運びが妙だった。まったく足音がしていない。

岡部五郎兵衛が、伊賀《いが》や甲賀《こうが》の衆を手足のように使うという評判を思いだした。後ろにしたがえるのは、忍者たちだ。小豆坂で織田軍の横腹をついたのも、忍者たちの手引きがあってこそともいわれている。

「雪斎軍師のご命令です。そろそろ、策を披露《ひろう》されよと」

岡部五郎兵衛がにらみつついう。

「これはこれは、わざわざそれだけを伝えるために、岡部殿をよこされたのか。使番《つかいばん》にお命じなさればいいものを」

両手をひろげ、大げさに藤九郎は恐縮する。が、岡部五郎兵衛の眼光はますます鋭くなるだけだ。

「正直にいおう。われらは、貴殿を信用してはおらぬ。もし策が罠《わな》だったときのために、拙者はここにいる」

岡部五郎兵衛が、刀に手をやった。どうやら、この男は使番だけではなく、処刑人としての役目も負わされているようだ。

「それは無用のご心配ですな。まあ、結果をみれば、われらを信用せざるをえないでしょう」

目で、浅井六之助に合図を送る。竈《かまど》のような簡易の狼煙台《のろしだい》に走り、浅井六之助が火をつけた。紫がかった煙がたちこめ、空に線をひくように昇っていく。城にこもる織田勢にむけたものだ。

藤九郎は織田と同盟する水野家の立場を利《り》して、尾張からの援軍の詳報《しょうほう》をえていた。その先遣隊《せんけんたい》の位置を手土産に今川家に接近し、太原雪斎は伏兵で援軍を殲滅《せんめつ》した。

そのうえで、藤九郎は安祥城の織田軍に援軍到着を知らせる狼煙をあげたのである。

しばらくもしないうちに、安祥城の城門が開きはじめた。くるはずもない援軍を、城内にひき入れようとしているのだ。

藤九郎はほくそ笑む。城兵は完全に罠にかかった。

織田兵に偽装した今川軍が、開かれた城門へと雪崩《なだ》れこもうとしている。

「いかがでございますか。あとは、総掛《そうが》かりで城に乗りこむだけでございます」

「いや、まだだ。城内に罠があるやもしれぬ」

内心で舌打ちする。体臭のように薫《かお》る殺気が、しつこく藤九郎の手足にまとわりついていた。藤九郎を、まったく信用していないということか。

やがて、安祥城から一本二本と煙が立ちあがり、赤い炎がちらちらと見えはじめた。櫓《やぐら》のいくつかにも火がつき、倒れようとしている。

ここまでくれば罠ではないと、岡部五郎兵衛にもわかるはずだ。

「藤九郎殿、見事な知略だな」

にこりともせず、岡部五郎兵衛はいう。猪のかざりのついた兜をかぶったのは、自身も城へ乗りこむつもりか。

「ご武運を」

藤九郎の激励には返礼をせず、岡部五郎兵衛は去っていく。

「これで、今川家が三河を席巻《せっけん》いたしますな」

安祥城に目をむけたまま、浅井六之助は満足気にいう。だが、藤九郎は腕を固く組んで、城が落ちる様子を黙って見ていた。

「どうされたのです。あまり、嬉しそうではありませんね」

「なに、ちと物足りないと思ってな」

浅井六之助が首をかしげた。

「藤九郎様は、なにを求めているのですか。力を貸す今川勢が勝ったというのに、なぜそんな顔をされるのですか」

「今川が勝とうが、織田が勝とうが、わしにはどちらでもよいのだ」

藤九郎が望むものは、ただひとつ。より大きく美しい、炎のそばで舞うことだ。そのために大切なのは、美しい火を宿している存在を見つけること。兄が采配する水野家は論外だ。今川家はどうか。太原雪斎や今川義元は優秀でその部下は忠勇だが、物足りない。蛾である己《おのれ》を美しく燃やす炎とは、なぜか思えなかった。

──己はこのまま、醜い蛾で終わるつもりはない。

心中でつぶやきつつ、陥落《かんらく》を目前にした安祥城をにらみつける。

四

嵐が、藤九郎の居城である刈谷の城を呑《の》みこまんとしていた。あらゆる壁や戸板が小刻みにゆれている。柱がきしみ、悲鳴をあげていた。

刈谷の城は海に面している。打ちつける波が、藤九郎の臓腑《ぞうふ》さえもゆらす。そんななか、藤九郎は寝転んでいた。手鏡をもち、己の顔を見る。鏡のなかのつり上がった目と耳をもつ男が、深々とため息をついた。

「つまらん」と、つぶやく。

予想どおりというべきか、今川家の勢いは東海の諸勢力を圧倒した。安祥城を落とし織田信広を捕虜《ほりよ》にし、それを切り札に尾張にいる竹千代と人質交換を成立させた。そして次は、調略《ちょうりゃく》で織田家に攻めかかった。尾張鳴海《なるみ》の城主、山口左馬助《やまぐちさまのすけ》を裏切らせたのだ。

今川家の版図は、とうとう尾張にまで拡大した。

「勝負あったな」

鏡のなかの醜い面相の男が、藤九郎に語りかける。

今川家の攻勢は、水野家にも及んでいた。本拠地である緒川城のすぐ近くにある村《むら》木《き》に、今川勢が砦《とりで》を築いたのだ。

そして、嵐がきた。陸路は村木砦ではばまれ、水路は嵐でふさがれており、織田家の援軍は望めない。水野家に残された道は降伏だけだ。あともうすこしすれば、兄の使者がきて、今川家への橋渡しをたのむはずだ。

一際つよい風が戸板にぶつかり、藤九郎のいる館がゆれた。

手鏡を放りなげる。つまらぬ助命《じょめい》のために、藤九郎は今後奔走《ほんそう》することになるだろう。今川という大波に呑みこまれてしまえば、美しい火とともに踊ることも叶わない。

立ちあがると襖《ふすま》が開き、浅井六之助があらわれた。

「どこへ行かれるのですか」と、秀麗な顔できいてくる。

「女のところだ」

藤九郎は城の外の熊野《くまの》という地に、女をかこっていた。火蛾の美しさを教えてくれた女だ。すでにあれから五年がたっているが、女の容色は衰えるどころかさらに艶《つや》を増している。

「城を空けるのですか。今川が攻めてきているのですぞ。なによりこの風雨です。自重されては」

「かまわん。兄の使者がくるだろうが、待たせておけ」

廊下から、けたたましい音が聞こえてきた。目をやると、隻眼《せきがん》の武者が息を荒らげつつ駆けてくる。牛田《うしだ》玄蕃《げんば》という部将だ。

「なにごとだ」

「織田家の援軍が、緒川の城に到着したとのことです」

倒れるようにして、牛田玄蕃はひざまずいた。

「馬鹿いえ。この嵐でどうやってきた」

牛田玄蕃をよけて、廊下を進もうとした。

「嵐の海を渡ってきたのです」

怒鳴り声が背を打った。

「織田家の若き当主、三郎（信長）様です。嵐の海を突きやぶり、援軍としてご到着されました」

思わずふりむいた。

そんなことはありえぬ――否定するかのように、暴風が戸板や壁を殴りつけていた。


駆けつけた戦場で、藤九郎は馬を竿立《さおだ》ちにさせた。深い堀を穿《うが》った村木砦があり、それを織田軍と兄がひきいる水野勢がかこっている。

自然と、目がある一点に吸いよせられる。

ひとりの武者が歩いていた。うすい口髭《ひげ》を蓄えた若者だ。矢弾《やだま》がはげしく飛びかう堀へとむかっている。甲冑に矢がかするが、まったく動じない。歩調にもまったく変化がない。敵の矢弾をそよ風程度にしか感じていないのか、それとも己には決して矢弾は当たらぬと盲信《もうしん》しているのか。

若武者は手をのばし、従者から火縄銃《ひなわじゅう》を受けとった。ゆっくりと構え、堀ごしに砦へと銃口をむける。気づけば、若武者の左右に数十人の兵士たちが片膝立ちでならんでいた。異様だったのは、全員が火縄銃をもっていたことだ。こんなに多くの銃がならぶ光景を、藤九郎はかつて見たことがない。

雷がすぐ近くに落ちたのかと思った。

大音響が、地をゆらしている。藤九郎の皮膚《ひふ》を痺《しび》れさせる。

数十の織田の鉄砲が、一斉に火をふいたのだ。

堀に、何かがけたたましく落ちる。

人だ。

火縄銃の斉射により、城兵が曲輪《くるわ》や櫓から落ちたのだ。

驚く藤九郎のまぶたが、極限まで開かれる。鉄砲隊が、射ちおわった火縄銃を後ろにいる足軽へと渡したからだ。かわりに新しい銃を受けとり、構える。またしても、落雷を思わせる大音響が轟《とどろ》いた。ばらばらと、城兵が堀に落ちる。

全身がはげしくわなないた。

織田の鉄砲隊が、さらに新しい銃を受けとる。最初に射った銃ではない。まだ弾ごめの最中である。

間髪《かんはつ》をいれない斉射、轟音《ごうおん》——そして、また人が落ちた。いつのまにか、堀の半分ほどを骸《むくろ》がおおっている。織田軍は、銃兵ひとりにつき三挺の火縄銃を用意していた。そして、銃の弾ごめ、射撃、カルカでの銃身の掃除などをすべて分業し、連続した銃撃を可能にしている。

「すごい」と、思わずつぶやく。

全身を駆けめぐる感覚が、快感だと理解するのにしばしの時が必要だった。

鉄砲隊の中心にいるのは、ひとりの若武者だ。片膝立ちの鉄砲隊のなかで、ひとりだけ仁王《におう》に立っている。美しい紺糸縅《こんいとおどし》の鎧から、高位の侍大将だとわかった。この男がむける銃口が、無言の采配になっている。左右に広がる鉄砲隊が、男の意思をくみとり、一糸乱れずにつづく。

「あの男はだれだ」

ふるえる指を突きつけた。隻眼の牛田玄蕃がすぐ横にきて、ささやいた。

「あのお方こそ、織田〝三郎〟信長公でございます」

五

宴席では、織田家と水野家の侍が、まるで同じ家中のように親しげに盃《さかずき》をかわしていた。織田家中には、高木清秀《たかぎきよひで》や水野帯刀左衛門《たてわきざえもん》など、元水野家の部将や一族がいる。合戦つづきの織田家を助けるために、水野家が派遣したのだ。今川家との戦いで、幾度も戦功をあげており、彼らは何十年も前から織田家で禄《ろく》を食《は》んでいるかのような顔をしていた。

「いやあ、それにしてもめでたい。これでご兄弟間の確執《かくしつ》は完全になくなり申したな」

盃を高々とあげて言った美丈夫《びじょうふ》は、兄の水野信元だ。その横で口を引きむすんでいるのは、織田信長である。村木砦の攻防戦で見せたときよりも、口髭がこくなっている。村木砦を落とした二年後、信長は弟の信勝《のぶかつ》に裏切られた。だが、劣勢にもかかわらず逆転し、降伏させることに成功する。これにより家中を統一し、今日はその祝いの席に水野一族が呼ばれているのだ。

「織田家のますますの繁栄は、約束されたも同然ですぞ、三郎殿」

いってから、水野信元はわざとらしく手で口をおおった。すでに信長は三郎という通名を捨て、上総介《かずさのすけ》を名乗りにしていたからだ。

「これは失礼いたした、上総介殿。慶事ゆえ、舌が滑り申した」

水野信元が大げさに頭をかくと、宴席のあちこちで笑いが爆《は》ぜた。

一見すれば、信長は日の出の勢いだ。が、信長の理解者であった斎藤道三《さいとうどうさん》は死に、美濃《みの》斎藤家は反織田になった。尾張に巣くう鳴海城の山口左馬助も健在で、大高《おおだか》・沓掛《くつかけ》の二城を今川方へと裏切らせるなど、織田家の領地を次々と蚕食《さんしょく》している。信長の機嫌をとりつつも、水野信元は藤九郎をつかって今川家とのつながりは維持しつづけていた。無論のこと、織田家には秘密裏にである。

厠《かわや》だろうか、水野信元が座をたち、信長から離れた。

「六之助、ついてこい」

酒をなめていた藤九郎は、立ちあがる。信長の前へと進みでて、膝をついた。すぐ後ろで、浅井六之助も座した。

「たしか、下野守（信元）殿の弟であったな」

信長が侍女《じじょ》を制して、自ら銚子《ちょうし》を手にとり、藤九郎に酒を注いだ。一方の信長は下戸なのか、盃のなかの酒はほとんど減っていない。

「はい、刈谷の城をあずかっておりまする」

「御名《おんな》は、たしか藤九郎殿であったか」

「はい、さようです。ですが、もうひとつ名前をもっておりまする。水野十郎左衛門といいます」

はたして、信長の眉が跳ねた。目差しにかすかに殺気が宿る。

「死んだ美濃の舅《しゅうと》が、水野家に狐が一匹いると教えてくれた。今川と密かにつながる狐だ。たしか、名を十郎左衛門といったか」

　美濃の舅とは、斎藤道三のことだ。

「狐ではありませぬ。この顔をご覧ください。蝙蝠でございます」

　背をのばし、己の顔に手をそえて笑った。信長の眼光がますます鋭くなる。

「なぜ、正体を明かす。成敗してほしいのか」

「まさか。実は、上総介殿に内々のお話があるのです。どこか、人がおらぬところへ」

　目の端に、水野信元がもどってくるのが見えた。

　藤九郎は、離れの書院へと通された。信長の背後には、ふたりの武者が座している。ひとりは腹心でひとりは身辺警護だろうと、見当をつける。

浅井六之助とともに、藤九郎は信長の前で膝をおった。腰の大小はすでにあずけている。口火を切ったのは、信長だった。

「藤九郎と呼べばいいか、それとも十郎左衛門か」

味方か、敵か、ときいているのだ。

「上総介殿のお好きなように」

藤九郎の不敵な返答に反応したのは、信長の背後を守るふたりの武者だ。体がぴくりと動き、腰の脇差に手をやる。一瞥《いちべつ》だけで信長が制したのちに、再び口を開く。

「なにを企《たくら》んでいる」

どうやら、かなり性急な性分のようだ。水野家が水面下で両面外交を進めていることを詰《なじ》らないのは、小勢力の常套《じょうとう》手段と割りきっているのか。

「私の望みはひとつ。大きな炎の上で、舞い踊ること」

信長の眉《び》宇《う》が硬くなるのがわかった。

「乱世に生をうけた男児として、心身を焦がす快楽に身をゆだねたいと思っておりまする。そして、その火種をようやく探しあてたのです」

信長の背後のふたりが失笑した。

「私は醜い蛾です。しかし、火と戯《たわむ》れるときだけ、美しく羽ばたくことができるのです」

「つまり、己の才覚で大きなことを成したいということか」

「まあ、有《あ》り体《てい》にいえば」

「治部《じぶ》（今川義元）の下で才覚をふるえばよかろう」

「あのお方は、竈のなかの火にすぎませぬ。火遊びの相手としては、物足りのうございます」

信長が上唇をなめたのを見逃さなかった。

「上総介殿は火としては、まだまだ治部殿よりも小そうございます。失礼ながら、鍋の湯を沸かすこともできませぬ。しかし、野にはなたれた埋火《うずみび》のごときもの。いつか、城さえも焼きつくす紅蓮《ぐれん》に変わるでしょう。私は火の海で舞いとうございます」

喋りつつも、己が陶然《とうぜん》とした心持ちになっていくのがわかる。

「上総介殿を大きな火に育てるべく、今、私はここにいるのです」

「口ではなんとでもいえる。一体どうやって、それを成すのだ」

食いついた、と思った。高鳴る胸を必死になだめ、藤九郎は答える。

「わが策をもって、治部の首を討たせてさしあげましょう」

ほんのわずかだが、信長の上体がのけぞった。

「そうなれば、織田家が今川領を併呑《へいどん》することもたやすいでしょう。上総介殿はより大きな炎になります」

そして次は、武田北条《たけだほうじょう》と戦う。

両家を打ち破れば、越後《えちご》（新潟県）の長尾景虎《ながおかげとら》（後の上杉謙信《うえすぎけんしん》）と戦う。今川義元、武田信玄《しんげん》、北条氏康《うじやす》、長尾景虎――英雄たちを次々と葬《ほうむ》ることで、信長は日ノ本で一番大きく美しい炎に育つだろう。

「口上《こうじょう》はわかった。問題は、お主に大事をなすだけの才覚があるかどうか、だ」

「それを今から証明してみせましょう」

後ろにひかえる浅井六之助を見た。ひとつうなずいて、前に出させる。同時に、筆と紙を所望した。

「何をなさるつもりだ」

筆を紙に走らせる浅井六之助を見て、信長の背後の武者がいぶかしげな声をだす。

気にする風もなく、浅井六之助はさらさらとなにごとかをしたためていく。

「これは……」と、ふたりの武者が腰をうかした。書いていたのは、偽書だ。鳴海城の山口左馬助が、さも信長と内通しているかのような文面が記されていく。

武者ふたりが失笑する。

「まさか、このような児戯《じぎ》で、治部めが騙《だま》されると思っているのか」

そういう信長の目に光が宿る。

「さすがは、上総介殿。お気づきになりましたか」

武者ふたりが顔を見あわせた。まだ、わからないようだ。

「これは、山口めの筆跡だ」

信長が背後のふたりに教えると、「えっ」と声があがった。浅井六之助は、ただ偽書を書いていたのではない。山口左馬助の筆跡を完全に真似ているのだ。今川義元が見れば、山口左馬助が間違いなく信長と内通していると信じるであろう。

「さて、わが才覚をしめせ、とおっしゃいましたな。ならば、この偽書をもって、まずは山口左馬助めの首をあげてみせましょうか」

六

林のなかを、藤九郎は浅井六之助とともにわけいっていく。膝をする藪《やぶ》を蹴るようにして進む。やがて、鷹《たか》狩《が》りの装束《しょうぞく》に身をつつんだ信長一行の姿があらわれた。周囲は鬱蒼《うっそう》とした木々におおわれ、密談には最適の場所だ。

「お待たせいたしました」と、藤九郎は慇懃《いんぎん》に頭をさげる。

「いかがですか、わが策のほど、とくとご検分いただけましたか」

ゆっくりと信長へ近づく。藤九郎は、駿河《するが》へと赴《おもむ》いていた。そして、件《くだん》の偽書をつかい謀略《ぼうりゃく》で今川家をゆさぶった。山口左馬助は鳴海から駿河へと呼びつけられ、弁明のいとまもなく処刑された。

「ああ、見事だった」

信長の返答は素っ気ない。

「では、私めを信じていただけますか」

「いいだろう。人間五十年だ。どうせ生きるなら、だれかの語り草になるような大きなことをしてやる」

戦場にいるかのように、信長の所作には隙がない。そのことに、藤九郎は深く満足した。

「とはいえ」と口をはさんだのは、あの夜も信長にはべっていた武者のひとりだ。

「憎き山口めを成敗したのはよいですが、かわりに鳴海の守将にあの岡部五郎兵衛がついたそうですぞ」

どよめきが、信長の近習《きんじゅ》たちからあがる。小豆坂で織田軍を横槍で破った岡部五郎兵衛の活躍は、まだ彼らの記憶に新しい。

「是非もないわ」

信長の声に動揺はない。むしろそれを望むかのようにも聞こえる。

「それより、いかにして治部を討ち、今川領を奪う。策をきかせろ」

藤九郎は人払いを所望し、またあの夜のふたりの武者だけが残った。

「では、今川領を併呑するわが策をご披露しましょう」

浅井六之助によって、数枚の絵地図が広げられた。

「まずすべきは、治部めの首を討つこと。そのためには、彼奴《きやっ》を戦場へおびき出さねばなりません」

藤九郎は尾張の地図を指さした。

「鳴海城をだしに使うのか」

さすがに信長は勘がいい。

「鳴海、そして大高の城をかこむ砦を築きます」

信長がうなずいた。義元は鳴海を手中にしたことで、伊勢《いせ》湾を中心とする商圏《しょうけん》に触手《しょくしゅ》をのばしている。伊勢湾の商圏で力をもつのは、熱田《あつた》神宮や津島《つしま》神社などの神道を信奉する商人たちだ。織田家は、信秀の代から彼らを支援している。対する今川家は、一向宗《いっこうしゅう》と結びついて伊勢湾の商圏を支配しようと目論《もくろ》んでいた。

「今川家がいかに伊勢湾の商いの利を欲しているかは、鳴海の守将に岡部五郎兵衛を任じたことからも明らか」

信長だけでなく、後ろの武者ふたりもうなずいた。

「鳴海をかこめば、治部は救援に赴きます。かつてのように」

といったのは、過去に鳴海城の山口左馬助が織田家を裏切ったとき、信長は兵を出し、義元が自ら援軍に駆けつけたことがあったからだ。このときは織田家がひいて、大きな合戦には発展しなかった。

引きとるように、信長が口を開いた。

「そして、治部めを野戦で葬る。だが、どうやって」

当然の疑問だ。

「竹千代――もとい、松平〝次郎三郎《じろうさぶろう》〟元康《もとやす》めを使います」

竹千代という名だった藤九郎の甥《おい》は、今は元服《げんぷく》し今川家の部将である。義元の信頼も厚い。母の於大は、水野信元の部下に嫁いでいる。於大をつかい、松平元康をこちらへと裏切らせるのだ。

「母子の情が侮りがたいのは、上総介様もよくご存じのはず」

信長の顔色がさっと変わった。

信長は弟の信勝と戦い、これを許したが、それは生母の土田御前《どたごぜん》の助命嘆願《たんがん》があったからだ。土田御前が信長を嫌い、弟の信勝を溺愛《できあい》していることはみなが知っている。

「次郎三郎めに、今川家の動きや布陣をこちらに通報させます。さすれば、治部の本陣を突くことも容易」

信長は腕を組んだ。本陣の場所がわかっても、必勝ではない。強襲しても、まだ義元の方が有利だろう。だが、勝つにはこれしかない。

「わかった。その策にのろう」

「お覚悟とご決断、お見事です。ですが、まだ策は終わりではありません。治部めを討てば、兵を東にむけまする」

つづいてもってきたのは、東海の地図だ。義元の版図の駿河・遠江《とおとうみ》（ともに静岡県）・三河、そして織田家が支配する尾張の四ヵ国の主要な城が描かれている。

「織田、水野、そして松平が力をあわせれば、三河の攻略など三日とかからぬでしょう」

信長はうなずく。三河半国は松平家の領地だ。松平元康が味方につけば、熟した実が落ちるように手に入る。

「遠江を奪えるかどうかは、時が鍵となりまする」

もたもたしていれば、今川と同盟する武田北条が援軍にかけつけるはずだ。

「それは、こちらの得手《えて》よ」

過去の戦いを、信長はすべて素早い用兵で制してきた。速戦は得意中の得意だ。三河だけでなく、遠江駿河の併呑さえも夢物語ではない。

「あとは、いつ行動をおこすかですが」

鳴海を包囲する砦の普請《ふしん》をいつはじめるか、ときいた。

「その件だが、上洛のあとになる」

「上洛？」と、藤九郎は首をかしげた。聞けば、五百人ほどの人数で、信長は京を目指すという。

「それはまた」

悠長《ゆうちょう》な、という言葉は呑みこんだ。

「無論、理由はある」

目で先を促した。

「お主は駿河よりもどってきたばかりゆえ、知らぬだろうが。実は、つい三日前に、弟を殺した」

さすがの藤九郎も「えっ」と声に出してしまった。弟とは、織田信勝のことである。

「病と偽り、見舞いにおびき出し、殺《や》った。大博打の前に、不安の種は潰しておきたかったゆえな」

　淡々と信長はつづける。

「だが、このまま弟の部下を使うのは、危うい。かといって、全員を召しはなちにするわけにもいくまい。だから、京で将軍に謁見《えつけん》し、尾張を支配する大義名分をもらう。そうなれば、奴らも易々《やすやす》とは裏切れまい」

「なるほど、足元を固めるために、将軍のお墨付きをもらうのは悪くないですな」

　いいつつも、胸に奇妙なわだかまりがある。その正体を探るべく、藤九郎はしばし考えた。信長という男が読めないから、か。母の情にほだされ弟を助命したかと思えば、決戦のために躊躇《ちゆうちよ》なく弟を粛清《しゆくせい》する。

　いや、それだけではないような気がする。上洛という言葉を発したとき、信長の顔にかすかに喜色が浮かんでいなかったか。東進し武田北条と戦うことよりも、都に心を奪われようとしているのではないか。

　気づけば、信長が口端を持ちあげて笑っていた。

「なんですか」と、思わずきいてしまった。

「そういうことだ。母子の情で松平次郎三郎をからめとるのも結構だが、あまり己の策を過信するなよ」

一瞬、息がつまった。

「ご助言、肝に銘じます」

なんとかそう絞りだす。平静をよそおいつつ、藤九郎はきびすを返した。

七

水野家当主、水野信元は渋面《じゅうめん》を顔に貼りつけていた。着込んだ鎧が小刻みにゆれている。許しもなく信長と謀《はかりごと》をすすめた藤九郎への怒りゆえか、それとも大挙して押しよせた今川軍四万への恐怖ゆえか。

居並ぶ水野家の一族衆もみな、青い顔をしていた。着込む具足《ぐそく》がなければ、戦に怯《おび》える民衆に見えたかもしれない。そのなかを、水野藤九郎はゆうゆうと歩く。兄の前で膝をおり、すわった。

「兄者、次郎三郎と於大を面会させたぞ。これで、松平家はわれらのいいなりよ」

水野信元がまなじりをつりあげる。

「おのれ、よくも、勝手なことを……」

兄の秀麗な顔が、怒りと恐怖でゆがんでいた。そのことに、藤九郎はいいようのない満足を覚える。美妓《びぎ》と閨《ねや》をともにしたかのような快感が、全身をはう。思えば、兄がつくる影を歩むかのような人生だった。藤九郎が蛾だとすれば、兄は陽光の下で舞う蝶だ。常に、人々の賞賛を浴びていた。

だが、今はちがう。闇夜に、蝶は羽ばたけない。

上洛からもどった信長は、ただちに大高城・鳴海城をかこむ砦を築いた。あらかじめ大高城の蔵番を調略し、兵糧《ひょうろう》を横流しさせた。大高城が落ちれば、鳴海城や沓掛城もつづくはずだ。今川家は、伊勢湾の商圏撤退の危機に立たされた。義元の動きは速い。自ら軍をひきいて、援軍にかけつけた。驚くべきは、四万という大軍である。これを機に織田家を攻めほろぼすつもりなのだ。

緒川城の評定の間の窓から外へ目をやると、二本の黒煙が見えた。義元は到着するやいなや松平元康らをつかって、瞬く間に鷲津《わしづ》丸根《まるね》のふたつの砦を陥落させたのだ。たなびくふたつの黒煙が、今川軍の苛烈《かれつ》さを物語っている。

「織田上総介殿が、清洲《きよす》を打って出たそうだ」

藤九郎の言葉は、兄の水野信元の額に脂汗《あぶらあせ》を吹きださせる。

「無論のこと、わが水野家も合流し、治部めを討つ」

まるで当主のように宣言し、藤九郎は周囲に目をやる。みな、うつむいていた。いや、目をぎらつかせる少年がひとりいる。歳のころは十六ぐらいだろうか。肩には、長大な野太刀《のだち》をかついでいた。

「太郎作《たろうさく》」と、名を呼ぶ。

水野太郎作——少年ながら野太刀をあつかわせれば、水野家だけでなく尾張にも右に出る者はいないという剛の者だ。

「太郎作とともに、織田に加勢する。兄者たちは、留守をたのむ」

兄の顔に一気にしわがよる。

「藤九郎、貴様、本当に治部の首をとれると思っているのか。しくじれば、水野家が滅びるのだぞ」

藤九郎は失笑だけを返す。

家のために戦うのではない。己が蝶よりも美しい蛾であることを証明するために、戦うのだ。そのためならば、親兄弟はおろか己の命さえも惜しくはない。

八

北西から吹いたのは、巨大な風だ。木々をしならせ、そのいくつかをたやすくへし折った。今川陣にせまる織田軍の頭上を吹きぬけ、猛烈な勢いで敵陣に襲いかかる。陣幕や旗指物《はたさしもの》が爆ぜるように飛びちった。

戦場の空は、暗雲におおわれていた。亀裂《きれつ》をいれるように、稲光があちこちに走っている。ふりそそぐのは雨──だけではない。拳《こぶし》ほどはあろうかという雹《ひょう》も、殴りつけるように大量にふっていた。

「熱田の神戦《かみいくさ》じゃあ」

織田水野連合軍の雄叫《おたけ》びが、あちこちで上がっている。つよい風が吹きつづけていた。熱田神宮がある北西からの風は、さながら神が織田軍の背を押すかのようだ。織田水野連合軍の多数を占める、熱田の信徒たちが熱狂を憑依《ひょうい》させる。

「神戦だ」

「熱田大明神のご加護あり」

四方八方から、絶叫がほとばしっている。

天佑《てんゆう》だ、と藤九郎は心中でつぶやく。逆に今川軍は突然の雷、雹、大風に混乱し、恐怖している。

桶狭間《おけはざま》山が見えてきた。陣幕の大半が風に吹きとばされ、旗指物が大きくかしいでいる。松平元康からの報《しら》せで、ここに義元が本陣を布《し》いているのは知っていた。

「上総介殿、先駆けは水野家がいかせてもらうぞ」

藤九郎は叫び、馬の尻に鞭《むち》をいれた。山裾を守る今川軍へと突入する。

人の背丈ほどもある野太刀を振りまわすのは、水野太郎作だ。次々と今川兵をなぎ倒す。

途中で斜面がきつくなり、馬をおりた。藤九郎も刀をぬき、旗本と思しき敵と斬りむすぶ。敵の槍が、脇や太ももをかすった。そのたびに、藤九郎の血が熱せられる。興奮が、全身を愛撫する。

野獣のような雄叫びをあげて、水野太郎作が藤九郎にまとわりつく武者を蹴散らした。

「あれが本陣だ」

指さす先に、奇跡的に風に吹きとばされなかった陣幕があった。朱の塗輿《ぬりごし》がある。義元だけに許された乗り物だ。

水野太郎作とともに、陣幕のなかへと躍りこむ。

藤九郎は棒立ちになった。

本陣には、だれもいない。床几《しょうぎ》がぽつんとあり、その周囲に旗指物が散乱していた。

　逃げられたのか――

　そう悟った瞬間、視界がゆれた。

　まろびそうになる。

　支えたのは、水野太郎作ではない。織田軍の声だった。

「今川〝治部大輔《たいふ》〟義元殿の首、討ちとったりぃ」

　声がする方へ顔をやった。桶狭間山の下から聞こえてくる。水野太郎作と一緒に駆ける。

　下界では、逃げる今川勢に、信長ひきいる織田軍が襲いかかっていた。桶狭間山の周囲は沼地が多い。逃げる敵は足をとられている。一方の織田軍は、地形を知りつくしていた。今川の武者が槍で串刺しにされ、刀で首を切られていく様子は、狩るというより収穫するかのようだ。

　そのなかで、仁王立ちする武者がひとりいた。高々と、右手を天に突きあげている。にぎられているのは、黄金の兜をかぶった大将首だ。

　どくんと、藤九郎の心の臓がはねた。肋骨《ろっこつ》を突き破らんばかりに、鼓動がはげしくなる。あの黄金の兜を忘れるはずがない。龍をかたどった意匠《いしょう》は、今川義元がかぶっていたものだ。

「今川〝治部大輔〟義元殿の首、織田馬廻衆《うままわりしゅう》のひとり毛利《もうり》新介《しんすけ》が討ちとったりぃ」

さらに腕をつきあげる。兜のなかの顔が、貴族のように白粉《おしろい》でまみれているのがわかった。

武者の雄叫びに、両軍がこたえる。織田軍は歓声で、今川軍は悲鳴でもってこたえていた。

九

「やった、やったぞ」

藤九郎は童《わらべ》のようにはしゃいでいた。水野太郎作らがけげんそうな目で見るが、やめられない。両手をあげつつ、桶狭間山をおりていく。雷雲はうすくなり、大地は明るさをとり戻そうとしていた。

麓《ふもと》にたつのは、織田信長である。今川義元を討ちとった毛利新介が、うやうやしく首をさし出している。

「やりましたな、上総介殿」

大声で呼びかけると、やっとこちらを向いてくれた。

「宿願《しゅくがん》だった治部めの首をとった。ならば、次の手をうとう。急ぎ兵を東にむけるのだ。三河を掠《かす》め、遠江駿河を奪う」

叫ぶ藤九郎の全身が火照《ほて》ってくる。

「さすれば、次の敵は武田北条だ。こたびの一戦などちっぽけに思えるような、血沸《わ》き肉躍る大戦《おおいくさ》だ」

どうしたことだろうか。こちらを見る、信長の目が冷ややかだ。たしかに信長は饒《じょう》舌《ぜっ》な男ではない。だが、心中には熱した鉄のような激しいものをもっている。にもかかわらず、気迫が伝わってこない。姿形がうりふたつの別人のようだ。

「どうしたのだ、上総介殿」

まさか――怖気《おじけ》づいたのか。武田北条と戦うことを恐れているのか。

知らぬうちに、心中のつぶやきを言の葉にのせてしまった。信長の顔がゆがむ。

「笑止《しょうし》だ。武田北条が強敵でも、どうして恐れることがあろうか」

信長がにらみつける。が、やはりかつてのような身を焦がす熱は感じられない。

「ならば、なぜもっと猛《たけ》らぬのじゃ」

信長にすがりつかんばかりに叫ぶ。

「どうして、今すぐ馬にのらぬ。なぜ、兵たちに三河を攻めよと命じぬ。敵を葬る千《せん》載一遇《ざいいちぐう》の好機ではないか」

喉《のど》が裂けるかと思うほどの大声をだす。勝鬨《かちどき》をあげていた織田兵も、思わずふりむくほどだった。

しばし、信長は黙考する。

「わかっている。だが、鳴海大高沓掛の三城をそのままにして、東へと兵をむけることはできん」

正論だった。特に、鳴海の岡部五郎兵衛は手強い。放置して東進し、その隙を突かれ熱田や津島の港を攻められれば目もあてられない。

「なにより、松平は本当に味方につくのか。今は、大高城を守っているらしいが……」

なにを今さら、と詰りたかった。義元が桶狭間山にいることを教えたのは、松平元康ではないか。

「安心されよ。すぐに浅井六之助を派して、大高の城を明けわたさせる。沓掛を守るのは、弱将だ。すぐに逃げだす。残るは、鳴海だけだ」

「わかった。その言葉、信じよう。今から、われら織田は鳴海を囲む。三河を攻めるのはそれからだ」

信長は背をむけた。藤九郎の視線から逃れるかのように思えるのは、気のせいか。戦勝で高鳴っていた鼓動が、胸騒ぎに変わりつつある。

「藤九郎様、われらも城にもどりましょう」

野太刀をかついだ水野太郎作が声をかけた。

そうだ。藤九郎にもやるべきことがある。三河国境の刈谷城にもどり、今川攻めの支度を万全に整えるのだ。優柔不断な兄の尻を叩くのも忘れてはならない。

「上総介殿、では東の戦場で再会するのを楽しみにしていますぞ」

背をむけた信長は、片手だけをあげて応じた。

十

潮騒《しおさい》に耳をなでられながら、藤九郎は夜道をひとり歩いていた。背後には刈谷の城があり、月明かりにぼんやりと浮かんでいる。

とうとう、だ。

理性の堰《せき》を決壊せんばかりに、興奮と快楽が肥大していく。信長から、ついさきほど鳴海城の岡部五郎兵衛を下したと報せがきた。とうとう、軍を東にむけることができる。

浅井六之助をつかって、大高城の松平元康を逃がし、三河の岡崎城へと入れた。といっても、たやすいことではなかったらしい。松平元康は、少人数での移動を選択した。織田家を味方とは信用できなかったのだ。軍勢を引きつれると目立ち、織田軍に包囲されると考えたのだろう。だが、そのせいで元康は落武者狩りの格好の標的になった。それを救ったのが、浅井六之助だ。地元の豪族たちと面識があったため、交渉をくり返しすんでのところで元康を岡崎城へと入れることができた。

浅井六之助からの報告では、西三河に駐屯《ちゅうとん》していた今川衆はことごとく逃散《ちょうさん》したという。

松平家をつかえば、西三河は労せずして手に入る。

織田水野松平の軍が、東進する様子を思いえがく。混乱狼狽《ろうばい》する今川の民たち、こちらになびきへりくだる遠江駿河の将たち、蹴散らされる今川の家臣。

ぞくりと肌が粟立《あわだ》った。

「あら、どうしたんだい」

気づけば、かこっている女の家へときていた。

潮騒が、嬲《なぶ》るように背をなでる。

「わたしのところで遊んでる余裕なんか、あるのかい」

唇をゆがめて、女はいう。謀略にかかりきりで、しばらく相手をしていなかったことを思いだす。

構わずに女を押したおした。黒く長い髪のむこうに、灯明皿があり小さな火がついている。

「抱かせろ。精を解きはなたねば、気がおかしくなりそうだ」

女は抵抗するが、構わずに両手首をにぎりしめて、柔らかい胸のなかに己の醜い顔を埋めた。

一体、何度、女の体に精を解きはなっただろうか。食むように乳房を吸い、外陰《がいいん》を嬲った。それでもなお、たぎる血はおさまらない。逆に、猛烈な勢いで全身を駆けめぐる。

視界のすみで、火がちらついていた。まぶたを閉じても、妖しく燃えている。女の肌に体を埋めても、炎が消えることはない。

抱くたびに、女の顔が粘土細工のようにゆがみ変わるのは、幻を見ているからか。

突然だった。

背の肉が強張る。

骨がきしみ、上体が激しくそった。

「なんだ、あれは」

窓のむこうに、夜空があった。その下辺が、ぼんやりと薄まっている。日の出ではない。闇に、赤みがさしている。

刈谷城の方角だ。

がばりと立ちあがる。心の臓が不穏に鼓動していた。苦い唾《つば》が、一気に口のなかを満たす。

女の虚ろな目が、こちらを見ているのはわかったが、立ちつくしていた。腋《わき》のしたを冷たい汗が流れる。

潮騒にまじる音がある。かすかだが聞こえるのは、刀を打ちあわせているのか。

刈谷城に変事がおきている。

気づけば、藤九郎は走っていた。白くうすい小袖《こそで》だけを身にまとっている。帯が外れそうになった。刀をにぎる手で直そうとするが、無論うまくいくはずもない。両太ももに小袖の裾がはりついて、動きを縛《いまし》める。

潮風が吹きぬける街道を、必死に駆けた。

血と玉薬の臭いが鼻をくすぐる。

絵具を塗るかのように、刈谷城に灯った火が広がろうとしていた。

「藤九郎様」と、声がした。

城下の屋敷に住む武者たちが、十数人駆けつけ合流する。

「敵襲でしょうか」

息を荒らげきいてくるが、首を横にふった。

それはありえない。藤九郎は城の外の女の家にいた。具足に身をつつんだ軍勢が通れば、かならず音を聞いたはずだ。なにより、城からとどく喧騒《けんそう》だ。狼狽《うろた》える声や悲鳴が、ほとんどである。これが敵襲なら、気合いや殺戮《さつりく》の咆哮《ほうこう》がもっと轟いているはずだ。

門をぬけて、炎で明るく照らされる城内へと入った。燃えさかる櫓の下まで駆けたとき、思わず足が止まった。

「な、なんだ、これはなにがおこっている」

味方の武者たちが、手に槍や刀をもって踊り狂っている。必死の形相で、闇にむけて得物《えもの》をふるっている。

一体、なにをしているのだ。

悲鳴が耳をつんざいた。踊っていたひとりの武者の首から、血がほとばしっている。味方たちの首や胴体から、次々と赤いものが吹きだし、炎とまじりあう。

藤九郎は息を呑んだ。

武者たちは踊っていたのではない。

戦っていたのだ。

勘違いしたのは、敵の姿が異様だったからである。甲冑の類は、一切身につけていない。真っ黒な衣装で、上肢下肢だけでなく顔もおおっている。黒い宝玉のような瞳が、あちこちで光っていた。

敵が、刀を閃《ひらめ》かせる。

「おのれ」と叫んで、味方が闇にむかって手槍を繰りだした。渾身の一突きと、黒装束の男の斬撃が交叉する。穂先は虚空をさまよい、刀は武者の首に吸いこまれていた。この一連の殺戮で、敵は一声さえもあげていない。気合いや悲鳴だけでなく、足音さえもたてていない。

無音で、粛々と藤九郎の部下を殺戮していく。

——こ奴らは、侍ではない。

黒い人影の何人かが、こちらをむいた。

頭上で燃えさかる櫓が、火の粉を大量にふらす。

血のついた刀は短い。脇差よりすこし長い程度か。反りも少なく、直刀に近い。

音をたてずに、影が近づく。

――こ奴らは、忍者だ。

藤九郎の心中の声が聞こえたかのように、もつ刀を一斉にむけられた。

「おのれ、だれにたのまれた。貴様ら下賤《げせん》の忍びが、わが城を襲うなど身のほどをしれ」

黒い影の一団から、ひとりが近づいてくる。異様だったのは、その男だけ足音を発していたことだ。

「十郎左衛門――いや、藤九郎とよぶべきか」

声に聞きおぼえがあった。

覆面をはぎとった。炭だろうか、顔を黒く塗りたくっているが、無骨な顔の起伏を忘れるはずがない。

あご鬚が精悍なこの男は――

「岡部五郎兵衛か」

鳴海の守将にして、今川家きっての勇将が立っていた。

「なぜだ。お主は、上総介殿と戦い負けたはずだ」

いいつも、全身がおののく。

「残念ながら、負けていない。無論、降伏もしていない」

「では、なぜ、ここにいる。城を捨てたのか」

肩で息をしなければ、呼吸ができかねるほど藤九郎は狼狽していた。

「捨てたのではない。上総介と取引したのだ。あるものを城と交換した」

「交換だと」

岡部五郎兵衛が目を横にやる。影のひとりが、黒い包みをとり出す。ひとかかえほどもあるものの封をとく。

中から出てきたのは、首だった。

白粉とお歯黒《はぐろ》で化粧されている。それらの貴族趣味とは対極のたくましい顔貌は、今川義元だ。

藤九郎は、一言も発することができない。なぜ、信長が義元の首を手放したのだ。

東進の軍略には、義元の首は不可欠だ。陣頭に掲げることで、総大将を喪《うしな》ったことを、今川家の末端にまで見せつけることができる。

逆に首が敵の手に渡れば、今川方は首を秘匿《ひとく》し、義元が生きていると虚報を流すはずだ。そうすれば、敵の動揺は少なくなり、掠めとれる領地も奪えなくなる。

「ありえない。嘘をつくな」

いくら鳴海が重要だからといって、信長が義元の首を手放すはずがない。

「その上総介からの伝言がある」

問いつめる藤九郎を無視して、岡部五郎兵衛は静かに間合いをつめる。

「織田家は東を目指さぬ」

「馬鹿な」

「上総介が――織田家が目指すのは京だ」

言いおわるのと、岡部五郎兵衛が刀をぬくのは同時だった。白刃が闇に弧を描く。

固く冷たいものが、体の中心を走るのがわかった。たたらを踏み、後ろへと数歩よろける。力をいれているのに、膝が崩れる。まるで、自分自身に嘲笑《あざわら》われているかのようだった。

手にもつ刀を杖《つえ》にして、なんとか体を支える。

胸や腹が、べったりと血でぬれていた。

呼吸をするたびに、赤い飛沫《しぶき》が地にふりまかれる。

櫓の上からおちる火の粉と、血がまじりあう。

「こんなところでは……この程度では終わらぬ」

岡部五郎兵衛を睨《にら》みつける。

「わしは、だれよりも美しく舞わねばならんのだ」

なぜか、岡部五郎兵衛は刀を鞘にしまう。とどめを刺さずに、背をむける。そして、離れていく。

見たこともない――赤く美しいものが己の体から生えていることに気づいた。飛ぶかのように、赤いものが羽ばたこうとしている。

白い小袖に火が燃え移っていた。

雪崩のような音がする。

火のついた灰や木片が、はげしくふりそそぐ。燃えていた櫓が、とうとう崩れたのか。

全身が熱い。

火が藤九郎の肌を焼く。

――なぜだ、なぜなのだ。

とどくはずもない問いを藤九郎は発する。

なぜ、こんなちっぽけな炎ではなく、もっと巨大な紅蓮でわしを焼いてくれぬのだ。

それほどまでに京は美しかったのか――

視界が、炎で彩られる。

そして、波がひくように色が退行する。

なぜか、紺碧《こんぺき》の空が広がっていた。もう、五体の感覚はないから、これは幻だろう。

輝く太陽にむかって、蝶が羽ばたいている。黒と黄で彩られている翅は、なにかの紋様を描くかのようだ。

織田の木瓜紋《もっこうもん》に似ているような気がした。

太陽にむかって昇りつづける幻の蝶を眺めつつ、藤九郎は焼きつくされた。

甘粕の退き口

一

調練場《ちょうれんば》は、むせ返る草いきれにつつまれていた。中天にある夏の太陽が、甘粕《あまかす》〝近江守《おうみのかみ》〟景持《かげもち》の頭皮を焦《こ》がす。

眼前には、ずらりとならんだ巻《ま》き藁《わら》があった。ちょうど人ぐらいの高さのそれは、敵の兵を模している。一列ではなく、数列にわたり配され、陣形をつくるかのようだ。

半月の形をした長大な薙刀《なぎなた》を、甘粕は構える。後ろにいる足軽《あしがる》たちも同じように手槍を構えたのだろう、柄をしごく音が心地よく耳にとどいた。

「目の前の巻き藁を、憎き北条《ほうじょう》の兵と思え。それっ」

甘粕が駆けると、かけ声が背を押した。

半月の刃が旋回する。たちまち、巻き藁が真っ二つになった。すこし遅れて、足軽たちの手槍がそれぞれの正面にある標的を刺す。

さすが越後《えちご》（新潟県）長尾《ながお》家の強兵である。すべて巻き藁の芯《しん》を貫いていた。関東一と評判の北条兵が相手でも、後れをとることはなさそうだ。甘粕は満足しつつも、さらに叫ぶ。

「休むな。次は、奥羽《おうう》の伊達《だて》家の侍だと思え」

汗を飛びちらしながら、二列目に殺到する。甘粕の薙刀により、首が跳ねたかのように巻き藁が飛び、足軽たちの穂先もさきほどより深々と刺さった。

「次は越中《えっちゅう》（富山県）、神保《じんぼう》家」

つづく命令にも、足軽たちの鋭鋒《えいほう》はぶれることはない。最後の巻き藁の列がきた。

「よし、最後だ。甲斐《かい》（山梨県）武田《たけだ》家のにくき信玄《しんげん》坊主と思い、渾身《こんしん》の力をこめよ」

すると、どうしたことだろうか。

大風のように甘粕の背を押していた気合いが、たちまちのうちにゆるむ。心中で甘粕は舌打ちする。武田の名に、己《おのれ》の手兵が怯《ひる》んでいるのだ。怒りが、甘粕のこめかみの血管を脈打たせる。

「それでも越後の強兵か。吠えろ、武田の兵を殺せ」

怒号をはなって、やっと足軽たちがつづいた。

甘粕は渾身の力で薙刀をふるう。さきほどまでとちがい、いやな手応えがあった。

右手がかすかに痺《しび》れている。気負いすぎたせいか、芯を外してしまったのだ。巻き藁は一刀両断されることなく、半ばで止まった。

左右に目をやると、足軽の手槍のほとんども、真んなかから外れていた。

「ええい、情けない」

足軽たちが肩をすくめる。

「なんだ、その様《ざま》は。武田ごときを恐れて、恥ずかしくないのか」

薙刀をふって、斬りそこねた巻き藁を地に落とした。そして、首を横にやる。調練場に駆けつける人影があった。

「もう一度、同じことをやれ。次は外すなよ」

足軽たちにいいおいて、人影へと歩みよる。青ざめた顔の老従僕《ろうじゅうぼく》が、息を切らしていた。だが、なかなか距離が縮まらない。足をひきずっているので、上手《うま》く走れないのだ。この男の太ももには、武田の〝緩めの矢尻〟が突き刺さっていたことを思いだす。

「どうした」

「い、一大事でございます。お耳を」

嫌な予感がした。「まさか、武田が攻めてきたのか」と、声に出してしまった。たちまち、調練中の足軽の気合いが鈍る。老従僕の顔も苦しげにゆがんだ。古傷のある太ももを、ふるえる手でかばう。

「ち、ちがいます。外敵ではありませぬ。お耳を……」

老従僕が、甘粕の耳元で囁《ささや》いた。

「ま、まことか」

思わず叫んでしまった。

にぎる拳《こぶし》が、怒りではげしくふるえる。あぶる陽光さえも涼しく感じるほどの怒気が立ちのぼった。

「性懲《しょうこ》りもなく、またしてもたわけたことをほざきおって」

思いっきり地面を蹴りあげた。

「い、いけません、たわけなどと、おっしゃっては」

老従僕がしがみつく。

「もう、我慢の限界だ。愛想がつきた」

「お気持ちはごもっともなれど、もうすこしお言葉を丁寧にされよ」

甘粕は老従僕を引きずるようにして、調練場を出ていく。

「仮にも、越後の国主であるご主君を、たわけなどと罵倒《ばとう》してはいけませせぬ」

腰にしがみついたままの老従僕に気づき、甘粕は足をゆるめた。

「主君だと」

襟首《えりくび》をつかんで、老従僕を立たせてやった。

「では、聞く。どこの武家の頭領に、部下を見捨て家を出奔《しゅっぽん》する奴がいる」

「そ、それは……」

「しかも、その理由が、坊主になりたいからだと」

己の語尾がふるえているのがわかった。

老従僕が報《しら》せたのは、甘粕の主君が出家のために長尾家を出奔したということだった。無能な当主が逃げたのならば、甘粕は驚かない。もっと有能な男を見つけ、主君と仰げばいいだけの話だ。

だが、姿をくらましたのは、長尾〝弾正《だんじょう》小弼《しょうひつ》〟景虎《かげとら》――越後の虎とも軍神ともよばれる男だ。

「ふざけるのもいい加減にしろ」

調練のときの何倍もの罵声を轟《とどろ》かせたのは、変事とも珍事ともいい難《がた》い事件が、今回が初めてではないからだ。

「高野山《こうやさん》で蟄居《ちっきょ》するだと。この乱世でそんな甘ったれたことをいって、勝ちぬけると思っているのか」

甘粕の声は、虚《むな》しく越後の空に吸いこまれていく。

足軽たちの調練の声が、そこに重なった。

二

甘粕景持は、主のいなくなった春日山《かすがやま》城の本丸を目指していた。陽《ひ》で熱くなった石積みの階段を踏みつぶすように上っていく。右手には半月形の薙刀があり、それを杖《つえ》がわりにして黙々と歩む。

本丸へとたどりついたとき、ひとりの老武士が苦い顔をして立ちはだかっていた。豊かな頭髪は真っ白で雪のようだ。眼元や口元に刻まれたしわは深い。直江《なおえ》〝神五郎《じんごろう》〟実綱《さねつな》──甘粕と同じく長尾家四天王のひとりで、出奔した長尾景虎が実兄と家督《かとく》争いをしたとき、強力に支援したひとりだ。

「おお、直江老か」

声をかけると、老武士の顔のしわが深くなった。

「甘粕、右手にもつ得物《えもの》はなんだ。合戦でもするつもりか」

半月の薙刀を指さされた。

「評定《ひょうじょう》の結果いかんによっては」

凄んだつもりはなかったが、直江の目が険《けわ》しくなる。

「直江老、わしはもう我慢の限界だ。あのお方が当主では、長尾家はいずれ滅びる」

直江は腕を胸のまえで固く組んだが、甘粕のいうことに反論はしなかった。

家督を相続した直後はよかった。長尾景虎は神がかった采配で、次々と難敵を滅ぼしていく。だが、その後がいけない。

長尾景虎の戦略には、一貫性がなかった。関東管領上杉憲政《うえすぎのりまさ》にたよられれば北条と戦い、信濃《しなの》（長野県）の村上義清《むらかみよしきよ》に助けを乞《こ》われれば、武田と川中島《かわなかじま》で戦う。遠く京の将軍から声がかかれば、上洛する。

いずれも、一生涯を費やして行うような大事ばかりである。それをみっつも同時になそうとした、という点では甘粕も評価している。が、ひとつの戦略に結びついていない。上洛を重視するなら、武田や北条とは和睦《わぼく》しなければならないのに、進んで干《かん》戈《か》を交えようとする。

しかも長尾景虎は上洛時に受戒《じゅかい》し、宗心《そうしん》という僧名までもらっていた。武田信玄のように法体《ほったい》になり、宗教勢力の力を借りるのは珍しいことではない。しかし、長尾景虎は宗教勢力と同盟するために、受戒したのではない。単純な信仰心ゆえだ。さらに不犯《ふぼん》の誓いもして、妻帯せずに世継ぎもつくる気がない。

景虎が長尾家を宰領《さいりょう》しつづければどうなるか。武田北条ら強敵との戦いで疲弊《ひへい》し、莫大《ばくだい》な軍事費のかかる上洛を繰りかえし、あげく世継ぎがいないせいで、後継者をめぐる内乱になる。

「直江老、このまま殿をわれらが主と仰ぎつづければ、遠からず長尾家は滅びる。だからこそ、今が好機なのだ。殿が出奔されたのを奇貨《きか》として……」

甘粕が口をつぐんだのは、本丸のすみで侍たちが談じる声が聞こえたからだ。数人の武士が固まって、頭をよせ合っている。彼らもこたびの長尾景虎出奔について語りあっていた。

「おい」と叫んで、甘粕は近づいていく。

「貴様、今、なんといった」

半月の薙刀を、ひとりに突きつけた。

「殿をうつけといっていなかったか」

睨《にら》みつけると、武士のひとりは恐る恐るうなずいた。甘粕の地獄耳は有名だ。騙《だま》しきれぬと観念したのだろう。

「まことに、その通りだ」

甘粕が叫ぶと、武士は惚《ほう》けたように口を開けた。

「貴様のいうことは、間違っていない」

肩を左手で乱暴に叩く。

「そして、こうもいっていたな。次は、私心なき清らかな君主が、家督をついでほしいと」

武士が追従《ついしょう》するようにうなずいた。瞬間、甘粕の右手にもつ薙刀が閃《ひらめ》いた。ぽとりと落ちたのは、武士の髷《まげ》だ。落武者のように、武士の両肩に髪がふりかかる。

「おい、甘粕、なにをするつもりだ」

直江が薙刀に抱きついてきたので、そのまま得物をあずけた。両手で武士の襟をつかみ、持ちあげる。苦しげな声が甘粕の顔に落ちてくるが、手の力はゆるめない。

「いいか、わが殿ほど、私心なき方はおらん。殿をうつけと馬鹿にするのはいい。しかし、まるで薄汚れた悪人のように罵《ののし》るのは、決して許さん」

衝動にまかせて、にぎる襟首を圧迫すると、武士は両脚をはげしくばたつかせた。

「あのお方ほど、心の清き方はおらぬ」

武士の口端から泡が膨らみはじめる。

「馬鹿、やめろ」

組みついてきたのは、直江たちだ。いつのまにか柿崎《かきざき》や宇佐美《うさみ》ら、他の長尾家四天王も駆けつけていた。甘粕が手をはなすと、武士はどさりと地に落ちる。

「が、だからこそ、あのお方ではいかんのだ」

咳《せ》きこむ武士を睨みつける。

「盗人悪人のような性根の男でなければ、この乱世で生き残ることはできん。殿には出家していただくのが一番なのだ」

その言葉は、足元で咳きこむ武士ではなく、己の体にしがみつく直江たちに対して発せられていた。

三

春日山城の評定の間にさしこむ陽光とは裏腹に、宿老《しゅくろう》たちの表情は暗くしずんでいる。そのなかで、甘粕は声を張りあげていた。

長尾家は新しい主を擁立《ようりつ》するべきだ、と。

その横で、白髪の直江が無言で何度もうなずく。

「ならば、聞くが」

発したのは、長尾家四天王のひとり宇佐美〝駿河守《するがのかみ》〟定満《さだみつ》だ。年齢は直江より上のはずだが、髪や鬚《ひげ》は黒々としている。軍師然としたあご鬚をもてあそびつつ、口を開く。

「殿ぬきで、武田と渡りあう方策でもあるのか」

うなずいていた直江の首が固まった。甘粕は反論しようとしたが、唇《くちびる》を開くことはできない。宇佐美は、鬚をいじる手を止めずに問いをかさねる。

「あの剽悍《ひょうかん》無比な武田の兵に、越後の兵は勝てるのか」

甘粕が押しだまったのは、今朝の足軽たちの調練の様子を思いだしたからだ。

武田の兵はつよい。そして、それ以上に剽悍だ。否《いな》、残酷というべきか。

根底にあるのは、甲斐の国の貧しさである。ほとんど農業収入がない甲斐では、略奪しなければ暮らしていけない。武田軍が春日山城下まで押しよせ、女子供をさらい売り払うことも度々あった。

「知らぬわけではあるまい。武田には、あの悪名高い緩めの矢尻もあるのだぞ」

甘粕や直江だけでなく、場にいる宿老全員が身をよじらせる。

緩めの矢尻とは、あえて矢尻が外れやすく細工した矢のことだ。刺さった矢を抜こうとすると、矢尻が体内にのこる仕掛けとなっている。肉のなかに残された矢尻は毒に変じ、射られた者を永遠に苦しめる。痛みに耐えかねて、矢尻の埋めこまれた四肢をみずから斬りおとす者もいるほどだ。

甘粕の脳裏によぎったのは、長尾景虎出奔を報せた老従僕の姿だ。片足を引きずっていたのは、緩めの矢尻が埋めこまれているからだ。雨の日などは、幽鬼《ゆうき》のようなうめき声をあげている。

粟立《あわだ》った肌を隠すために、甘粕は両手で体をなでた。

「しかも、その剽悍無比な武田の兵をひきいるのは、あの信玄坊主だぞ。越後の兵で──われらの采配で太刀打《たちう》ちできるのか」

重い沈黙が場を満たす。越後の兵は、甲斐武田とならぶ強兵だ。しかし、決定的にちがうことがある。それは、越後の国が豊かなことだ。海港川港が各地にあり、その商業収入は莫大である。

餓えと常に対峙《たいじ》する甲斐と、豊かな越後。稽古では互角かもしれないが、命のやりとりになると地力がちがった。皮肉なことに、越後の兵は強兵なればこそ、そのわずかな差が埋めがたいことを知っている。

「わしも、殿が賢いなどとは微塵《みじん》も思っていない」

宇佐美が、黒い鬚を握り締める。

「が、殿しかおらぬのじゃ。あの甲斐の強兵ひきいる信玄坊主と、互角に渡りあえるのは」

吐きだすようにいう。

「もし、ほかにこれはと思う者がおるのであれば、だれか名をあげてみよ」

宇佐美は、ゆっくりと視線を宿老たちにめぐらせた。

「甲斐兵ひきいる信玄坊主と戦える者の名をあげろ」

口を開くことができないのは、甘粕だけではない。

「いるか。おるまい。なればこそ、よいな。出奔した殿にもどっていただく」

場にいる全員は、反対しないことで承諾の意をしめした。

「その使者をただちに送る。その役は」

場をとり仕切る宇佐美の声には、苦々しげなものがこく混じっていた。

四

川中島に秋風が吹きわたっていた。枯れ草色に染まりつつある平原をなでる。風は、犀川《さいがわ》と千曲川《ちくまがわ》にさざ波をつくって北へと逃げていった。

「死地とはこのことだろうか」

甘粕は、妻女山《さいじょさん》の陣でひとりつぶやいていた。

右手にもつ半月の薙刀をにぎりしめる。そうしていないと、不安で胸がひしゃげてしまいそうだった。

甘粕ら越後の軍勢は、四度目となる川中島の軍旅のまっただなかにいた。過去三度の川中島の戦いとちがうところは、自領をとおく離れ、剽悍無比な武田の支配地深くにある妻女山に陣を布いていることだ。

なかでも甘粕らの手兵が陣を構えるのは、山裾の最前線だ。柵を幾重にも張りめぐらせる様子は、まさに武田兵への恐怖があらわれているかのようだ。

甘粕は目を北へやる。川中島の平野が広がっていた。越後ははるか先にあり、さえぎるように犀川と千曲川の大河が横たわっている。

──殿が高野山へ出奔するといった五年前に、やはり新しい主を迎えるべきだったのだ。

薙刀の柄がきしむ。

後ろをむいて、山頂を見た。〝毘〟の字を大書した旗印《はたじるし》がひるがえっている。かつての長尾景虎は、上杉〝弾正小弼〟政虎《まさとら》と名を変えて、妻女山のいただきに陣を布いている。

高野山への出家をなんとか思いとどまらせたまではよかったが、上杉政虎の戦略に芯が通ることはなかった。

二年前には、二度目の上洛をはたす。ただの上洛ではない。五千もの軍をひきいたのだ。越後から遠征するにはかなりの負担となる大軍だが、畿内《きない》を制圧するには少ない。やはりというべきか、将軍から得たものは菊桐紋《きくきりもん》や朱塗傘《しゅぬりがさ》の使用の免許など、形式上の褒美ばかりで、目に見える大きな成果は得られなかった。

さらに昨年、十万以上の大軍をひきいて、関東北条家の小田原《おだわら》城を包囲した。応仁《おうにん》の乱以降、日《ひ》ノ本《もと》でこれほどの軍勢をひきいた将はいない。これらの快事をなしながら、なぜか今、十死零生《じっしれいしょう》ともいうべき死地に、上杉軍はたった一万三千の軍でいるのだ。

全身に力をこめ、歯を食いしばる。そうしていないと、立ちくらみに襲われそうだった。

背後から、ため息が聞こえてきた。

首をひねると、ふたりの宿老が近づいてくる。

ひとりは、豊かだが真っ白い髪をもつ直江〝神五郎〟実綱。以前よりもしわが深くなり、目も落ちくぼんでしまっている。その横にいるのは、知性を感じさせるあご鬚をもつ宇佐美〝駿河守〟定満。かつては黒々としていた頭髪と鬚には、白いものがたくさん交じるようになっていた。

出奔から五年しかたっていないが、それ以上の星霜《せいそう》がふたりにふり積もったかのようだ。

「直江老、宇佐美殿、いかがでした」

ふたりは宿老を代表して、上杉政虎に越後への撤兵を進言する役を買ってでてくれたのだ。

「駄目だった。殿は、われらの言葉を聞き入れてくださらなんだ」

ふたりは力なく首を横にふった。

「では、なにか秘策があると」

「わからぬ。おたずねしても、答えてくださらぬ。ただ琵琶《びわ》を弾くのみだ」

灰色になりつつあるあご鬚を、宇佐美の指が力なくすく。

「甘粕よ、今さらいうても詮無《せんな》きことだが、お主のいったことが正しかったかもしれん。やはり、われらはあのとき、新しい主を……」

宇佐美の言葉を、甘粕は片手をあげてさえぎった。蛇のような黒々としたものが、こちらへとやってくる錯覚にとらわれたからだ。

首を妻女山の西方へとやる。釣られるように、宇佐美と直江も顔をむけた。

蛇ではない。そうだとしたら、目の前の黒く細長いものは、数百丈（一丈約三メートル）もの長さをもつ化け物ということになる。

妻女山の西方には、武田本隊が陣する茶臼山《ちやうすやま》がある。そこから、なにかが東へと進んでいた。蛇が鎌首をうねらすかのようだ。

「武田軍だ」

上杉の陣のあちこちから、声が沸《わ》きあがった。

「静まれ、狼狽《うろた》えるな」

甘粕は必死に叱りつけるが、薙刀をにぎる掌《てのひら》はたちまち脂汗《あぶらあせ》でぬめり出す。

やがて武田軍の軍旗の数々が、目にもわかるようになってきた。

黒地に白の日の丸は、武田信玄の弟にして副将の武田〝典厩《てんきゆう》〟信繁《のぶしげ》。

六つの銅銭をあしらったのは、鬼弾正こと真田《さなだ》〝弾正忠《だんじようのじよう》〟幸隆《ゆきたか》。

紺地に白桔梗《しろききよう》は、甲斐最強の赤備《あかぞな》えをひきいる飯富《おぶ》〝兵部少輔《ひようぶしようゆう》〟虎昌《とらまさ》。

そして、最後の〝風林火山〟は、武田信玄の軍だ。四つの菱形《ひしがた》が集い巨大なひとつの菱形をかたどる武田菱《びし》は、信玄の居場所をしめす馬印《うまじるし》である。

歴戦の武田の勇将たちの旗が通過するたびに、冷風が上杉の陣を吹きぬけるかのようだった。

「どうやら、すぐに戦《いくさ》をしかけるつもりはないようだな」

直江の言葉には安堵《あんど》のひびきがこもっていた。が、すぐに顔を引きしめる。否、強《こわ》張《ば》らせたというべきか。

武田の狙いが、海津《かいづ》城入城だと気づいたのだ。妻女山から海津城まではわずか半里（約二キロメートル）の距離だ。そこに武田本隊が入れば、ますます撤退が難しくなる。

大蛇のような武田軍から、一騎の武者がこぼれ落ちた。十数人の足軽を引きつれて、妻女山の眼前にある千曲川の浅瀬を越えてくる。

たった、それだけのことなのに、一万三千の上杉軍に緊張が走る。

武田の騎馬武者は散歩でもするかのように、甘粕らの顔がわかる距離まできた。三人張りと思われる強弓《こわゆみ》を手にもっている。

「なにをするつもりだ」

ざわつきだす上杉陣に構わず、武者は矢をつがえた。

異音が川中島の空に響きわたる。

赤子の断末魔《だんまつま》を聞かされているかのようで、甘粕の顔がゆがんだ。緩めの矢尻の矢叫びである。矢尻がゆるいために、普通の矢とはまったくちがう響きをあげるのだ。

さらにたてつづけに、騎馬武者は矢をはなった。空が悲鳴をあげる。耳孔《じこう》をかきむしるかのように一際大きく轟いたのは、その内の一本が甘粕のすぐ横にある柵につき刺さったからだ。

「この程度の矢で恐れるな」

耳を両手でふさぐ足軽や侍たちを怒鳴りつける。矢の柄をにぎり、勢いよく引きぬいた。

どよめきがおこる。

矢の先には、矢尻がなかった。深々と柵のなかに埋めこまれている。

その様子を見て、行軍する武田勢から笑いが沸きおこった。驟雨《しゅうう》のようにふりそそぐ嘲《あざけ》りを受けて、越後の兵たちはなす術《すべ》もなくにじり退《さ》がる。

嘲笑の隙間を縫《ぬ》うように、甘粕の耳にとどくものがあった。旋律だ。

弦を弾《はじ》いて生みだされた音は、武田の矢叫びで汚れた耳朶《じだ》を洗うかのように思えた。

甘粕は首をひねる。目に飛びこんできたのは、朱の日の丸をあしらった紺地の扇だ。竿《さお》の上にかざられたそれは、上杉政虎の居場所をしめす馬印である。ひとりの法体の武者が近づいてくる。甲冑《かっちゅう》の上に芽吹いた春の草を思わせる萌黄《もえぎ》色の胴肩衣《どうかたぎぬ》を羽織り、白手巾《しろしゅきん》を首元にまとっていた。髭《ひげ》のない顔は、まるで尼のようだ。色艶のある唇のせいで、余計にそう感じるのかもしれない。それらと対照的なのは、盛りあがった筋肉である。長く太い首の下には、広い肩幅があった。大きな刀を腰からつりさげ、両手には琵琶を抱いている。

軍神・上杉〝弾正小弼〟政虎が、琵琶を弾きつつ歩んできた。

初めに変化があらわれたのは、味方ではなく敵だ。千曲川によりかかるようにしていた武田軍の嘲りが、たちまち萎《しぼ》みだす。

上杉政虎は悠々と琵琶を弾き、調べにあわせるように歩む。とうとう甘粕や直江、宇佐美らのいる場所までたどりついた。琵琶を従者にあずけ、かわりに受けとったのは弓だ。

戸惑う甘粕に、政虎の手がさし伸べられる。

甘粕は意味がわからない。「矢を」と声をかけられた。にぎっていた武田の矢を、あわててさし出す。

琵琶を奏《かな》でるように弓弦《ゆづる》をかるく弾いて、みなの注目を集めた。そして、矢をつがえ、引きしぼる。無論、矢尻はない。

「刺さらぬ矢でなにをするおつもりか」

「武田の笑いものにされますぞ」

左右から直江と宇佐美が言いつのるが、政虎は目を正面へとむけたままだ。その先には、武田の騎馬武者がいる。指を突きつけて、笑っている。声も聞こえてきた。

「見ろ。上杉の総大将を。矢尻のない矢と気づいておらぬぞ」

政虎の登場で萎んだ気をとり戻すように、嘲笑《ちょうしょう》が何倍も大きく膨《ふく》れあがった。

同調するかのように片頰を持ちあげたのは、上杉政虎自身だった。

矢羽根をつかむ指を、解きはなつ。弓弦のすんだ音が、甘粕の耳を貫いた。

「おおおぉぅ」

上杉陣から歓声がおこった。

武田の騎馬武者が絶叫を喉からほとばしらせ、両手を顔にあてがっている。指の隙間から矢の柄が生えていた。

ぶるりと、甘粕の体がふるえる。上杉政虎の矢が、武田の武者の眼球を射貫いたのだ。

従者に弓をあずけつつ「耳ざわりだ」と、政虎はつぶやく。目を甘粕へとやる。

「鬨《とき》の声をあげろ。武田の不調法者《ぶちょうほう》に、われらの気合いを聞かせてやれ」

言いおわる前に背をむけていた。だが、甘粕は指示を出さなかった。その必要がなかったのだ。

「ざまあ、みろ、武田め」

「これが上杉の強弓よ」

たちまち上杉陣から怒号が沸きたつ。無秩序なそれは、すぐにひとつの鬨の声へと変化した。そのなかで、上杉政虎は琵琶を弾きつつ、陣中深くへと去っていく。

「わからん」

頭をかかえたのは宇佐美だった。あご鬚が不穏にゆれている。

「殿は、やはり上杉家に必要なのか。それとも……」

宇佐美の苦しげな自問に答えたのは、直江だった。眉間《みけん》に深いしわを刻みつついう。

「わしもわからん。殿が軍神のように見えるときもあれば……」

目を射貫かれた武田の武者に顔をやる。

「疫病神ではないかと思うときもある」

嘲りの声をあげることを、武田軍はやめていた。かわりに竈《かまど》から湯気が吹きだすように、闘志をみなぎらせている。朋輩《ほうばい》の片目を射貫いた代償を、上杉軍のだれの五体で払わせるかを物色しているのだ。

「答えを見つけました」

甘粕の言葉に、ふたりの宿老は顔をあげた。

「このまま殿を擁していては、越後上杉家は滅びの道を進むだけです。ですが、殿がいなければ、剽悍無比な武田と渡りあえぬのもたしか」

「だから、われらは迷うているのだ」

宇佐美は、らしくない罵声を唾《つば》とともに吐きだした。

「ならば、答えはひとつ。われらの手で、殿を御《ぎょ》するのです」

ふたりの体が硬直する。しかし、それはすぐに解けていく。聡明なふたりは、甘粕のいわんとしていることを瞬時に理解したのだ。

「したがうのではなく、われらが殿を操るのです」

宇佐美は虚空《こくう》に、直江は地に、それぞれ視線を落として黙考する。

「迷われるな。上杉家四天王のうち、三人が心をひとつにすれば、殿を御することも可能でしょう」

長い沈黙があった。そのあいだも、上杉の兵たちは鬨の声をあげつづける。

「たしかに」

「最初からそれしかなかったのかもしれん」

三人の視線がからまり、つよく結ばれる。

もう上杉政虎の姿は視界から消え、琵琶の音も聞こえない。だが、どのように弦を弾いているかが、鬨の声から容易に察することができた。はるか遠くにいても、上杉政虎は戦場を支配しているのだ。

今や、妻女山は、ひとつの巨大な獣のごとく咆哮《ほうこう》を繰りかえしていた。

五

陣幕のなかで、上杉政虎は七弦琴《しちげんきん》を弾いている。

目の前には川中島の絵地図があるが、一瞥《いちべつ》さえしない。ときに目をつむりつつ、指を優雅に動かす。その横では、半月の薙刀をもった甘粕が侍していた。

美しい音色《ねいろ》だと思う。謀《はかりごと》を好まぬ政虎らしく、まっすぐな旋律が心を打つ。

草をふむ音がして、陣幕の入り口から三人の武者が姿をあらわした。ひとりは虎髭を生やした豪傑で、名を柿崎《かきざき》〝弥次郎《やじろう》〟景家《かげいえ》という。上杉家四天王のひとりで、家中一の勇将だ。つづくふたりは、直江と宇佐美である。

目があうと、直江と宇佐美のふたりは指を右の耳たぶにやった。「よし」と、甘粕は心中でつぶやく。柿崎の説得に成功したという符丁《ふちょう》である。上杉家四天王のすべてが、甘粕の考えに賛同したことになる。

いよいよ、決行のときだ。四人は素早く視線を交わらせ、無言でうなずく。

刹那《せつな》、音曲がやんだ。

上杉政虎の指が、虚空で静止している。

「甘いな」

政虎の発した言葉に、甘粕の心の臓が大きく悶《もだ》えた。

思わぬ一声に、直江、宇佐美、柿崎の三人の体も硬直していた。

「な、何がでございますか」

あくまで平静をよそおって甘粕は聞きかえしたが、語尾は上ずっていた。上杉政虎は琴にやっていた目を、斜め上へむける。四人の視線も同じ一点に注がれた。

「空気が甘い」

つぶやきの意味を、しばし判じかねた。「はあ」と甘粕がこぼすのと、政虎が勢いよく立ちあがるのは同時だった。

「空気が甘い。気づかぬのかっ」

首を鋭くめぐらせる。犬のように、鼻もひくつかせている。

「やはり、甘い。これは……炊煙《すいえん》だ。飯を炊く匂いだ。ついてこい」

叫びつつ駆けだした。宿老を弾きとばし、陣幕を出る。

「お、お待ちくだされ」

甘粕らは、ただただ必死に後を追うだけだ。

妻女山にある見晴らしのよい丘の上で、上杉政虎は仁王《におう》立《だ》ちしていた。眼下には、海津城が見える。平地にある城には堀がうがたれ、その外をかこむように武田の大軍があふれている。たしかに白い炊煙はあがっているが、常よりも多いようには感じられない。だが、炊煙から軍の動きを探るのは兵法の基本だ。竈の上に布をはり、大きな団扇《うちわ》で煙を消す方法は古くから知られている。

「まだ感じぬか。飯を炊く甘い香りがするだろう。よく見ろ、炊煙も濃い」

上杉政虎にいわれて、甘粕は目を細めた。

たしかに、白い靄《もや》のようなものが武田陣をうすくおおっている……ような気がする。

「感じるだろう。風が甘いぞ」

四人は目を見合わせた。

甘さは感じない。だが、こういうときの上杉政虎の五感は、狼《おおかみ》よりも鋭いことを四人は知っている。

「忍びをはなち、武田の動きを探れ。信玄坊主め、間違いなく今夜動くはずだ」

そして、また目を閉じた。両手が顔の辺りで、ただよう。旋律を刻《きざ》むかのようだ。

唇がせわしなく動きだした。言葉が途切れ途切れに、上杉政虎から漏《も》れだす。

「そうか、軍を二手に分けるか」

「夜襲はあるか、いや、ちがうな」

なにかが憑依《ひょうい》したかのように、上杉政虎は武田軍の作戦をつぶやきつづける。

「挟みうちか」

両の口角が、極限までつりあがった。ゆっくりとまぶたをあげる。爛々《らんらん》と輝く瞳があらわれた。

「いいぞ、信玄坊主。見事な采配だ。そうこなくては面白くない」

白い歯を見せつけて、甘粕らの主君は破顔した。無垢《むく》な笑みは、まるで南蛮《なんばん》の絵画に描かれた天使のようだ。

どうしてだろうか。邪気の一切ない、美しいはずの主の笑みを、甘粕ははじめて怖いと思った。

六

陣幕のなかの篝火《かがりび》が、上杉軍の将兵を赤と黒に塗りわけていた。歌を口ずさみつつ川中島の絵地図を見つめるのは、上杉政虎だ。その目差しは、七弦琴や琵琶を弾くときとなんら変わらない。

半月形の薙刀をにぎりつつ、甘粕は上杉政虎が春日山城で念仏を唱えている姿を思いだす。歌うかのように口ずさんでいた。上杉政虎にとっては、歌舞音曲《かぶおんぎよく》も念仏も、そして合戦さえも、同じ芸事にしかすぎないのかもしれない。

——この御仁《ごじん》は、無私の人などではない。

甘粕は唾を呑みこんだ。

——われらと同じ、否、われら以上の強欲の人だ。

上杉政虎には、領土欲や金銭欲はない。ただあるのは、己の血をたぎらせたいという情熱だけだ。甘粕は、それを無私の心だと勘違いしていた。

思考をさえぎったのは、陣幕のなかに飛びこんできた人影だった。

「ご注進」と、ひとりの男が息を切らして駆けこむ。樵夫《きこり》姿ということは、忍びの者である。

「武田軍、海津城を出て、二手に分かれました」

静かなどよめきが、陣幕を満たす。

「一隊は、山伝いに妻女山の背後に陣取るようです。もう一隊は、妻女山の前方の平地に布陣するようです」

上杉政虎は、美味なる肴《さかな》を口にしたかのような表情をつくった。

一方の甘粕ら諸将は、顔から血の気がひく。絶体絶命とはこのことだ。妻女山の背後の急峻な山に陣をとられれば、武田領深くに攻めこむことはかなわない。かといって越後へ帰還しようとして山をおりれば、武田の本隊に迎えうたれる。

武田の挟みうちの布陣が完成すれば、上杉軍に打つ手はなくなる。三日と経《た》ずに、兵の逃亡離散が相次ぐだろう。武田はただ待つだけだ。逃亡兵で上杉軍が十分にやせ細ってから、とどめをさせばいい。

甘粕は素早く諸将を見渡した。上杉家四天王に目をやる。直江、宇佐美は力強くうなずいた。柿崎は、渋々といった風情《ふぜい》で首を縦にしずめる。

みな、色を失っている。そして、上杉家四天王に目をやる。直江、宇佐美は力強く

「殿っ」

甘粕の叫びに、みなの視線が集まった。

大股で歩んで、上杉政虎と対峙する。半月の薙刀は、途中で従者にあずけた。この間合いならば長柄の薙刀より、腰の刀の方が頼りになる。直江、宇佐美、柿崎が、甘粕の背後につづく。

軍神が、目だけを動かす。宴を邪魔されたかのような、気鬱《きうつ》の表情だった。

「殿、お願いがございます。今すぐ、軍を退《ひ》いていただきたい」

どよめきが陣幕のなかに満ちる。

口ずさんでいた唇を、上杉政虎は閉じた。

「武田の軍が、ふたつに分かれたのは好機。土地の者の話では、夜更けから朝にかけて霧が出るとのこと」

上杉政虎の眉間が強張る。甘粕は主君の怒りを無視して、言葉をつぐ。

「敵の間隙《かんげき》をついて、越後へと帰るのです」

絵地図のなかの妻女山に指先をおいた。そして、北へと動かす。千曲川をわたり、信玄本隊が布陣するであろう八幡原《はちまんぱら》の横を通過し、最後に犀川を越える。

「敵の目が妻女山にむいているからこそ、それを逆手にとります。朝までに山をおりれば、絶対に気付かれませぬ」

上杉政虎は口を開けて、欠伸《あくび》をひとつする。

「つまらん策だ。なんのために、武田領深く陣取ったと思っているのだ。乾坤一擲《けんこんいってき》の決戦をするためだ」

大きな声ではなかったが、後ずさりそうになる気迫がこめられていた。

甘粕は、素早く周囲を見回す。主君の言葉に失望する諸将の様子を、目敏《めざと》く認めた。みな、本心では決戦など望んでいない。剽悍な武田勢とは戦いたくないと、全員が思っている。

丹田《たんでん》に力をこめて、あらためて主君と対峙する。そして、唇をこじ開けた。

「もし、策が受け入れられぬならば、われらは返《かえ》り忠《ちゅう》も辞しませぬ」

上杉政虎の眉尻が、ぴくりと動いた。

背後の三人のうち、ふたりは援護するように肩をならべた。残るひとりの柿崎も、狼狽えつつだがつづく。上杉家四天王が、主君と対峙する。

色艶のいい軍神の唇が、皮肉な笑みをかたどった。

「ほお、返り忠だと。そういうことならば、わしが高野山に出奔すると決めたとき、止めねばよかったのだ」

頬杖をついて、四人に目をやる。口調は穏やかで、この場の状況を楽しんでいるかのようだ。

「大方、合戦のときだけわが才が必要ということだろう。あとは、四人のいいなりになれということか。随分と虫のいい話だな」

「かえす言葉もありませぬ」

いいつつも、甘粕は足を踏みだす。三人もつづく。

「もし受け入れられぬなら」

甘粕は腰の刀に手をやった。さすがの直江、宇佐美らも、上体をのけぞらせた。

「殿を弑《しい》し奉り、それがしも腹を切ります」

篝火がはげしく爆《は》ぜた。一瞬、上杉政虎が猛《たけ》ったかのように錯覚する。だが、甘粕の主は不動だ。泰然自若《たいぜんじじゃく》という言葉を体現するかのように、床几《しょうぎ》に腰を下ろしている。

「ふん、甘粕、そのふるえは武者震いではなかろう」

頬杖の手をかえて、上杉政虎は茶化す。

あとは、無言がつづいた。

爆ぜる篝火だけが、雄弁だった。

篝火の薪《まき》の半分ほどが灰になり、火の粉と一緒に舞い、夜空を化粧する。かすかに、白い靄もたちこめはじめた。

どのくらい経っただろうか。

「いいだろう」

発したのは、上杉政虎だった。

「茶番にもほどがあるが、いかに己が軍神と呼ばれても、ひとりでは戦もできぬ」

唇の片側だけをゆがませた。

放心したように膝をついたのは、宇佐美だ。張りのあったあご鬚は、いつのまにか萎《しお》れてしまっている。

「だが霧の出る夜間に陣をぬけるのは、合戦以上の難事だぞ。特に先行隊としんがりは、死役だ」

試すかのような、上杉政虎の目つきだった。甘粕は、同調してくれた三人を見る。

宇佐美はまだ脱力したままだ。一方の虎髭の柿崎は死役を受ける義理まではないといいたげに、そっぽをむいている。

　直江と目をあわせる。

「先行役は拙者が」と、直江。

「しんがりはそれがしが」と、甘粕がつづく。

　琴の弦を弾くように、主君は色艶のいい唇を指でなでる。

「よし、では、先行役の直江に荷駄《にだ》をあずける。すぐに動け」

　上杉政虎は立ちあがって、諸将がそれに応える。甘粕もただちに走った。陣幕を出ようとしたとき、上杉政虎の姿が目に入る。ひとりたたずみ、顔を夜空へむけている。目をつむり、両手は調べを刻むように舞っていた。

　一体、なにを考えているのだ。

　たずねようとしたが、やめた。甘粕の役目はしんがりだ。先行隊以上に重要な役目である。特に不気味なのは、武田の別働隊の動きだ。背後の山に陣取るだけならいいが、奇襲を仕掛ける腹づもりであれば危険だ。妻女山の上杉軍不在にいち早く気づき、追撃してくるはずである。それを迎えうつ役目を担うのは、しんがりの甘粕だ。尋常にやれば、全滅は免れない。

　腰の刀に手をやり、上杉政虎と対峙したときのことを思いだす。主君に殺気をむけた報いは、戦場でかえすしかない。直江、宇佐美がいれば、己がいなくとも上杉政虎という悍馬《かんば》の手綱をにぎることはできる。

立ちこめていた靄がこくなり、甘粕の足元や体にまとわりつくかのようだった。

七

白い染料を塗ったかのような、川中島の夜だった。

妻女山をおりた甘粕の目の前からは、川のせせらぎが聞こえてくる。さきほど越えた千曲川があるはずだが、音しかしない。武田の別働隊を迎えうつ防壁ともいうべき川だが、主君に殺気をむけた甘粕への天罰として、消え去ってしまったのではないか。そんな妄想に襲われ、頬に一筋の脂汗が流れる。

甘粕は白い靄にかくれた川から目をはなし、北をむく。越後へ帰還する上杉政虎ひきいる本隊の影が、うっすらと見える。それはすぐに白霧のなかへと没して、ひかえ目に土をふむ音だけが聞こえ、やがてそれさえも消えた。

たった二千の兵だけが、戦場に残される。

具足《ぐそく》がすれあう音がするのは、足軽たちがふるえているからだ。武田軍がくる南と帰るべき北を、しきりに見ている。

陽が昇りはじめたのだろう。白靄が淡い光を持ちはじめた。霧も急速にうすまっていく。

甘粕は目を細めて、妻女山を見た。山の形が朧《おぼろ》げに浮きあがる。偽りで焚いた篝火が点々と光る星のようだったが、すぐに強まった陽のなかに没していく。

まだ、武田の別働隊は見えない。

それとも、息をひそめて隠れているのか。

数歩前へ出たとき、どよめきが背を打った。

手にもつ薙刀をとり落としそうになった。

風がふいて、白い大気がこじ開けられる。

目の前に——すぐ北に林のように大きな影が横たわっているではないか。

ひとつひとつの影には、槍や薙刀、弓と思しき得物がそえられている。大樹のように何本もの影が突きでているのは、旗印だ。図柄を見るまでもなく、形でわかる。あれは〝毘〟の字を墨書した、上杉家の旗印にちがいない。

「な、なぜ」

ふるえる唇では、つづく疑問を言の葉にのせることはできなかった。

なぜ、上杉の本隊がこんなところにいるのだ。もうとっくの昔に境界線ともいうべき、犀川を越えていないといけないはずだ。

さらに強い風が吹きぬけた。旗印の数々がなびき、白靄が弾きとばされる。

上杉本隊の横にあった霧も晴れていく。そこに隠れていた、黒々とした一団をあぶりだす。

「うう」とうめいた。甘粕の鎧《よろい》の下の着衣が、一気に湿りだす。上杉軍の隣にいるのは、武田軍本隊しかありえない。まさか、これほど近くにいたとは。

そして、甘粕はあることを悟った。

――騙された。

頭蓋《ずがい》が砕けるかと思うほど、はげしく顔がひしゃげる。

最初から上杉政虎は、退却する気などなかったのだ。山をおりて、武田信玄と乾坤一擲の決戦を仕掛けるつもりだったのだ。そのために、もっとも強硬に退却を進言した甘粕と直江を、先行隊としんがりになるように仕向けた。放心したかのような宇佐美と半ば無理矢理承諾させられた柿崎は、意のままに操れると判断したのだ。

「くそっ」

薙刀の石突《いしづき》で思いっきり大地を叩いた。衝撃が手を震わせるが、痛いとも感じない。

首をひねり、南を見た。

妻女山を攻めあがる一団がいる。巨大な蟲《むし》がはうかのようだ。武田の別働隊である。兵の数は、ゆうに一万以上。最初の柵を破ったところで、異変に気づく。攻めあがる軍団の動きが止まった。

武田別働隊が、こちらをむく。二万余の瞳からはなたれた殺気は、矢弾よりも苛烈に甘粕らに突き刺さった。

出しぬかれた武田軍の怒りは、肌を焼かれるような上杉軍の恐怖に変わる。

「に、逃げましょう」

叫んだのは、甘粕の近習《きんじゅ》のひとりだ。奥歯をカチカチと鳴らしている。涙目の足軽や顔面蒼白の侍が、足元にすがりつく。

「そうです。越後に退くという約定《やくじょう》を破ったのはご主君です」

「ここで陣を捨てても、罪には問われません」

背後から地揺れが襲ってきた。すがりつく兵たちが転げる。なんとか薙刀にしがみついて、甘粕はたえた。

「何事だ」

虚勢混じりだったが、怒号とともにふりかえる。目に映ったものを理解した刹那、甘粕の五体がふるえた。

〝毘〟の字の旗印が動いたのだ。その横では、もうひとつの旗も大きく旋回し、白靄を弾きとばすかのようである。〝龍〟と墨書されたそれは「懸かり乱れ龍」と呼ばれ、勝機を見つけた上杉政虎の指示でふられる全軍突撃の合図だ。

怒号を渦巻《うずま》かせつつ上杉軍が襲いかかるのは、まだ霧をまとわりつかせた武田の本隊だ。

〝風林火山〟の旗印が、うっすらと見える。

いや、それだけではない。

武田の旗印がゆれている。地響きを奏でる上杉軍に踊らされているのだ。

武田典厩や山本勘助《やまもとかんすけ》などの、武田の勇将の馬印も倒れそうになっている。

あの武田が恐懼《きょうく》している。

剣戟《けんげき》の音はしなかった。

狼が家畜の柔らかい腹にかみつくように、上杉政虎らの第一撃は、すべて武田の将兵の急所を貫いたのだ。

暫時《ざんじ》遅れて剣戟の音が鳴りひびくが、それは上杉軍のいる西から東へと吹きぬけるかのようだった。

武田の旗印が、あちこちで倒れる。上杉の旗が、波濤を割るように突きすすむ。

血が沸騰したのは、甘粕だけではない。すがりついていた兵たちが力強く二本の足で立ち、喉から気合いの声をはなつ。

全員が南をふりかえったのは、同時だった。

無人の妻女山を蹂躙《じゅうりん》した武田の別働隊が、山をおりようとしている。

不思議と怖いとは思わない。勇ましくふられる「懸かり乱れ龍」の旗の残像が目だけでなく、心にも焼きついたかのようだ。

甘粕は薙刀を突きあげ、声をはなった。

「わかっているな」

「わからいでか」

足軽や侍たちが怒号で応える。

「この川を、一歩たりとも通させるな」

霧のなかから姿をあらわした千曲川を指さす。

「当たり前じゃ。殿の合戦を邪魔する奴は許さねえ」

兵たちがかぶりつくように、川縁にならぶ。せまる武田の殺気は、もう微風程度にしか感じない。

やがて武田勢がしぶきをあげて川を渡りはじめたころ、甘粕は半月の薙刀で空を斬った。

「弓と鉄砲をはなて。ここが三途《さんず》の川だと、思い知らせてやれ」

返事のかわりに、矢叫びと火縄《ひなわ》の銃声が川中島に満ちた。それは武田軍が踏んだことでできた川面の波紋を、たちまちのうちに乱し、逆に押しかえした。

八

千曲川が赤く染まるころ、渡河《とか》する武田軍の圧が弱まった。すねまで川に踏みこんだ甘粕の手も止まる。半月の刃から、血がしたたっている。

唾を川に吐きつけた。武田の軍が二手に分かれようとしている。上流と下流にそれぞれある渡しから、甘粕の手勢を挟みうちにしようというのだ。

武田の別働隊を大きく迂回させたことになる。しんがりの成果としては十分だ。

川岸へあがり、従者を呼んだ。上杉政虎へ退却を進言する使者として走れ、と命じようとした。が、口が開かない。

首が勝手に動き、後方の八幡原へ目がいく。従者だけでなく、周囲にいるすべての兵が同じように見た。

「おおぉ」

雄叫《おたけ》びがあがる。

巨大な虎が動いたかと錯覚した。

上杉政虎の本隊が、躍動したのだ。〝毘〟と大書した旗印の竿が、激しくしなっている。先導するようにあるのは、竿の上にとりつけられた紺地の扇だ。中央に朱の丸があしらわれている。上杉政虎の所在をしめす馬印・紺地に朱の丸扇が、武田信玄の馬印・武田菱へと斬りかかる。

甘粕の体にまとわりついていた疲労が、吹きとんだ。

――まだ、殿はあきらめていないのか。

甘粕は左右を見る。何人かの体には、武田の矢が突き刺さっていた。

「どうする、退くなら今だぞ。ここに止まりつづければ、われらが挟みうちにあう」

全員が一斉に首を横にふる。

「わしらが逃げたら、殿が信玄坊主の首をとることはできねえ」

指を八幡原になびく〝風林火山〟に突きつけ、足軽が叫んだ。いかな上杉政虎といえど、背後から攻められては、信玄にせまる鋭鋒も鈍る。

「挟みうち上等じゃねえですか。こっちも、ふたつに分かれればいいだけの話だ」

血混じりの唾を飛ばしつつ、部下たちはいう。

「馬鹿め」

一喝《いっかつ》して、部下を下がらせた。

「二手ではないわ。三手だ。よく見ろ」

あごを動かし、対岸へと部下の目を誘う。武田の一隊が、息を潜めるようにして待機している。なんと狡猾《こうかつ》なことだろうか。甘粕らが二手に分かれるのを虎視眈々と待ちうけて、一直線に渡河しようというのだ。

「よいか、敵に勝とうとは思うな。殿が信玄坊主の首をとるまで、持ちこたえればよいのだ」

つづけざまに近習に指示をだし、甘粕は左右前方のみっつに手勢をわけた。

味方の布陣が整ったとき、武田軍が三方から攻めかかるところだった。

左右と前から、矢叫びが襲いかかる。中央の隊を指揮しつつ、半月の薙刀で矢を叩きおとす。しばらくもしないうちに、鋭鋒をひらめかせる武田兵が突きかかってきた。守りにまわれば勝機はない。槍と薙刀が交差する。敵の刺突《しとつ》は首をかすり、甘粕の薙刀は喉笛《のどぶえ》を斬りさいていた。

まだ絶命半ばの武田兵を蹴たおし、甘粕は次の敵を迎えうつ。

戦いつつ、何度も後方を確かめた。

紺地に朱の丸扇が〝毘〟の旗印をしたがえ、つき進んでいる。〝風林火山〟の旗印を倒し、とうとう武田菱の馬印に肉薄した。立ちあがる砂塵《さじん》は、朝方の霧よりも濃い。

からみあうふたつの馬印。

二度、三度と激しくぶつかり、一方が大きく傾いた。そして、支えを失ったかのように、地に落ちる。

瞬間、矢叫びの音が消える。

大気は完全に砂色に染まり、敵味方の旗の区別はつかなくなっていた。戦場にいるすべての者が、敵にむけていた刃を止める。

ごくりと、全員が唾を呑んだ。

立っている馬印は、武田菱の信玄のものか、それとも紺地に朱の丸扇の政虎のものか。砂塵が晴れてまっ先に目についたのは、扇の形だった。紺色にかこまれた朱の丸もわかる。

「やったぞ」

上杉軍のあちこちから歓声が沸きおこる。しかし、一瞬ののちに急速にしぼみだす。高揚があっという間もなく吹きとぶ。歓喜は、怒号にかき消された。

いつのまにか上杉政虎の馬印をかこむように、〝風林火山〟の旗印がならんでいた。上杉政虎の旗本は、突撃の代償として味方から孤立してしまったのだ。

それだけではない。

ゆっくりと起きあがろうとする影がある。血泥に汚れた旗だ。

甘粕の体に、なにかが重くのしかかった。

四つの菱形が集まり、ひとつの大きな菱形をかたどっている。あれは、武田菱だ。

武田信玄の馬印がよみがえったのだ。その意味するところは、ひとつしかない。

武田信玄を討ちとりそこねた。

甘粕の奥歯が鳴る。いまや八幡原の上杉軍と武田軍の立場は逆転しつつあった。上杉軍の旗印を狩るかのように、敵が殺到していた。

「逃げろ」という言葉を発しようとしたら、胸ぐらをつかまれた。若い足軽が目を血走らせている。

「甘粕様、わしらはまだ戦える」

血にぬれた歯を食いしばり、つめよる。無論、甘粕が後ろに下がる訳にもいかないから、ふたりの胸がぶつかるだけだ。

見ると、体には矢が何本も刺さっている。足軽はそのうちの一本をつかみ、うめき声をもらしつつも乱暴に引きぬいた。矢尻は当然のごとくない。体内に残されたのだ。

「こんな卑怯な矢を使う武田に、後ろは見せたくねえ。そんなことするぐらいなら、死んだ方がましだ」

見ると、甘粕をかこむ近習や従者、侍たち、みなが目に闘志をたぎらせていた。

「ようった」

陣笠ごと、足軽の頭をなでてやる。

視界のすみに、甘粕らの手勢を迂回しようとする一隊が見えた。しんがりを全滅させるよりも、上杉本隊を襲う方が手柄が大きいと判断したのだろう。

「この陣は捨てる。だが、逃げるためではないぞ」

薙刀の先を、迂回する武田軍へ突きつけた。

「われらを不遜にも無視して、朋輩の背中を襲わんとする奴らに、鉄槌《てっつい》を下すためだ」

間髪《かんはつ》を容《い》れず、前方の渡河部隊を見る。

まだ、川の半ばにも達していない。甘粕は三手に分けていた兵を左右に集中させ、反撃に出た。わずかに生まれた間隙をついて、千曲川の陣を脱する。

目指すは、甘粕らを迂回した隊だ。旗印から、飯富虎昌、真田幸隆らの将だとわかる。武田二十四将に数えられる豪傑だ。

「矢をつがえろ。火縄の弾をこめている者がいれば、前へ出ろ」

馬で駆けつつ、甘粕は下知する。

「いいか、狙いは一番先頭の武者だ。全員で狙え」

いぶかしげな視線が、甘粕の顔に集まった。

「無駄矢、無駄弾を恐れるな。敵の足を止めるのが先決だ。まず先頭の何人かを地に引き倒せ」

兵たちは素早く甘粕の意を汲《く》みとる。

「上杉の矢は武田とちがって、固くて痛《いて》えぞ」

「そうだ、思い知れ」

足軽たちが次々と弓弦を鳴らす。間隙を縫うように、火縄の銃声もつづく。先頭をいく武田兵たちに矢弾が突きささり、何十人もが転倒した。急速に行軍がよどみだし、あちこちで敵同士が衝突を繰りかえす。

「でかした。このまま進め。敵と味方のあいだに割ってはいれ」

射ちたおした敵には目もくれず、甘粕は駆ける。味方の背後を守る位置にくると、素早く手勢を反転させた。ちょうど武田の迂回軍も、混乱から脱却したところだった。

飯富虎昌、真田幸隆らが、兵を引きつれて身構える。進撃をはばまれた怒りを、湯気のように立ちのぼらせている。当然ながら、甘粕の二千よりはるかに多い。だが、怖いなどとは微塵も思わない。

薙刀をしごくと、部下たちもそれにつづいた。

背後を一瞥する。

上杉の軍はすでに崩れていた。千曲川をわたり甘粕を包囲しそこねた軍に、襲いかかられている。幸いなことは、別働隊の大部分を甘粕がひき受けていることだ。

「いいか、われらはしんがりだ」

前へと飛び出そうとする仲間を制する意味もこめて、叫ぶ。

「一兵を討ちとることよりも、ひとりでも多く味方に犀川を渡らせることが、なによりの手柄だ」

部下たちはうなずくかわりに、舌なめずりした。

甘粕は苦笑する。

「というのは、建前だ。どうせ、十のうち九は死ぬ負け戦のしんがりだ。思う存分に戦え」

言いおわる前に、上杉の兵は地を駆け、槍に全体重をあずけて突撃した。

敵が矢をはなたなかったのは、甘粕らの絶命をその手で確かめたかったからかもしれない。叫喚《きょうかん》をまき散らし、武田の兵も甘粕らの気合いに応えた。

刃と刃、肉と肉、あるいは刃と肉がぶつかりあう。骨のきしみは無音だったが、雄弁にも敵味方の表情をゆがめた。

いつのまにか、甘粕の手にあった半月の薙刀はなくなっていた。腰の刀をぬき、敵と戦う。

次々と味方は倒れていく。

三途の川の渡し賃――六文銭をあしらった敵兵は、とくに剽悍だった。鬼弾正の異名をとる、真田幸隆の手勢だ。飢えた狼を思わせる貪欲さで甘粕に群がり、槍や刀をくり出してくる。

ひとりふたりと、甘粕は薙ぎはらう。そのたびに、疲労の嵩《かさ》が増すのがわかる。

くそ、とつぶやいたつもりが、声はでない。もう得物をふり回しているのか、あるいは己がふり回されているのかも定かではなかった。

気づけば、甘粕は敵兵のまっただなかに孤立していた。

前後左右から槍が襲う。刀を取りおとし、脇差をぬいた。だが、もう握っている感覚さえない。敵の槍の一撃で、ぽろりと脇差が手から落ちた。

もう、立っていることしかできない。

――わしが死んだら、殿が念仏をあげてくれるのだろうか。

そんなことを考えたときだった。

甘粕を貫こうとした槍の穂先が止まる。

「敵だ。新手の敵だぁ」

叫んだのは味方ではなく、剽悍な武田兵たちだった。ぼやける視界のすみから、一団の騎馬武者がやってくる。天を刺すような長い槍、背に負う馬印には円のなかに〝上〟の文字が描かれていた。

「甲斐の野良犬どもが。信濃がだれの土地かわからせてやる」

灰髪灰鬚《はいはつはいしゅ》の鎧武者が、長大な槍を繰りだしている。つづく槍が、次々と武田軍を貫いた。

——あれは……村上殿だ。

村上〝信濃守《しなののかみ》〟義清——北信濃の戦国大名にして、何度も武田家と干戈を交えた豪傑である。信玄に敗れた後は、客将として上杉家の幕下《ばっか》に加わっていた。今回の川中島の軍旅にも同行していたことを思いだす。

村上義清が馬をよせてくる。

「む、村上殿、助太刀感謝する」

「この地はもともとわが村上家の領地。無粋《ぶすい》な客人に、礼儀を教えてやっただけじゃ」

腰の刀をぬいて、投げわたしてくれた。

「さあ、甘粕殿、退こう。直江殿も待っているぞ」

村上義清の指さす先を見ると、新手がいた。その数は二千ほどか。ほとんど傷のない甲冑が、陽光を反射している。直江〝神五郎〟実綱の軍勢であることは、馬印を見なくてもわかる。

「どうやら、荷駄を捨てて駆けつけてくれたようだな」

村上義清がいう。

「わかった。では、まず村上殿が先にいってくれ」

助太刀した武者の眉間にしわが刻まれる。

「しんがりをひき受けたのは、それがしだ。最後までやり遂げたい。幸い、敵は退いたようだ」

春日虎綱《かすがとらつな》らの武田軍が目に入ったが、遠巻きにしているだけで、攻めかかる様子はない。

「剛直《ごうちょく》、いや、そこまでいくと偏屈とでもいうべきか。さすが、弾正小弼様に、刀をにぎって進言するほどの侍大将じゃ」

笑いを残し、村上義清は馬首をひるがえした。

ゆっくりと犀川を目指す村上勢の後尾を、甘粕らはついていく。

やがて、直江の軍と合流した。

春日虎綱ら、武田の軍も反転する。

その様子を見て、甘粕はつぶやいた。

まだ、終わっていない、と。

ぽつぽつと、点のような影があちこちにある。上杉の敗兵だ。彼らをできうる限り生かして、犀川を渡らせる。そのために、己は最後に川を渡る。それが、川中島の合戦でしんがりをひき受けた男の矜持《きょうじ》だった。

九

五千の兵とともに、甘粕は越後への山道を歩いていた。色づきはじめた木々や実が、目に心地いい。空を見れば、北から飛来した雁《かり》が泳ぐように飛んでいた。

甘粕は、村上義清と直江に助けられた後も、犀川の手前で踏みとどまった。そして、五千もの上杉の敗兵を渡河させた。最後に、甘粕が犀川の水に足を浸したとき、大会戦から三日が経っていた。

心身の疲労は極限に達していたが、故郷が近いと思えば難路も平地のごとく感じる。

土の香りに混じって、琵琶の音色が聞こえてきた。

目の前にいるのは、法体の騎馬武者だった。鞍《くら》の上で琵琶を弾きつつ、秋風を受けている。首にまとった白手巾が優しげにゆれていた。

甘粕は、上杉〝弾正小弼〟政虎と対面する。

琵琶を弾く手を止めて、目をむけてきた。

「甘粕、いい面構《つらがま》えになったな」

ゆっくりと首を後ろへむけ、連れてきた兵たちを見た。みなの表情は、たくましい。

犀川を渡らせたときのことを思いだす。

味方のひとりに肩を貸してやろうとしたが、甘粕はやめた。なぜなら、彼らの顔は敗兵のものではなかったからだ。矢がうがたれた体から血を流しつつも、目は爛々と輝いていた。

「おれたちはやったぞ」

「武田の兵をぶっ倒してやった」

「武田典厩が討ちとられるところを、この目で見た」

「典厩だけじゃねえ。山本勘助や、油川《あぶらかわ》や初鹿野《はじかの》もだ」

川を渡る彼らの背中は、精気に満ちあふれていた。

顔を前にもどし、主君を見る。

「はい、この一戦で兵たちはたくましくなりました。もう武田の兵を――緩めの矢尻を恐れることはないでしょう」

上杉政虎は、顔を天にむける。そして、口を大きく開けて笑った。

「馬鹿が。わしがいいたいのは、兵のことではない」

「え」と、無様に訊《き》きかえした。

「甘粕よ、お主のことだ。やっと一人前の乱世の男になったな。なにものをも恐れぬ、不敵な面構えだぞ」

恐る恐る、己の顔を指さした。

返事のかわりだろうか、上杉政虎は目を糸のように細める。

確かに、そうかもしれない。

甲斐武田の剽悍な兵をだれよりも恐れていたのは、実は己自身ではなかったか。兵たちが弱腰だったのは、彼らが侍大将をうつす鏡だからだ。

もっとも、それも過去の話だ。

「さて、と」

政虎は顔から笑みを消した。

「わしが高野山に出家しても、お主らだけで何とかなりそうだな」

真剣な目差しが、甘粕をつらぬく。

今ならば上杉政虎がいずとも、武田家と互角に渡りあえるだろう。五体に刻まれた傷と一緒に、そういう確かなものを手に入れた。

「やっと仏道に邁進《まいしん》する夢を叶えられそうじゃ」

甘粕はひとつうなずいてから、主の言葉に答える。

「殿も、軽口が達者になりましたな」

上杉政虎が顔に手をやったのは、綻《ほころ》んだ口元を隠すためであろうか。

「いいのか。お主らにたやすく御されるほど、わしは素直ではないぞ」

「それは、こちらも同じこと」

ふたり同時に、白い歯をみせて笑った。

「よし、わしは先に春日山城へ帰る。三度目の上洛について、秘策を練りたいゆえな」

上杉政虎は馬首をかえした。鞭《むち》をいれて、軽やかに駆ける。

甘粕の口から吐きだされたのは、微笑とため息だった。

——きっと、わが主は乱世の勝者にはなれない。

後ろをむいて、兵たちに目をやった。

——だが、それでもいいのではないか。

太陽を埋めこんだかと錯覚するほど、みなの瞳は力強く輝いている。

——これほど血沸き肉躍る負け戦をできる将が、この日ノ本にふたりといるだろうか。

完全に兵たちに向きなおる。

「今から、鬨の声をあげる」

みなが、ざわつきはじめた。

「そりゃ、勝鬨ですか」

「ちがう」と、吠える。

「天下一の負け戦をした祝いだ。これほど敵の度肝《どぎも》をぬいた負け戦が、古今東西にあったか」

爆ぜるように、みなが笑った。

「みな、甲斐の方へむけ」

くるりと一斉に反転する。

「勝鬨ならぬ、負鬨じゃ。甲斐の男たちに存分に聞かせてやれ」

地が盛りあがるような、咆哮が轟いた。

それはひとつになり、木霊《こだま》しつつ、越後の山々のあいだを南へと駆けぬけていく。

甘粕が耳をすますと、やがて聞こえなくなった。

きっと、今頃は川中島の空を通過して、甲斐へと届いているはずだ。

幽斎の悪采

一

「おのれ、蝙蝠《こうもり》侍め」

背後から聞こえてきた声に、細川《ほそかわ》〝与《よ》一郎《いちろう》〟藤孝《ふじたか》は首をひねった。

二条《にじょう》の将軍御所には、足利義昭《あしかがよしあき》の奉行衆《ぶぎょうしゅう》がひしめいている。皆、きらびやかな直垂《ひたたれ》を身にまとっている。数年前まで継ぎはぎだらけの大紋《だいもん》をきて、かろうじて威厳をたもっていた放浪生活が嘘のようだ。これも、織田《おだ》信長《のぶなが》という男を将軍義昭らがたよったおかげだ。

さまよう藤孝の視線がとらえたのは、大きな額が特徴的な武士の姿だった。灰色の髪と目尻や口元に深く刻まれたしわは武家の老奉公人といった風情だが、眼光は鋭い。

明智《あけち》〝十兵衛《じゅうべえ》〟光秀《みつひで》——元は細川藤孝が養う食客《しょっかく》のひとりにすぎなかったが、藤孝の口利《くちき》きで将軍家の家臣にしてやってからの出世は目覚ましかった。流浪《るろう》する将軍義昭に織田信長という宿《やど》り木《ぎ》を見つけてやり、上洛をそそのかして見事に復権させる。その後は将軍家の家臣でありながら信長の部下としても働き、昨年の比叡山《ひえいざん》焼き討ちでも名をあげた。今や織田家と将軍家から二重に禄《ろく》をもらう存在だ。

それゆえに、蝙蝠侍の悪口である。

歩む光秀に、奉行衆たちが道を開ける。半国に匹敵する比叡山の所領を信長から与えられた大身の風格がなせる業《わざ》だ。

まっすぐに藤孝の方にむかってくる。

正しくは、藤孝のむこうにある将軍謁見《えつけん》の間へといくのだろう。このまま己《おのれ》の前まできたら、どうするか。過去に養ってやった食客に道をゆずるのか。想像しただけで、藤孝の顔の皮膚が強張《こわば》った。

光秀は、蝙蝠などという生易しいものではない。禄や出世のためなら比叡山の女子供を殺すことも躊躇《ためら》わない貪欲さは、狼《おおかみ》のように危険である。それを知らずに養い、将軍に推挙《すいきょ》した己の迂闊《うかつ》さを笑ってやりたい。

顔は老いてはいるが、獲物を見つけた獣のように光秀の目は爛々《らんらん》と輝いていた。恩人であるはずの藤孝さえも、戦慄《せんりつ》を覚えるほどだ。

「十兵衛ではないか。久しいの」

発したのは、藤孝ではなかった。戦場で鍛えた太い声は、ふりむかずとも誰のものかわかる。光秀の足も思わず止まるほどだ。声の主は藤孝と並ぶように肩をそろえた。日に焼けた肌、毛質の太いあご鬚《ひげ》が実にたのもしげだ。

「これは……大和守《やまとのかみ》様、ご無沙汰しております」

さすがの光秀も頭をさげた。

三淵《みぶち》〝大和守〟藤英《ふじひで》、足利家の血をひく名門・三淵家の惣領《そうりょう》であり、藤孝の異母兄である。

「十兵衛の最近の活躍ぶり、たのもしい限りよ」

光秀はさらに深く頭をさげた。兄の三淵藤英は、明智光秀の命の恩人である。本圀《ほんこく》寺《じ》合戦で三好《みよし》軍が将軍義昭をかこんだ際、敗れそうになった守将の光秀を、三淵藤英が救ったのだ。

「いえ、これも三淵様に助けられ、細川殿に引きたててもらったおかげでございます」

兄を三淵様と呼び藤孝を細川殿といったのが気にさわったが、黙っておく。将軍奉行衆のなかでは、藤孝と光秀は同じ親信長派だ。

ただ看板は同じでも中身はちがう。光秀は、出世のために信長にすりよっている。一方の藤孝は将軍家存続のためだ。織田信長を敵に回しても勝ち目はない。なにより藤孝は、信長と将軍の両方から禄をもらう光秀を好きになれない。

「これより公方様《くぼう》と大事な話がありますので」

藤孝と三淵藤英をさけて、光秀は進んだ。兄弟ふたりは、小さくなる光秀の背中を見送る。

「功がなければ、恩知らずといって殴《なぐ》ってやるのだがな」

三淵藤英は苦笑とともに、拳《こぶし》をつくってみせた。

「それより兄上、話というのは」

今朝、使者がきて、兄から話があると伝言があったのだ。

「ああ、ここでは何だ。ふたりきりで話そう」

童《わらべ》のころのように兄は藤孝の肩を叩いて、先にたって歩きだす。庭に出て、一本の松の下へと藤孝を誘った。

「話というのは、織田につくか公方様につくか、ということよ」

松の枝ぶりを褒《ほ》めるかのように三淵藤英はいう。近くに人はいないので、大きな声さえ出さなければ聞かれる心配はない。

「もはや、織田殿と公方様の合戦は避けられませぬか」

将軍義昭と織田信長の蜜月は短かった。一時、将軍義昭は信長のことを〝わが父〟とまで慕っていたが、今は敵意をむき出しにしている。

「十兵衛がきたのは、織田の使者としてだろう。公方様に受けいれられぬ要望をつきつけ、戦の口実を作るためよ」

藤孝は己の心に問うた。将軍と信長、どちらにつくか。親信長派だが、織田の走狗《そうく》になったつもりはない。足利の血をひく男として、幕府のために戦うのみだ。

太いあご鬚をもてあそびつつ、兄が微笑を浮かべた。

「姓は変わっても兄弟。与一郎（藤孝）の考えることはわかるぞ」

「それは、こちらも同じこと。兄弟そろって公方様のために……」

日に焼けた腕を突きだして、兄は藤孝の言葉をさえぎった。

「悔《くや》しいが、織田には勝てぬ。兄弟が織田に鉾《ほこ》をむければ、ふたりとも犬死にだ。亡き父になんと申し開きをする」

藤孝はしばし黙考して、小さな声で兄に問いただす。

「もしや、兄弟の一方が公方様に、一方が織田家に与《くみ》せよと」

はたして、三淵藤英はうなずいた。

「では兄上が織田家に。家をのこす嫡男としての務めをはたしてくだされ」

「論が先走るのが、与一郎の悪い癖だ」

童のころに藤孝を叱《しか》ったような口調でいい、兄は袖に手をやる。とり出したものは、藤孝がよく知っているものだ。幼いころに兄と遊んだ双六の賽子《さいころ》である。

「わしは与一郎が織田に与し、血を残せというつもりだった。将軍家に殉《じゅん》じるのは、嫡男のわしの務めよ」

「承服しかねまする。嫡男の兄上こそ、家を残すべきです」

やはりな、という顔で兄は賽子を目の前にかざす。

「答えが出ぬなら、これで決めよう。丁《ちょう》なら与一郎が織田につく。半《はん》ならわしが織田だ。そして生き残った方が血をつなぐ」

兄の指につままれた賽子は、手垢《てあか》がついて少しくすんでいた。

「それとも兄弟ふたり公方様について滅ぶか」

反射的に、藤孝は首を横にふる。

「では、われらの命運を賽子に託さん」

三淵藤英が指で賽子を天高く弾《はじ》く。松の枝にあたり、庭の敷石《しきいし》のひとつに落ちる。

数度転がった後に、目が出た。

〝六〟である。

細川藤孝が織田に与する。

「悪いな、足利家の忠臣の名はわしがもらう」

敷石の上の賽子を拾いあげて、三淵藤英は快笑したのだった。

二

甲冑《かっちゅう》に身をつつんだ細川藤孝の目の前には、瀑布《ばくふ》を横たえたかのような宇治川《うじ》があった。川幅が広く、流れも強い。ところどころで渦《うず》をまき、白い飛沫《しぶき》が盛大にはじけていた。

川のむこうにあるのは、槇島城《まきしま》だ。ここに将軍足利義昭がたてこもっている。

光秀の思惑通り、義昭は挙兵した。

対する信長の行動は素早く、かつ苛烈《かれつ》だった。ただちに軍をひきいて入京し、将軍支持の町人が多い上京《かみぎょう》を焼き払ったのだ。これに恐怖した足利義昭は和睦《わぼく》するが、すぐにまた挙兵する。焼野原の上京にある二条の御所を藤孝の兄の三淵藤英にあずけ、宇治の槇島城へとこもった。今、藤孝の目の前にある城がそれだ。

城の背後には湖のように巨大な巨椋池《おぐら》があり、宇治川とともに天然の要害として立ちはだかっている。

城と対峙《たいじ》する川岸には、数万という織田の軍勢が布陣し、そのなかに藤孝もいた。

采配を手に、藤孝は戦場の様子を見つめる。織田軍は尾張《おわり》（愛知県）美濃《みの》（岐阜県）近江《おうみ》（滋賀県）の兵だけでなく、藤孝や明智光秀などの畿内《きない》の手勢もそろえた大軍だ。一方の足利義昭は、山城《やましろ》（京都府）の兵を一部かき集めただけにすぎない。だが、曲輪《くるわ》にひるがえる旌旗《せいき》に動揺はない。宇治川と巨椋池を、織田軍がやすやすと渡れるはずがないと思っている。

近習《きんじゅ》のひとりである米田求政《こめだもとまさ》が、甲冑を鳴らして近づいてきた。顔には、渋い色がうかんでいる。

「総がかりは巳《み》の刻（午前十時頃）だ。支度は万端だろうな」

藤孝が声をかけると、米田の渋面《じゅうめん》がさらにこくなった。

昨夜の軍議で、信長から総攻撃の命令があった。南と東の二手にわかれて、競わせるように攻めるのだ。諸将は溺死《できし》の恐れもあると危惧《きぐ》したが、信長は聞かない。もし躊躇《ちゅうちょ》するようなら、自身が先駆けると大胆にも言い放った。

この一言で、織田軍の士気は極限まで高まった。もし信長が出馬すれば、武士としての面目がつぶれる。そうせぬためには、本気で攻めるしかない。

当代の将軍を攻めるという躊躇は、たしかに織田軍にもあった。だが、信長の一言は、侍大将や兵卒たちの心を塗りかえた。今や、躊躇よりも闘志のほうがはるかに大きくなっている。ちなみに藤孝らは、光秀とともに東から攻める一団に加わっている。柴田《しばた》勝家《かついえ》や佐久間《さくま》信盛《のぶもり》ら織田の宿将が多く、周囲の熱気がいやが上にも伝わってきた。

「少々、厄介《やっかい》です。白犬がいます」

米田が声を落として報告する。

白犬とは〝城を射ぬ〟に由来する隠語だ。つまり、鉄砲に弾丸をこめずに空砲を放つという意味である。信長の采配により将軍相手でも闘志盛んな織田軍だが、例外もある。細川藤孝ら、かつて将軍家の禄を食《は》んだ家中の軍勢だ。藤孝の部下たちの何人かは、弾丸を打ち込むのをためらっている。

「どうします。弾をこめるように徹底させますか」

「いや、いい」

「よいのですか」と、米田が不安そうに訊ねるので、「構わん」と言い捨てた。空砲で戦おうという兵たちの気持ちもよくわかる。なにより――

「もう、十分に功はたてた」

義昭挙兵をいち早く信長に報《しら》せたのは、藤孝だ。その後も、将軍陣営の動きを逐一《ちくいち》伝えて、結果、織田軍が後手にまわることはなかった。戦場での派手な手柄はないが、戦功第一なのは間違いない。少々攻めがぬるくても、許されるはずだ。

「ここで先駆けてまた手柄をあげれば、織田の諸将からやっかまれるだけだ。それより味方を援護して、恩を売る。今後は、兄の助命に奔走《ほんそう》せねばならんからな。その布石とせねばなるまい」

二条の御所にこもった三淵藤英だったが、あえなく降伏した。織田軍に囲まれる前に、つけられた与力《よりき》のほとんどが逃亡したのだ。三淵藤英は徹底抗戦の構えをみせたが、柴田勝家の提案をうけて城を開き、今は虜囚《りよしゅう》の身だ。

「おっしゃることはごもっともですな。では、せいぜい囮《おとり》になって公方様の兵たちを引きつけましょうか」

米田にも異論はないようだった。三淵藤英の麾下《きか》には、藤孝の部下の縁者も多いから当然だろう。

そうこうしているうちに、巳の刻になった。

織田軍のあちこちから、ほら貝と太鼓《たいこ》の音が鳴りひびく。異音をまき散らしつつ、いくつもの鏑矢《かぶらや》が藤孝の頭上を通過した。

宇治川の水面《みなも》を削るかのような怒号も沸きおこる。

南と東から、一斉に織田軍が攻めかかる。水しぶきをあげて、川を渡っていく。藤孝の手勢も、すこし遅れて続いた。

大河を人で埋めるかのような進軍だった。

だが、川を三分の一ほど渡ったところで異変があらわれる。流れの急なところや川底の深い場所で、軍勢の足が緩みだしたのだ。何人かは急流に呑《の》まれ、流されていく。

「慌てるな」

腹まで水につかった馬の上で、藤孝は叫ぶ。

「無理に先に行けば、人と川の流れに呑みこまれるだけだ。落ち着け」

藤孝は声をからし、指示を出す。いくつかの軍勢を先に行かせた。通りすぎるときに、何人かの侍大将が手をあげて藤孝に合図を送る。先をゆずってもらったことへの礼だ。

心中で「よし」とつぶやく。

視界のすみから、猛烈な勢いでせまる一団があることに気づいた。

行く手をさえぎるものがいないのは、川底が深く流れも強い場所を突っきろうとしているからだ。

「どこの手の者だ」

怒鳴る藤孝の目に映ったのは、水色の旗を白く染めぬいた桔梗紋《ききよう》だった。明智光秀の軍勢である。

急流をものともせず、進んでいく。目をこらすと、先頭には大勢の足軽《あしがる》たちがいた。全員で何十もの荷車を押している。積まれている米俵が、不穏《ふおん》にゆれていた。

次々と急流へと突っこみ、荷車が沈んでいく。

「一体、なんのつもりだ」

「明智様は気がふれたのか」

藤孝のまわりの旗本《はたもと》が、戸惑いの声をあげる。あざ笑うように、水面がうねった。大量の荷車を一気に沈めたことで、川の流れが変化したのだ。まるで身悶《みもだ》えるかのような大波となって細川勢にも押しよせ、何人もが倒れた。

深いはずの川を、明智勢が駆け抜けていく。

兵糧《ひようろう》のつまった荷車を沈めて、足場にしたのだ。

揉《も》みあうようにして進む織田軍を横目に、桔梗紋をひるがえす明智勢は川を渡りきった。そして城へと近づき、足軽たちが一列になって火縄銃《ひなわじゆう》を構える。

轟音《ごうおん》と白煙が巻きあがった。槇島城の曲輪から城兵が何十人と落下するのが、藤孝の目に見えた。

誇らしげにひるがえる桔梗紋を陽光が照らしている。

明智光秀の一番のりの活躍で、城は一日ともたずに落ちた。将軍義昭は降伏し、人質をとったうえで追放される見込みだ。まだかすかに湿る甲冑に身をつつんだ藤孝は、眩《まぶ》しげに明智の旗を見つめた。

光秀め変わったな、と思う。かつて本圀寺の合戦で兄の三淵藤英に助けられたころとは、戦いぶりがちがう。変化が著しいのは、采配だ。戦《いくさ》の勝負所を見極め、惜しげもなく全力を注ぎこむ。外交と内政の才でのしあがった、それまでの光秀とは正反対だ。

老人とは思えぬ足取りで闊歩《かっぽ》する、光秀の姿が目についた。その背後を守るように、屈強の部下たちがつづく。

明智秀満《ひでみつ》、明智光忠《みつただ》、明智（溝尾《みぞお》）茂朝《しげとも》、明智（三沢《みさわ》）秀次《ひでつぐ》、明智（杉生《すぎお》）孫十郎《まごじゅうろう》ら、光秀の忠勇な部下たちだ。みな、腰に武者の首をくくりつけ、傷だらけの甲冑を見せつけるように進む。

織田の諸将も立ち止まり、ささやきあう。

「あれが噂の明智衆か。たった一日であれだけの首を得たのか」

「見ろ、兜首《かぶとくび》ばかりだぞ」

「なるほど、明智の姓をもらえるのも納得よ」

光秀は屈強の武士に積極的に明智姓を名乗らせ、〝明智衆〟と呼んでいた。みな、一騎当千の男たちだが、先ほどのような采配をできる将がいるとは思えない。

なかに、見慣れぬ武士がいることに気づいた。覆面で顔を隠しているのは、病で顔が変形したからか。それにしては足取りはたくましい。風がふいて、顔をおおう布がはためいた。

「あっ」と、小さく叫ぶ。覆面の下の顔が一瞬だけあらわになった。眉間《みけん》に斜め十文字に入った傷に覚えがある。

奴は、斎藤内蔵助《さいとうくらのすけ》だ。

元は美濃三人衆の稲葉《いなば》一鉄《いってつ》の部下で、文武に抜群と評判の武士だった。信長の上洛戦のおり、稲葉一鉄らは後軍を守ったが、信長から是非といわれて斎藤内蔵助だけは先頭で槍をふるったほどだ。だが織田軍の戦いぶりを酷評したことで信長の怒りをかい、追放されてしまった。

光秀の采配が変わった理由がわかった。斎藤内蔵助が軍師となったのだ。

ゴクリと唾《つば》を呑みこむ。

斎藤内蔵助が光秀家中にいることがばれれば、信長からの罰はまぬがれない。下手《へた》をすれば、所領没収のうえ追放されるかもしれない。

そこまでして出世がしたいのか。

光秀の執念に、藤孝は寒気さえ覚えた。

三

細川から長岡《ながおか》と姓を変えた藤孝の最初の正月は、岐阜《ぎふ》城で迎えることになった。

織田家や藤孝らにとっては、難敵を排除することに奔走した旧年だった。将軍義昭を追放し、浅井《あざい》朝倉《あさくら》両家を滅ぼした。藤孝は京の桂川《かつらがわ》以西の地を加増され、地名をとり長岡と改姓したのだ。将軍家縁の細川姓を捨てたのは、信長への忠誠心を表すためである。

展望が開けたはずの新年の正月の岐阜城下だったが、新春を言祝《ことほ》ぐ空気はうすい。城の大門から出てくる男たちは、みな顔面が蒼白だった。何人かは足元をふらつかせている。

昼前に謁見を終わらせた長岡〝与一郎〟藤孝は、彼らを見つめる。趣味の悪いことだ、と思う。信長は、親衛隊の馬廻衆《うままわりしゅう》に髑髏《どくろ》の盃《さかずき》を披露《ひろう》したという。昨年討伐した浅井久政《ひさまさ》・長政《ながまさ》親子と朝倉義景《よしかげ》の三者の首を漆《うるし》と金箔《きんぱく》で固めたものだ。

大門を出てしゃがみこむ男は、髑髏の盃で正月の酒を飲み干すことを強要されたのだ。幸いにも藤孝ら外様《とざま》衆に、髑髏の盃が披露されることはなかった。

「与一郎」と、懐かしくも太い声で呼びかけられた。

ふりむくと、兄の三淵藤英が立っている。頬はやつれ、たくましかったあご鬚には白いものが交じり、降将《こうしょう》の気苦労がにじみ出ていた。藤孝の助命嘆願もあり、罪は許され今は伏見《ふしみ》の城を守っている。

「兄上も年賀の挨拶《あいさつ》にこられていたのですね」

藤孝は明智光秀らとともに外様衆の最前列から信長に挨拶をし、親しく声もかけられた。首を後ろにひねると、団子のような頭が何百とならんでいたことを思いだす。

織田家に従属する外様衆の多さにたじろいだのは、つい一刻《とき》（約二時間）ほど前のことだ。きっとそのなかのひとつに兄もいたのだろう。

「ああ、お主とちがい末席からの挨拶だがな」

「何をおっしゃいます。以前と変わらず、伏見の要衝《ようしょう》を任されているのは、上様の信頼の証《あかし》です」

上様か、と兄はつぶやく。本来なら将軍義昭への呼称であるが、いつのまにか信長を呼ぶものへと変わっていた。

「気休めはいい。もう出世は望まぬよ。長岡と姓は変わったが、与一郎が世に出てくれれば亡き父も喜ぶだろう」

笑う兄の顔に、以前よりずっとしわが増えていることに気づいた。

「案外とわしの立場の方が気楽かもしれんぞ」

三淵藤英は、路地の角で嘔吐《えず》く馬廻衆を見つついう。

「身上が大きくなればなるほど、織田家では求められる働きも苛烈になる。そして、すこしの失策ですべてを失いかねない」

藤孝は心中でうなずいた。手柄をあげるほど危地へと送りこまれ、より強大な敵と戦わなければいけない。それが織田の家老の宿命だ。

「与一郎がよもや敵におくれをとるとは思わん。毛利《もうり》、武田《たけだ》が相手でもな。だがな、織田家にあって本当に恐るべきは、敵ではなく味方かもしれん」

兄の言葉に思い当たる節があり、「中川《なかがわ》殿の一件ですか」とたずねた。

中川重政《しげまさ》は織田の一族で、若きころは黒母衣衆《くろほろしゅう》として戦場を疾駆《しっく》し、長じてからは政務でも活躍を見せた股肱《ここう》の家臣だが、同僚の柴田勝家との所領争いが原因で追放されてしまった。ほかにも、家臣の処刑や改易が頻発《ひんぱつ》している。

「これは兄からの助言だ。織田家で生き残りたくば〝心を殺す〟のだ」

三淵藤英は馬廻衆に目をやりつつつづける。

「きっと、これから織田の家中はもっと苛烈になる。おびただしい讒言《ざんげん》が飛びかい、多くの者が追放され、あるいは殺されるはずだ」

藤孝は、ふらつく馬廻衆を見つつ思った。彼らも髑髏の盃を飲み干すとき〝心を殺した〟のだろうか、と。

「ご忠告、心にしかと刻みまする」

「そういってくれるなら安心だ。では、両手を出せ」

いぶかしみつつ両手を椀の形にすると、三淵藤英は袖のなかから賽子をとり出した。ふたりの決別の命運をゆだねたものだ。

「降将の己は、ただ命令にしたがうだけ。賽子は必要ない。与一郎にくれてやる」

放りなげると、藤孝の掌《てのひら》のうえで転がった。賽子が止まると、また六の目だった。

四

無人の上座だが、藤孝は視線を感じずにはいられなかった。岐阜城の謁見の間には毛氈《もうせん》がしかれ、その中央に床几《しょうぎ》があり、横に設《しつら》えた台に金箔で化粧された髑髏が三つならんでいた。正月に信長が披露したという浅井親子と朝倉の髑髏の盃だ。ぽっかりと空いた眼窩《がんか》はひざまずく者を睨《にら》むかのように感じられた。

大きな足音がひびき、西洋甲冑に身をつつんだ男があらわれる。天鵞絨《ビロード》のマントをひるがえして、床几に勢いよくすわった。尾張から畿内、播磨《はりま》（兵庫県）の日《ひ》ノ本《もと》の中心を支配する織田信長である。

信長が戦装束《いくさしょうぞく》なのは、つい先ほど戦陣から帰ってきたからだ。武田軍が東美濃に侵入したので援軍にかけつけたが、一足早く城は落ち、あえなく信長は軍を返した。そして、休む間もなく、藤孝を呼びつけた。

「長岡与一郎、ご苦労」

頭上から降ってきた声に、温かみは微塵《みじん》もない。藤孝はあごを少しあげて、主君を視界にとらえる。信長は無造作に手をのばし、髑髏のひとつを取りあげたところだった。

「たのみがふたつある」

藤孝が時候の挨拶をするひまもなく、信長は続ける。

「まず、わが母のために連歌《れんが》の会を開いてやってほしい」

髑髏に語りかけるような口調だった。母とは、信長の生母・土田《どた》御前のことである。幼少の信長を嫌い弟を愛し、廃嫡《はいちゃく》しようとしたのは有名な話だ。不思議なのは、信長は己を廃《はい》そうとした母を決して粗略に扱わぬことだ。母が愛する弟は殺したが、願いを聞き入れ弟の血をひく息子は生かし、部将として取りたてている。

「では、里村《さとむら》殿らを呼びましょうか」

藤孝は名人の名をあげたが、信長はなにが不満なのか首を横にふる。

「母は目立つ会はひかえたいと仰せだ」

藤孝は名状し難い気分に襲われた。功臣さえも躊躇なく追放し、馬廻衆に髑髏の酒を飲むことを強要する信長が、母の機嫌を伺っているのだ。

「では無名ですが、腕のたしかな連歌師を呼びましょう」

「うむ。七兵衛《しちべえ》も同席するそうだ。ふさわしい振るまいができるように、お主のもとを訪ねさせる。色々と教えてやってくれ」

七兵衛とは信長が殺した弟の遺児で、名を津田《つだ》〝七兵衛〟信澄《のぶずみ》という。土田御前がもっとも愛する織田の一族衆である。

「わかりました。会の前にお会いし、できる限りのことをお教えしましょう」

「そうか、母も喜ぶだろう」

髑髏をなでつつ、信長はいった。

最上の答えを供することができたことを悟り、藤孝は胸をなでおろす。

だが、信長の表情が穏やかだったのは一瞬だけだ。髑髏の頭頂の盃になった部分をとり外したときには、顔相が一変していた。まなじりがつりあがり、こめかみには亀《き》裂《れつ》が入るかのように血管が浮く。

小姓がうやうやしく酒をそそいだ。藤孝の身がかたくなる。

信長は下戸《げこ》だ。だが誰かを殺すときだけ、かならず酒を口にするという。

「いまひとつは、ある者の首をとってきて欲しいのだ」

「く、首でございますか」

「そうよ。お主の兄の三淵めの首をもってこい。手立ては任せる」

あまりのことに、全身が石と化したかのように感じられた。

ふるえるあごを必死に動かし、「な、なにゆえでございますか」と絞りだすのが精一杯だった。いつのまにか、肋骨《ろっこつ》を砕かんばかりに心の臓が暴れている。脂汗《あぶらあせ》が藤孝の着る着衣を、たちまち湿らせた。

「予に逆らった罪は許しがたい。また、降《くだ》ってからも目立った働きがないのも言語道断。やり方は任せる。攻めるもよし謀殺するもよし、助けが必要ならいえ」

酒で湿った唇を、信長はぺろりとなめた。

理由は、それだけではないはずだ。東美濃に武田の侵入を許したことで、和議を結んでいた大坂本願寺《ほんがんじ》の動きがきな臭くなりつつある。再び四囲に敵をつくる前に、信長は家中の不安をつぶしておきたいのだ。

「そ、それだけは、お許しください」

気づけば、勢いよく額を床に打ちつけていた。

「兄に叛意《はんい》は微塵もございませぬ。弟である、それがしが証人となります。また、働き場さえ与えていただければ、かならずや兄は手柄を……」

「予の命に逆らうのか」

冷酷な声が頭上から降ってきた。

「上様に逆らうつもりなら、どうして公方様を裏切りましょうか」

床にむかって必死に叫ぶ。

「もし、それがしに功が少しでもあるとお思いなら、どうか兄を救ってやってください」

さらに額をつよく床にめり込ませる。

「お主は兄を手にかけられぬというのか。わしは同じ母から生まれた弟を殺したぞ。三淵めは、腹ちがいの兄であろう。なにを躊躇する」

グビリと音がしたのは、また信長が酒を口にしたのか。

「それがしは上様には遠く及びませぬ。なにとぞ、ご寛恕《かんじょ》を」

藤孝は、己のうなじに信長の視線が注がれていることを感じた。氷のように冷たいのに、焼かれたかのように臓腑《ぞうふ》が熱くなる。

藤孝は、必死に信長の目差しに耐えた。無言を貫くことが、出来る唯一のことだった。

長い沈黙は、信長の一声で呆気なく終わる。

「与一郎、面《おもて》をあげよ」

視界に盃を手にもつ信長があらわれた。

「もうよい、下がれ。これまでの功に免じ、お主が兄を討つのは許してやろう」

「で、では……」

「ただし、伏見の城は召し上げる。そうよな、その上で坂本《さかもと》の明智めにあずけておく」

三淵藤英の手足を奪い、光秀の監視の下におくという。非情ではあるが、それで一命を取りとめられるなら安いものだ。

額を床にすりつけて礼をいうが、信長の興味はもう藤孝にはないようだった。手で去れと命じられる。

退出するとき、声が飛んできた。

「失望したぞ」と、信長の言葉が背中を打つ。思わずふりむいた。三つの髑髏をしたがえるように、信長が見つめている。

「与一郎、失望したぞ」

ほとんど唇を動かさずに、信長は再び同じ言葉を発した。まるで、髑髏に語りかけられているかのように感じ、藤孝は深く頭をさげる。

五

「これほどの鉄砲を、よくぞ集められましたな」

満足気に言葉を発したのは、信長から派遣された軍監《ぐんかん》だ。

藤孝の居城・勝龍寺《しょうりゅうじ》城の蔵には、鉄砲や弾薬がうずたかく積まれていた。

「上様のご命令ですので、あらゆる伝手を当たりました。さあ、存分に検めて下さい」

藤孝は、ひとつひとつの荷を丁寧に説明しつつ案内していく。

「うむ、これだけあれば武田や本願寺にも後れはとらぬでしょう」

一挺の鉄砲を手にとり、軍監は満足げにいう。信長は日に日に激しくなる織田家包囲網に対抗するため、藤孝ら諸将に鉄砲を調達するよう命じていたのだ。寝食を忘れて集めた甲斐もあり、どうやら数は問題ないようだ。だが、まだ安堵《あんど》はできない。

鉄砲の次は、火縄だ。銃の調達よりも大変なのは、弾薬や火縄などを集めることだ。火薬と火縄がなければ、銃もただの棒にしかすぎない。

「ご覧のように、すべての火縄を木綿で誂《あつら》えさせております」

藤孝は積みあげた山から、箱をひとつとり出して開ける。

「おお、これは見事」と、軍監は嘆息を発する。火縄銃において、もっとも消耗がはげしいのが火縄である。城を出たときから火を灯《とも》し、夜も絶やすことなく行軍滞陣する。厳しい家中では火が消えると、切腹の罪に処されるほどだ。一発も弾を発しなくても、火縄は消費されつづける。さらに藤孝は、通常の竹ではなく木綿の火縄を調達していた。木綿は硝石《しょうせき》や鉄漿《かね》で加工することで雨につよい雨火縄となる。火縄を木綿で調達するのは、地味ながら重要な働きだった。無論、その分の費えは何倍もかさむのだが。

目尻をゆるませる軍監の様子を見て、藤孝は胸をなでおろした。あとは宴席でもてなせばいい。

「これほどの木綿火縄を調達するのは、長岡殿にしかできぬでしょう。上様が喜ぶ顔が目に浮かびます」

まるで己の手柄のように綻《ほころ》ばせていた軍監の顔が、かすかに曇る。なにか不備があったかと不安になる藤孝の耳に、騒がしげな足音が聞こえてきた。

「一大事でございます」

蔵に飛びこんできたのは、部下のひとりだ。藤孝が無礼を咎《とが》める前に、使者はひざまずき大声で言上《ごんじょう》する。

「兄君、ご切腹」

一瞬、なにを言っているのかわからなかった。

「兄君とは、三淵大和守殿のことか」

軍監が兄の名を叫んで、やっと我にかえった。

——兄が、死んだ。腹を切っただと。

意味するところを悟ったとき、見える景色がゆれはじめる。大地がふるえ、積みあげた蔵の荷が崩落するかのような衝撃に襲われた。

「三淵様謀反《むほん》の疑いありとのことで、明智様が上様の命で腹を切らせたそうでございます」

「馬鹿な」と、いったつもりが音として発せられなかった。兄は明智光秀の坂本城にいるはずだ。どうして、謀反の策が練れるのだ。

浮かんだのは、髑髏の盃をもつ信長の姿である。藤孝が兄を討たぬのを許すといったではないか。なぜ、今、兄を殺したのだ。

軍監が己を凝視していることに気づいた。目が険《けわ》しくなっている。すこしでも藤孝に不審があれば、信長に報せるつもりだ。

激情に身をゆだねそうになる己を必死に制して、藤孝は拳を袖のなかへとやった。常に潜ませているものを探る。兄からもらった賽子だ。つかんだとき、はじめて指がふるえていることに気づいた。心を殺せ、と頭のなかで兄の声がする。

ふるえは増したが、口から出た声はとり乱していなかった。

「そうか、兄上が腹を召されたか」

せり上がらんとする感情を殺し、必死に口を動かす。

「兄上に限ってまさかとは思うが、上様のご決断によもや間違いがあるとは考えられん」

部下たちは戸惑いの目をむけるが、構わない。家を守るためだ。

心を殺せ。

兄の声と和すように、つぶやく。

藤孝を見つめていた軍監は幾度かうなずいた後に「お気持ちはお察しします」と優しい言葉をかけた。藤孝の失策を見届けることができぬ無念が、すこしだけ目の色にあらわれている。

六

藤孝の目の前では、朋輩《ほうばい》の骸《むくろ》に輪をつくる男たちがいた。ある者は見事な武者振りだったとたたえ、ある者は己が仇《かたき》を討つと憤《いきどお》り、ある者は残された家族はどうするのじゃと泣いている。

藤孝は丹波国《たんば》（兵庫県）の戦場にいた。兄の三淵藤英の死から二年がたっていた。信長の命により、光秀とともに丹波を攻めたのだ。一時は光秀の采配と明智衆の活躍で優勢に立った。しかし、味方になった丹波国の豪族・波多野秀治《はたのひではる》の裏切りで、光秀の命さえ危うい反撃を受けたのだ。

激する部下たちの様子をじっと見る。

いつのころからか、藤孝は本気で笑い怒り泣くことがなくなってしまった。

無論、信長に笑えといわれれば白い歯を見せよう、怒れといわれればまなじりをつり上げる。しかし、泣けといわれても涙を流すことはできない。沈痛の表情はつくれても、心に嘘はつけない。

「見事な武者振りであった。褒美は家族にかならず渡してやれ」

従者にそういうだけで、部下達の輪に入ることはしなかった。ともに泣かなかった己は間違っていない。土を踏みしめ、言いきかせる。織田家では処刑追放などの粛清《しゆくせい》が相次いでいる。桶狭間《おけはざま》以前からの盟友・水野信元《みずののぶもと》でさえ切腹を強いられた。心を殺さなければ、生き残れない。情はつけこまれる隙となる。

前方から武士の一団がやってきた。先頭にいるのは老境にさしかかりつつも躍進著しい光秀だ。ふたりの立場は、完全に逆転した。兄の死から一年後、明智光秀に惟任《これとう》という九州の名族の姓と日向守《ひゅうがのかみ》の官位が下賜《かし》された。

人々は、恩人の三淵藤英の粛清と引きかえに官位を手に入れたと噂した。その所業にさすがの織田家中でも、光秀への悪評が湧きあがる。

しかし、その声はすぐに聞こえなくなった。惟任日向守となった光秀が、丹波攻めの総大将に任命されたのだ。一方の藤孝は光秀の与力として、その采配に甘んじる立場にあった。

光秀の横には、眉間に斜め十文字の傷をきざんだ斎藤内蔵助が肩をならべている。もう覆面はしていない。戦功が認められて、光秀の部下となることが許されたのだ。さらに先年、土佐《とさ》（高知県）の長宗我部元親《ちょうそかべもとちか》との同盟も成功させた。斎藤内蔵助の義妹が長宗我部元親の正室という縁を利用したのだ。当時、織田家は四囲に敵を受けていたが、これにより大坂や中国方面へ兵を集中することができた。

光秀と肩をならべるのを誰も咎めないのが、斎藤内蔵助の功績の大きさの証である。背後には明智秀満や明智光忠、明智茂朝など、明智衆と呼ばれる屈強の家臣たちがつづく。内蔵助は斎藤姓のままだが、息子たちは明智姓を下賜されており、そのせいか明智衆を率いるかのような風格もにじむ。

「これは惟任殿、わが陣にこられなくとも、こちらから参りましたのに」

忠実な与力をよそおって声をかけると、光秀も軽く頭をさげた。

「こたび参りましたのは、弔問《ちょうもん》のためでございます。雄々《おお》しく死した者を、本陣に運ばせるわけにはいきますまい」

光秀はつづいて、さきほどの骸の武者の名をあげる。

「戦いぶりは、わが陣からも拝見できました。かの者がおらねば、われらも危うかったでしょう」

光秀の言葉に、斎藤内蔵助や明智衆が一斉にうなずいた。

「まさか、与一郎殿がこれほどの武士をかかえていようとは思いませんでした。知っていれば生前に出会い、交誼《こうぎ》を深めたものを」

藤孝の胸がざわついた。光秀の目には、物乞いに似た暗い光が宿っている。惟任光秀は、織田家中から優秀な人材を躊躇なく引きぬくことで有名だ。強引なやり口ゆえ、家中に敵も多い。見事な戦死を遂げた藤孝の部下を、生前に味方にし損ねたといっているように聞こえる。

この男は欲を殺すことが出来ぬのだな、と心中で嘆息した。

とはいえ、弔問をことわる理由もない。戦死した武士にとっても名誉なことだろう。従者に案内させるように指示をだす。

しばらくして、大音声《だいおんじょう》が藤孝の耳にとどいた。

見ると、眉間の傷をひしゃげた斎藤内蔵助が絶叫している。

「この者こそ、三国一のまことの勇者なり」

声が湿り気を帯びているのは、涙でも浮かべているのだろうか。

「故人は無類の酒好きであったと聞く。死したのは哀しけれど、槍下《やりした》の高名をあげたのはまことに天晴《あっぱ》れ。今宵《こよい》は、まことの勇者のために別れの宴《えん》をはろうぞ」

一方の光秀は膝をつき、やさしげに骸の体をなでていた。勇敢な武士を部下にし損ねたことを悔やむかのような所作《しょさ》に見えるのは、藤孝の悪意のせいだろうか。

背をむけて、号泣と喝采《かっさい》から距離をとった。にもかかわらず、声は追いかけてくる。藤孝は、舌打ちをひとつはなつ。自身か光秀、どちらに向けたものかはわからなかった。

七

長い戦が終わっても、藤孝の心が休まることはない。茶会や連歌の会など平時の織田家の社交は、ある意味で合戦以上に気をつかう。ひとつの失言でも信長の耳にとどけば命とりだ。今も信長の本拠地安土《あづち》城下に宛《あ》てがわれた藤孝の屋敷で、連歌の会が行われていた。亭主は藤孝だが、主役はちがう。座の中央にいるのは、ひとりの若者だ。かつての信長がしていたように、髪を茶筅《ちゃせん》の形にゆっている。酷薄《こくはく》を勇気と勘違いし、越前の一向宗《いっこうしゅう》門徒を皆殺しにした話をさかんに自慢していた。

津田〝七兵衛〟信澄——信長の母土田御前がもっとも愛する孫である。

「それにしても於《お》次丸《つぎまる》めは、上手《うま》くやりおったわ」

ほかの者が句を考えているというのに、信澄は喋りつづける。いつのまにか話題は、羽柴秀吉《はしばひでよし》の養子になった信長の実子・於次丸のことに変わっている。

「あのハゲネズミの羽柴藤吉郎《とうきちろう》殿の養子だぞ。藤吉郎殿には子がおらぬ。このままいけば、羽柴の所領のすべてを受けつぐことになる」

一時、ハゲネズミこと羽柴秀吉は危機にあった。北陸《ほくりく》の戦場で総大将の柴田勝家に逆らい、あろうことか戦線離脱したのだ。改易《かいえき》はおろか処刑さえも免れぬ罪である。

だが秀吉はしぶとかった。於次丸を養子に受けいれ、所領のすべてを信長の子にゆずることを行動でしめし、許しをえたのだ。

「わしが羽柴の養子になる目もあったのだ」

秀吉の苦境につけこみ損ねたという信澄の言葉に、みなは目配せしあう。

「そういうことであれば、七兵衛様も惟任日向殿の息女と婚姻されたではありませぬか。羽柴殿に劣らぬ岳父《がくふ》をおもちです」

信澄の暴言をうまく義父問題にすり替えようとした藤孝の好意は、鼻で笑われた。

「だめじゃ、だめじゃ。惟任の舅《しゅうと》殿は羽柴殿とちがい、幼いが男児がいる。これではわしが家を継ぐことはできぬ」

さすがの藤孝も絶句してしまった。土田御前の後ろ盾がなければ、即刻追放でもおかしくない失言である。

「それにわしは、あの斎藤内蔵助ら明智衆が気に食わん。奴らを使うなど、ぞっとするわ。ああ、そうじゃ、与一郎殿、このわしの鬱屈《うっくつ》した思いを歌にしてくれ。そうでもせねば、気が晴れぬ」

十年前なら皮肉のひとつもいっただろうが、心を殺しつづけた藤孝には作り笑いでやり過ごすのは容易だった。

ほかの客たちが冷や汗を浮かべるなか、亭主として藤孝は会の進行を滞りなくおこない、客たちを帰路につかせる。

最後の客を見送ってから、藤孝は庭に出た。風に当たりつつ、考えにふける。

将軍家にいるときは弱みなどないと思っていた織田家だが、内実はちがう。

絶対君主の信長にも手を出せぬ存在がある。母の土田御前だ。そして、彼女を全力で守《も》りたてる男がいる。織田の筆頭家老——柴田勝家。かつては信澄の父と土田御前につき信長と戦っていたが、形勢不利とわかるとすぐに裏切った。にもかかわらず、土田御前とのつながりは保持し信長の弟の遺児・信澄の後見人となった。

豪傑で名高い柴田勝家だが、狐のような策謀を練ることがある。八年前には織田一族衆の中川重政を追放させ、三年前の北陸の戦場では羽柴秀吉に不利な配置を強要し敵前逃亡の罪をきせた。

また今年になって、織田家宿老の林秀貞《はやしひでさだ》、佐久間信盛ら重臣が追放されたが、柴田勝家と土田御前が後ろで糸をひいているのではないかといわれている。林秀貞は若き信長の暗殺計画を決行直前で躊躇し、柴田勝家と土田御前のもくろみを台無しにした。また、佐久間信盛はうつけと呼ばれた信長を一貫して守りたてて、土田御前や柴田勝家と対立することが多かった。

あるいは、と思う。

羽柴秀吉に北陸で敵前逃亡の罪をきせたのは、土田御前の愛する津田信澄を羽柴家の養子とさせ家をのっとる策略だったのではないか。柴田勝家にとっては台頭する秀吉を弱体化させ、土田御前は愛する孫に大きな身上を授けることができる。だが羽柴秀吉はそれに気づき、いち早く信長の子の於次丸を養子に迎えいれた。

だとしたら、今日の津田信澄の悔しがりようもうなずける。

藤孝の思考をさえぎったのは、塀越しから聞こえてくる笑いだった。品のない声は、間違いなく津田信澄である。

「羽柴家の養子になり損ねたのは惜しかったが、惜しいといえば長岡殿も同様よ」

己の名を塀越しに聞き、見えぬと知りつつ目をむけてしまう。

「長岡殿が道を誤らなければ、今頃、惟任殿の地位にいたはずなのよ」

「どういうことでございますか」と、信澄の従者の声もとどく。

「祖母《ばあ》さまから聞いたのよ。上様は惟任（光秀）と長岡のどちらを一軍の将として取りたてるか迷っていたそうじゃ。そこで、あることを思いついた」

藤孝は足音を忍ばせて塀際まで歩み、壁に耳をつける。

「三淵めを殺すことよ。長岡殿にとっては肉親、惟任の義父《ちち》上にとっては恩人。三淵を殺せるかどうかで、ふたりの忠誠を試したのよ」

なにがおかしいのか、信澄は再び下品な笑い声をあげた。

「最初に上様がもちかけたのは長岡殿だが、無理だった。兄は殺せぬといって、ことわりおった。もし応じていれば、長岡殿が丹波攻めの総大将となり功をあげたはずだ。そして次は惟任の義父上の番よ。上様の命令にただちにしたがった。いや、聞くところによれば、三淵を殺すかわりに斎藤内蔵助の罪を許すように取引したそうじゃ」

気づけば、土壁をむしりとるかのように爪をたてていた。

「あとはみなの知ってのとおり。伏見の城を破却させ、三淵めに腹を切らせた」

藤孝は、肩が上下するほど大きく息をしていた。そうせねば、五体がばらばらになってしまいそうだった。

「貧乏くじをひいたのは、長岡殿だ。かつての食客の風下に立ってしまったのだからな」

笑い声とともに、塀のむこうの信澄の気配が小さくなる。

ただ忠誠を試すためだけに、兄を道具のように捨てたのか。

溶けた鉛のように熱いものが、藤孝の臓腑からこみ上げてきた。それに抗《あらが》うために、袖のなかに手をやり兄の賽子をつかむ。

力一杯握りしめると、賽子がつぶれる音がバキリとひびいた。

八

目の前には、ふたつに割れた兄の賽子がある。断面から、黒いものがのぞいていた。鉛が仕込まれているのだ。イカサマの賽子——悪采《あくさい》である。

兄は、かならず六が出る賽子で、藤孝を織田家に与させたのだ。

藤孝はつぶやく。

これを見ても、まだ心を殺せというのか。

自身の問いかけに、無意識のうちに首を横にふる。

信長と光秀に復讐する。

はたして、それは可能か。

もし機があるとすれば、今しかないだろう。

信長はそれまでの四国政策を一変させたのだ。四国は切りとり自由と長宗我部元親に通達したにもかかわらず、土佐と阿波《あわ》（徳島県）半国の支配しか認めないと前言を撤回した。四国全域を制圧しつつあった長宗我部がしたがうはずがない。これにより織田家中で立場を失ったのが、長宗我部との同盟を主導した惟任光秀と斎藤内蔵助だ。特に斎藤内蔵助は義妹が長宗我部元親の正室であり、過去に信長に勘気をこうむったことも相まって、窮地に立たされている。惟任光秀と明智衆を束ねる斎藤内蔵助の苦境、そして織田信長がかかえる土田御前という弱み。ここを突けば、復讐も可能なはずだ。

「殿、お客人が参られました」

光秀の苦境と信長の弱みをつなぐ男がきた。

「わかった。先に部屋にお通ししろ」

ふたつに割れた賽子を袱紗《ふくさ》でつつみ、藤孝は立ちあがる。

客間では津田〝七兵衛〟信澄が、せわしなく首を動かしていた。

「長岡殿、どういうことでござる。連歌の会と聞いていたが、だれもおらぬではないか」

入ってきた藤孝に信澄は苛立《いらだ》ちをぶつける。

「いえ、こたびは七兵衛様と変わった趣向の歌を詠《よ》みたいと思いましてな」

ゆっくりと信澄の対面にすわった。たったひとりの客人の目が猜疑《さいぎ》心《しん》で濁《にご》る。

「なんだ、その変わった趣向というのは」

「七兵衛様、惟任めの家を乗っとりたくはありませぬか」

泳ぐように信澄の眉が動いた。

「お主、なにを企《たくら》んでいるのじゃ」

「惟任日向めが、それがしの兄の仇なのはようご存じでしょう。復讐でございますよ。野心あってのことではございませぬ。そのために七兵衛様の才器が必要なのです。ぜひとも、非力のそれがしをお助けください」

才器の部分を強調していう。この手の若造は自尊心を肥えさせれば、猜疑心がうすまる。

信澄は大きく舌打ちをした。

「ふん、羽柴筑前の家を於次丸が乗っとったように、わしに惟任家を乗っとらせるつもりか」

「さすが、一を聞いて十を知るとはこのこと」

大袈裟《おおげさ》に驚いてみせる。

「馬鹿め。そのためには惟任の幼い嫡男を殺さねばならぬ。したくても、番犬のように厄介な奴らがいる」

「明智衆のことでございますな」

信澄は床を忌々《いまいま》しげに叩いた。その所作から、何度か光秀の子を殺すことを画策したのだろうと悟る。

「ならば、簡単なこと。明智衆を倒せばよいだけの話です」

信澄の顔がゆがむ。文武絶倫の斎藤内蔵助や明智衆を倒すは、虎を素手で殺せというに等しい。

「なにも、七兵衛様が戦う必要はありませぬ。だれかに殺させればいいだけのこと。斎藤内蔵助をはじめ、明智衆が上様の四国討伐に反対しているのはご存じでしょう」

信澄は目を見開く。四国討伐の陣容はすでに内々に決まっており、津田信澄も出征することになっていた。

「つまり、明智衆が裏切ると上様をそそのかして、明智衆を殺す」

「さすが七兵衛様、飲みこみが早い」

「しかし、そんなに上手くいくか。いや、そうか。祖母さまを使うのか」

さすがに、そこまで馬鹿ではないらしい。

「明智衆がいなくなれば、惟任の実子を殺すもたやすきこと。婿養子として七兵衛様が後継になるのは、羽柴の家を見れば必然でございましょう」

「たしかに、わしが惟任の家をつげば、祖母さまも喜ぶはずだ」

そんな土田御前をなにより見たいと欲するのが、信長という男の弱点である。

九

「今、なんと申された」

ギロリと目をむいた姿は狼そのものだった。広い額には血管が浮き、灰色の髪が逆立つかのように盛りあがる。

これが光秀の本性か、と藤孝は茶を点《た》てつつ思った。腹を空かせた狼のような殺気を放っている。

ゆっくりと茶碗を光秀の前へとやる。己の腕がかすかにふるえているのは、藤孝が光秀に恐怖しているからか。それほどまでの怒気を、老齢の光秀は発していた。

「今一度、申されよ。七兵衛殿が、わが惟任家を乗っとるというのか」

光秀は、血走った目で藤孝を睨みつける。

「津田七兵衛様を、惟任家のご養子にするという企みがあるようです。それがしは連歌教授で上様のお母上に度々面会しており、そこで侍女《じじょ》の噂話として耳にしました。ただの流言《りゅうげん》とは思えませせぬ」

土田御前と柴田勝家が惟任家乗っとりのために頻繁に文のやり取りをしているのは

事実だ。藤孝が信澄をけしかけ、ふたりを動かした。ただの噂ではない。真実の謀《はかりごと》だ。

「背後にいるのは、柴田様と土田御前と思われます」

藤孝の言葉に、光秀は体を強張らせた。

「佐久間様は、上様若年のころよりの股肱で、戦功も抜群。にもかかわらず、追放されましたな」

言外に、新参の惟任光秀を処断するなど、佐久間追放よりも易きことと伝える。なにより四国政策で惟任家は苦境に立っている。惟任光秀や斎藤内蔵助が敵に内通し、四国征討軍の足を引っ張るという噂が流れていた。無論のこと、藤孝と津田信澄が広めた流言だ。

光秀の体からにじむものが、怒気よりも狼狽の方がこくなっていることを藤孝は冷静に判断した。

「考えまするに、七兵衛様に家を乗っとられぬために為すべき手はひとつかと」

光秀は強張った顔を、藤孝にむけてきた。

十分に間をおいたのちに、再び口を開く。

「七兵衛様に四国の戦場で手柄をあげさせぬことです」

光秀はあごに手をやって考えこむ。

「四国でもし七兵衛様に失策があれば、さすがの上様も惟任家のご養子にしようとは思いますまい」

失策という言葉を、とくに強く発した。

「つまり、長宗我部と内通して七兵衛殿を罠《わな》にはめろとおっしゃるのか」

「はい。しかし、上様を裏切る訳ではありませぬ。あくまで敵は七兵衛様ひとり」

「だが、四国討伐軍の渡海は、もうせまっている。山深きかの地で、織田と長宗我部の陣を往復できる者はいるか。山賊野伏《のぶせ》りも多いと聞く」

惟任光秀らは中国で戦う羽柴秀吉の援軍として派遣されることが決まっていた。信頼できる一軍の将を四国に送れば、不在から謀がばれてしまうかもしれない。

「道鬼斎《どうきさい》をつかいます」

思わず光秀は腰を浮かす。

「道鬼斎……あの者、まだ生きていたのか」

捷足《しようそく》の異能を持つ男である。将軍流浪時に藤孝、光秀、三淵藤英らが連携できたのは、道鬼斎が助けてくれたからだ。ときに野伏りがいる山を血刀をふり駆けぬけ、ときに荒れる琵琶《びわ》湖を木切れにつかまり泳ぎ横断した。四国の険山《けんざん》、明石《あかし》の荒海も、道鬼斎にとっては平地水溜まりをいくのと変わらない。

「かの者、今は愛宕《あたご》の山にて隠棲《いんせい》しております」

光秀の顔に血色がもどりつつある。道鬼斎の恐るべき捷足をだれよりも知っているのは、光秀だ。彼がいなければ、義昭は信長という宿り木さえ見つけられずに野垂れ死んでいたはずである。

「道鬼斎は、罪死したわが兄を慕っておりました。織田の血族を罠にはめるためといえば、話にのるでしょう」

十

「まさか、内通の噂がまことだったとはな」

藤孝と信長の間には、斎藤内蔵助が道鬼斎に託した書状があった。津田信澄を罠にはめるための、長宗我部元親への密書である。

道鬼斎は、藤孝の手の内だった。兄は生前、道鬼斎に弥四郎《やしろう》という子を託していたのだ。三淵藤英死後に、愛宕に隠棲したのは藤孝の手引きだった。弥四郎を武士として取りたてることを条件に、今回の謀に参加させることに成功している。

そうとは知らずに、光秀はまんまと罠にかかった。

書状には、残念ながら光秀の名は書かれていない。きっと露見したときに、斎藤内蔵助がひとりで罪をかぶるつもりなのだろう。だが、それでいい。

陪臣《ばいしん》を処断するのに、即断即決の信長が躊躇するはずがない。光秀の名があればさすがの信長も慎重になる。斎藤内蔵助らをのぞけば、光秀は片腕をもがれたも同然だ。光秀ひとりでは、柴田勝家らの謀略から逃れることは難しい。

「上様のお母君も、惟任殿の内通の噂を非常に案じておりました。四国に出征する七兵衛様の身に万一があればと」

信長の顔が険しくなり、「厄介だな」とこぼす。

「ご老体のお母君のことを考えますれば、四国渡海までにけりをつけるべきかと。心労には、いかなる薬もききませぬ。災いの種を取りのぞく以外に手はありませぬ」

信長はひかえていた従者を見る。女性かと思うほどの美貌は、小姓《こしょう》の森乱丸《もりらんまる》だ。

「逆に好機とは考えられませぬか」

乱丸は美しい声でいう。

「この書状では、惟任様の謀反の意思まではわかりませぬ。惟任様に内蔵助殿の切腹を命じ、その真意と忠誠をたしかめるのです」

まるで唄《うた》うように信長の寵臣《ちょうしん》はつづける。

「もし拒めば、惟任様は逆臣。処断して、所領はふさわしい者たちがつげばよいでしょう。さすれば、上様の母君も喜びましょう」

つまり、津田信澄に大部分を与えるということか。

信長は虚空《こくう》に目をやる。

「四国征伐に反対しおった者は、惟任の家中では斎藤以外にだれがいる」

藤孝は明智秀満、明智光忠、明智茂朝ら数人の名を偽りなくあげた。

「惟任家にあっては、かの者らは明智衆と呼ばれております」

信長は森乱丸を見た。美しき小姓はうなずいて退室し、すぐにまたあらわれる。手にする膳の上には、漆と金箔で化粧された髑髏がある。頭頂の盃の部分をとり酒を満たし、信長にさし出した。

「わが意に反するは、不届き」

そういって盃を口にやり、唇を湿らせる。

そして、天井の一点を見すえ、黙考した。

紙が裂けるように信長の唇が開き、沈黙が破られる。

「内蔵助の切腹を惟任に命じろ、その明智衆という者らにも罰を与えよ。切腹か斬首《ざんしゅ》か追放かは、ふたりの判断に任せる」

いい終わるや否や、一気に盃の中身を飲み干した。

森乱丸がうやうやしく言上する。

「では万が一にも、明智衆が乱心して鉾を上様にむけぬように、馬廻衆には兵を連れて宿所に集《つど》うように命じます」

「それには及ばん」と、信長は森乱丸の提案を制した。

「馬廻衆を動かせば、明智衆に不審がられるやもしれん。逐電《ちくでん》され刺客《しかく》となる方が厄介よ。長岡よ、お主は惟任の与力だ。すこしでも怪しい動きがあれば教えろ」

藤孝は神妙な顔で頭をさげる。

「承知いたしました。捷足の士を惟任殿に密《ひそ》かにつけておきまする。もし、軍を京にむけるようなら、すぐに上様にお知らせします。そのときは速やかに、安土へご避難下さい」

「うむ、その捷足の者の名はなんという」

「道鬼斎と申す者でございます」

十一

少年の指が、割れた賽子のひとつをつまみあげた。灯火にかざすと、賽子と指の影が少年の顔に落ちる。たくましいあごまわりに、亡き兄・三淵藤英の面影があった。兄の遺児・弥四郎だ。ふたつに割れた賽子を不思議そうに見つめている。

「叔父上さま、これはなんですか」

賽子の断面に入った鉛を指さした。

「悪采、つまりイカサマの賽子よ。お主の父はこれで悪さをしたのだ」

弥四郎は不審気な顔をする。父がそんなことをするはずがないと言いたげだ。まっすぐな目差しが、兄の幼いころによく似ている。

ふいに甥《おい》が首を横にひねった。庭に面する障子《しょうじ》を凝視する。

「道鬼斎だ」と、口にする。

「馬鹿な」といったのは、訪いを入れずにこの部屋までくることは不可能だからだ。

だが、藤孝の考えが間違っていたことを、障子に映った影が教えた。贅肉《ぜいにく》のない引きしまった体軀は、間違いなく道鬼斎である。無造作に障子を開き、捷足の男はひざまずく。

「ここまで忍びこんできたのか」

「門番に声をかける暇が惜しゅうございました。それよりも惟任めの軍が京にむかいました。日が昇るころには、本能寺をかこむでしょう」

やはり光秀は斎藤内蔵助を切腹させることはできなかったか。当然だろう。斎藤内蔵助ら明智衆を処刑追放してしまえば、柴田勝家や土田御前の威を借る津田信澄に家を乗っとられてしまう。かといって切腹の命に背けば、逆臣だ。

光秀が生き残る手はひとつしかない。七兵衛を婿養子にすることを、羽柴秀吉のように受けいれることである。だが、強欲な光秀には、それができない。

己を殺すことができなかったのだ。

「ご苦労だった。すこし休め」

「いえ、京へいき、謀反を見届けます」

「馬鹿を申すな。間にあうわけがなかろう」

ここは京より二十里（約八十キロメートル）離れた丹後《たんご》（京都府）である。しかし、道鬼斎は何事もないように立ちあがり「今なら、惟任や明智衆よりも早くつきます」と平然といってのけた。

「そうか。ならば、京にいる米田と連携してことにあたれ」

謀を知る腹心の名を告げると、道鬼斎は無言でうなずいた。つづいて兄の遺児に目をやり、深く一礼して障子を閉める。

「道鬼斎、気をつけるのだぞ」

呼びかけた甥の声に障子にうつる影がゆらめいたが、それは一瞬だけだった。

床を蹴る音をひとつ轟《とどろ》かせて、影と気配は煙のように消える。

十二

丹後にある長岡家の評定《ひょうじょう》の間には、血の気を失った家老たちがひしめいていた。

みな、額にびっしりと脂汗を浮かべている。

「道鬼斎とやら、本当に間違いないのか。上様は本能寺で惟任めに……」

みなの視線は、部屋の入り口にひかえている道鬼斎に集まっていた。

「惟任殿は、上様ご寝所《しんじょ》の本能寺を手の者でしかと囲んでおりました。ひきいるのは、斎藤内蔵助殿をはじめとする明智衆でございます」

道鬼斎の言葉に、群臣たちがうめき声をあげた。藤孝の家臣たちは、斎藤内蔵助ら明智衆の手腕を知りつくしている。万に一つも討ちもらすことはありえない。

藤孝は城の守りを固めるように指示をだす。家老たちが走りだし、またもどるを繰りかえす評定の間に、さらに今ひとり使者が飛びこんできた。腹心の米田求政の使いである。本能寺で逃げのびた侍女たちから聞いた話を集め、伝えにきたという。

使者は信長最期の様子を生々しく語りだした。

何者かの軍勢に囲まれたことを悟った信長は、森乱丸に「いずれの手の者か」と訊《き》いたという。林立する桔梗の旗指物《はたさしもの》を見た森乱丸は「明智の手の者のようです」と答えた。

「待て」と、汗をかく家老のひとりが発した。

「妙ではないか。どうして乱丸殿は〝明智の手の者〟といったのだ」

みなの視線が、家老の顔に集まる。

「なぜ、乱丸殿は〝惟任の手の者〟といわなかったのだ」

つづけた疑問にみなが静かにざわめいた。

惟任光秀が明智光秀であったのは、十年近く前のことだ。若い森乱丸は、光秀を惟任としか呼んだことがないはずだ。なぜ呼びなれぬ〝明智〟と、光秀のことをいったのだ。

「惟任か明智かは、どちらでもよい。些事《さじ》だ」

藤孝は動揺する家臣たちに言いはなった。森乱丸が「明智の手の者」と口にした理由はわかっている。斎藤内蔵助や明智秀満ら明智衆が反乱したと思ったのだ。

「それよりも今後の長岡家のとるべき道だ」

みなが押しだまった。

光秀につくか、それとも戦うか。苦しげに顔をゆがませているのは、光秀の娘をめとった藤孝の嫡男・忠興《ただおき》だ。

忠興が家老とともに、藤孝の前へ進みでた。

「われらは、父上のご決断にしたがいます。惟任殿を討てといわれるなら討ちましょう。惟任殿に味方せよというなら、織田家と力のかぎり戦いましょう」

列席する全員が重々しくうなずいて、藤孝の断を待つ。

「すでに中国の羽柴殿には、上様ご無念のことはお伝えしている」

道鬼斎から光秀の軍が京へむかったと知らされた時点で、使者は送っていた。

「では羽柴様とともに上様の弔《とむら》い合戦をして、惟任殿を討つのですか」

藤孝は首を横にふった。兄の仇である信長の弔い合戦に参加するつもりはない。冥《めい》府《ふ》の信長が喜ぶだけである。

「で、では、惟任殿にお味方するおつもりか。ならば、なぜ羽柴様にお知らせしたのです」

戸惑いつつ、家老がたずねた。

「惟任にも与せん」

いぶかしげな視線が驟雨《しゅうう》のように藤孝にふりそそいだ。

「長岡家は、どちらの味方もせん」

「ばっ、馬鹿なっ。父上、われらは武士ですぞ。戦わぬなどという道がありましょうか」

血相を変えた忠興が、つめよった。

「わしは喪《も》に服す。頭を丸め、上様の死を弔う」

どよめきが評定の間に満ちる。

卑怯な男だ、と思う。手を汚さずに、光秀と信長というふたりの仇を殺すのだ。

だが、これでいい。もし光秀を討つ戦いに加われば、功をあげることになる。変を報せた手柄と相まって、目もくらむ所領を与えられるはずだ。それは本意ではない。

こたびの謀は出世や領地のためではないからだ。

さらに言いつのろうとする忠興を睨みつけた。

「不服ならば、岳父の惟任殿のもとへひとり馳《は》せ参ずればいい。止めはせん」

親子の縁を切っても構わぬという覚悟に、みなが押し黙る。

「それができぬなら、わしに従い喪に服せ」

忠興が視線を落とし、唇をかんだ。

沈黙を破ったのは、ひかえていた米田からの使者だった。

「もっ、申し訳ありませぬ。実はいまひとつ、不思議な話を聞いたことを思いだしました」

使者が恐る恐る言上する。藤孝はうなずいて、つづきを促した。

「女房衆のひとりが上様のご様子を見聞しておりました。上様は惟任殿の謀反と知った後も、しきりにこう申していたそうです。『城介《じょうすけ》めの謀ではないのだな』と。何度も近習や小姓たちに訊いたそうでございます」

藤孝の胸が、嵐の日の海面のようにはげしく波打った。

なぜだ。どうして、ここまで心が乱れる。

城介とは、信長の嫡男・織田〝城介〟信忠《のぶただ》のことである。なぜ、信長は己の息子が反乱をおこしたと思ったのだ。

家臣たちは、この謀反の裏に織田信忠がいるのかといぶかしんでいるが、それはない。信忠も光秀によって二条城でかこまれたと聞いた。光秀が協力者を討つとは考えられない。それゆえに使者も虚報と判断して、報告を躊躇したのだ。

「上様は、どんなお顔で訊かれたのだ」

なぜ、そんなことが気になるのか、自分でも不思議だった。

「はい。顔面を蒼白にしておられたそうですが、城介様ご謀反でないと知り、安堵したかのような色を見せられたそうでございます」

思わず胸に手をやってしまった。はげしく動悸《どうき》し、肋骨がかすかにゆれる。

藤孝の脳裏に浮かぶものがある。

燃えさかる本能寺のなかで、微笑する信長の姿だ。

つり上がっていたまなじりは穏やかで、顔色も悪くない。苦しみから解きはなたれたかのように笑っている。せまる惟任光秀の軍を静かな目で見つめた後に、きびすを返した。紅蓮《ぐれん》につつまれた本能寺の奥深くへと、散策でもするかのように足を踏みいれる。

そんな幻が、藤孝の頭を駆けぬけた。想像とは思えぬほど鮮やかに。

信長が死んだことを、藤孝ははじめて実感する。

いや、信長とは一体いかなる人物だったのかをはじめて理解した。

織田信長もまた、心を殺しつづけてきた男だったのだ。幼少から両親に疎《うと》まれ、ひとりはなれた城で暮らし、父の死で多くの部下に裏切られた。母と弟には何度も鉾をむけられた。己を裏切った者を葬《ほうむ》りつづけた人生であった。弟を殺すとき、妹の嫁いだ義弟・浅井長政を滅ぼすとき、父と慕ってくれた将軍義昭を追放するとき、何度も己の心を殺してきたのだろう。

光秀の手の者に囲まれたとき、自分のもっとも愛する息子が反乱をおこしたと思ったのも、心を殺しつづけた信長だったからではないか。自分が身内を害したように、いつか愛する者から害される。常にそう考えて生きていたのだ。

そして、信長は織田〝城介〟信忠が裏切ったのではないと聞き、微笑《ほほえ》んだ。心を殺す連鎖から、信長は死ぬことではじめて解放されたのだ。

だから、最期に笑ったのだ。

胸の前にやった手が、着衣を握りつぶす。

心中に吹きあれる波の正体を悟った。

藤孝は、信長を羨望《せんぼう》している。次の天下人に対して己の心を殺さねばならぬ藤孝は、信長の死を嫉妬していた。

床を殴りつけた。拳がきしむのも構わず、ふたつ、みっつと打つ。

「ご心中、お察しします」

　勘違いした部下たちが慰めの言葉をかけるが、藤孝の心はさらに激しく波打つだけだった。

十三

　城下にある寺は、読経《どきょう》の声につつまれていた。藤孝は経をかきわけるように進む。
剃《そ》りあげた頭が、風をうけて涼しい。
すでに幽斎《ゆうさい》という僧号をもらっている。いずれ長岡という姓も捨てて、細川幽斎と
なるはずだ。
読経の場には、大勢の家老たちもすわっていた。何人かは、藤孝に同調して頭を丸
めている。
斥候《せっこう》の報告では、羽柴秀吉と惟任光秀が山城国大山崎《おおやまざき》の地で戦おうとしているとい
う。この読経の場が、藤孝こと細川幽斎にとっての最後の戦いになる。
家老の何人かはむせび泣いていた。兄が死んでから、藤孝の涙は涸《か》れはててしまっ
ている。信長の死を悼《いた》むこの場で、己は哀しむ芝居をすることができるだろうか。

それでもやらねばならぬ。泣いてみせることで、信長の死を悼んでいると信じさせる。そうすれば本能寺の変の背後に己の謀があるとは、万が一にも気づかれない。家を守るために、泣くのだ。

そんな己を、冥府の信長は笑っているにちがいない。

ふたりの人物が末席にいるのが目に入った。道鬼斎と甥の弥四郎だ。道鬼斎は口をへの字にし、弥四郎を守るようにひかえている。

一方の弥四郎は、前方の一点を睨んでいた。そうすることで父の仇ふたりの死を見届けようというのか。

ゆっくりとすわり、藤孝は数珠《じゅず》を鳴らして手をあわせた。

目を閉じる。

まぶたに浮かぶ人物がいる。

まだ前髪が残る少年だ。

たくましいあごの輪郭と意志のつよさを感じさせる瞳は、さきほど見た弥四郎か。

いや、ちがう。

手垢にくすんだ賽子を指にもち、白い歯を見せて笑いかけるのは、兄だ。

三淵藤英の若きころの姿だ。

何事かを藤孝に語りかけて、若き兄は賽子を指で弾く。宙にあがり落ちたそれを受けとった手の主は、壮年の武士に変わっていた。日に焼けた精悍《せいかん》な顔にたくましいあご鬚。二条の将軍御所で決別の賽子を投げたときの兄の姿だ。

気づけば、頬に一筋の水滴が伝っていた。

藤孝は涙をぬぐうことはしない。ただひたすらに読経を口ずさむ。

ふたつ、みっつと涙は流れつづけた。

雫のひとつは藤孝の胸元にも落ち、乾いた肌をすこしばかり湿らせる。

槍よ、愚直なれ

一

尾張国《おわり》（愛知県）中村《なかむら》の風を、加藤虎之助《かとうとらのすけ》は久々に味わっていた。いや、両脇にある田んぼに茂る稲は揺れていないから、走る虎之助が生む空気の動きが肌を撫《な》でているのだ。

やがて田んぼの外れに、一本の松が見えてきた。根元に若い女が座っている。手に何かを持ち、一心不乱に読んでいた。

「ちくしょう」と言った口が、微笑を象《かたど》っていることを虎之助は自覚する。

近江国《おうみ》（滋賀県）長浜《ながはま》から尾張中村へ行く使いに文を託したのが、二日前だ。〝田んぼの外れの一本松で待っていてくれ〟と書いた。文と同時に虎之助も出立するから、落ち合おうとも記した。文よりも早くつくつもりが、どうやら負けてしまったようだ。当然か。使いは馬に乗っていたが、虎之助は徒歩だ。

息を荒らげつつ木へと走り寄ると、気づいた女が立ち上がった。つり上がり気味の眦《まなじり》は、よく研いだ槍の穂先のように美しい。

「お千《せん》、何刻ほど待った。不眠不休で走ったが、負けてしまったな」

足を緩《ゆる》め汗を拭《ぬぐ》い近づくと、女の眦がさらにつり上がった。

「このたわけ。大事な時に何をのこのこ尾張まで。あなたは、これから中国に出陣するのでしょう」

虎之助の仕える羽柴《はしば》〝筑前守《ちくぜんのかみ》〟秀吉《ひでよし》は、中国方面軍の総大将として、山陰や山陽で合戦を繰り広げていた。昨年、播磨《はりま》（兵庫県）の三木《みき》城を落とし、次は山陰の鳥取《とっとり》城に兵を進める。その軍に、虎之助も同行する。

「虎之助にとって大切な初陣《ういじん》でしょうが。少しでも戦場のお役に立てるよう、寸暇を惜しんで刀槍を磨《みが》きなさい」

叱声《しっせい》が心地いいのは、きっと正論だからだろう。千の背丈は、大人の男と比べても遜色《そんしょく》ない。何より手足が長く細い。六尺（約百八十センチ）近い長軀《ちょうく》の虎之助と並んでも、千は少し顎《あご》を上げるだけだ。これが主人の羽柴秀吉なら、首を後ろに折る姿勢をとる。

「刀槍の手入れ以上に、心身のはりが大事だと思ってな。千に叱《しか》られると、気合いが湧《わ》く」

虎之助は腕を伸ばし、千の長い首に近づけた。一寸（約三センチ）ほどの傷が横に走っていた。幼少の頃、千と喧嘩をしたのだ。女に武士の覚悟は宿らないと馬鹿にした虎之助に、千が怒り、辱《はずかし》められたと喉元《のどもと》に短刀を突きつけた。すんでのところで虎之助が止めに入って、小さい傷だけですんだ。

千の古傷を撫でようとして、はたかれた。

「痛いじゃないか」

「指を折られなかっただけ、ありがたく思いなさい」

千は、虎之助の剣術の師匠塚原小才治《つかはらこさいじ》の娘だ。当然、関節のひとつやふたつを折るなど朝飯前である。

「虎之助の文に、伝えたいことがある、とありました。何なのですか」

「うむ」と、息を呑《の》み込む。いつのまにか、心臓が暴れ馬のように跳ねている。

ままよと、口を開いた。

「千、俺は戦《いくさ》で必ず手柄を立てる。万石の侍大将になる。そして——」

吸うつもりもなかったのに、息が胸の中になだれ込んできた。

「お、お前を嫁に迎えに来る。いいか」

虎之助の目線は地に落ちていた。顔を上げて、千の表情を確かめたいができない。

「千、お前はすごい女だ」

やっと、虎之助の顎が少しだけ上がる。見えたのは、千の首の傷だ。大の男でも、ああも躊躇《ちゅうちょ》なく短刀で己《おのれ》の首を突けない。

「手柄を立て、お前にふさわしい侍になって迎えにくる。そのことを伝えたかった」

くるりと背を向けた。

「待ちなさい」

背中から届いた声は、少し震えているような気がした。

虎之助の首に何かが渡される。うなじのところで、結ぶ気配がした。目を下に落とすと、胸の前に紺色のお守りがぶら下がっている。〝武運長久〟の四字が墨書《ぼくしょ》されていた。

「虎之助、武士として勇ましく戦うのですよ」

千は、待っていますとも、ご無事でとも言わない。虎之助の胸が熱くなる。

やはり、いい女だ。生還よりも、誉《ほまれ》ある死の方が価値が高いと知っている。

二

中国の戦場では、梅雨時《つゆどき》の雨が絶え間なく降っていた。虎之助が着る小具足《こぐそく》や陣羽織《じんばおり》を容赦なく濡らす。

眼前には巨大な湖があり、浮島を思わせる城がぽつんとあった。備中国《びっちゅう》(岡山県)にある高松城《たかまつ》だ。羽柴秀吉は高松城の支城を次々と落とし、裸城にしたところで巨大な堤防を築いた。今、虎之助が踏む大地が、それだ。堤防で足守川《あしもりがわ》の流れを堰《せ》き止め、人工の湖の中に敵の城を沈めようという魂胆だ。

嵩《かさ》を増す水を眺めつつ、虎之助は拳《こぶし》を握りしめた。

高松城の支城のひとつを攻めた時、虎之助は一番乗りで感状をもらった。だが、所詮は数百人が籠《こも》る小城。万石の加増には遠く及ばない。そもそも中国での秀吉の戦いは、兵糧《ひょうろう》攻めが主体で、虎之助のような槍武者は力を発揮できない。

「畜生、恨めしい雨だぜ」

後ろを向くと、福島市松《ふくしまいちまつ》や加藤孫六《かとうまごろく》、平野権平《ひらのごんべい》ら同年代の武者たちが十数人並んでいた。自分たちの手柄を奪う雨を睨《にら》んでいる。

「憎らしいのは、雨だけじゃないさ。後詰《ごづめ》にきた毛利勢もだ」

平野が、首を後ろに捻《ひね》った。救援に来た毛利の大軍が、高松城を囲む羽柴軍と対峙《たいじ》している。だが、旌旗《せいき》は雨に濡れ重たげで、戦意は感じられない。

「もはや、我ら織田《おだ》家に野戦を挑む馬鹿はいない。槍を振るっての戦いは、先の冠《かんむり》山城《やま》のような小城ばかりだ」

福島市松が、ため息を吐き出した。

「槍一本で出世できる時代は終わったのかもな。このままじゃ、ろくな嫁さんをもらえん」

加藤孫六が自嘲《じちよう》するように言うと、武者たちが頷《うなず》いた。虎之助は雨滴に打ちつけられるがまま、皆の愚痴《ぐち》を聞いていた。唇に浸入する雨が、なぜか苦く感じる。

「おい、そういえば聞いたか」

割り込んで来たのは、小柄な武者だった。背は低いが筋肉と脂肪は十二分についており、顔と胴体の輪郭がまん丸に近い。大塩金右衛門《おおしおきんえもん》という、虎之助らと同年齢の武者だ。

「なんだぁ、大塩、まさか上方からの援軍がついたのか」

福島市松がかすかに目を血走《ちばし》らせる。

羽柴秀吉は敵の降伏を急がせるために、主君の織田信長《のぶなが》に援軍を要請していた。噂では、明智光秀《あけちみつひで》が万の兵を率いてくるはずだ。降り続く雨よりも厄介《やつかい》な存在だ。明智の兵が到着すれば、毛利は間違いなく屈服する。槍を振るう野戦が、はるか彼方に遠ざかる。

「そうじゃない。塚原様の娘の千殿のことよ」

虎之助の心臓が跳ねた。いや、懐《ふところ》にある千からもらったお守りが胸を叩いたかのようだった。

「なに、千殿がどうしたのだ」

武者振りついたのは虎之助ではなく、福島市松や加藤孫六らだった。千の強さと美しさに、皆が憧れを持っている。

「それがな、輿入《こしい》れが決まったそうじゃ」

全員が驚きの声を上げた。

「だ、誰の嫁になるのじゃ」

「聞き捨てならぬ。木《こ》っ端《ぱ》武者なら納得できぬぞ」

大塩と呼ばれた達磨《だるま》のような体格の武者に、男たちがまとわりつく。

「く、苦しい。はなせ、神戸《かんべ》三七《さんしち》様の与力《よりき》の山路《やまじ》殿じゃ」

もみくちゃにされる大塩が、助けを乞《こ》うかのように叫んだ。

「山路殿じゃと」

織田信長の三男で伊勢《いせ》（三重県）の神戸家に養子に入った神戸〝三七〟信孝《のぶたか》は、四国遠征軍の総大将だ。その与力の山路将監《しょうげん》は、もともと伊勢神戸家の家老で武勇の士として知られている。神戸家が織田家に乗っ取られた時も最後まで抵抗し、それが逆に天晴《あっぱ》れと信長に賞賛され直臣として取り立てられた。

大塩を解放したのは、山路将監が彼らよりも禄《ろく》も功名《こうみょう》もはるかに大きいからだ。

「千は——千殿は輿入れを承諾したのか」

口にしてから、虎之助は後悔した。

「当たり前じゃ。千殿の気性は皆が知っていよう。武家の女の鑑《かがみ》。両家の親の合意があれば、断ることなどあろうか」

予想した答えだった。そんな女だからこそ、虎之助は惚れたのだ。

何人かの視線が、己に向いている。虎之助が千の父から剣の手ほどきを受けていることは、皆が知っている。そして何人かは、虎之助と千が互いに想いあっていることも、だ。

襟《えり》に手をやり、首にかけていたものを取り出す。もらったお守りに、雨滴がひとつふたつと落ちた。

三

まさか、再び槍を振るう機会がやってこようとは。

しかも、その相手がかつての同朋とは。

今、虎之助は山城国《やましろ》（京都府）の大山崎《おおやまざき》の地にいた。

山と川に挟まれた隘路《あいろ》を、羽柴秀吉の軍勢が北上し通り抜けようとしている。隘路の終わりの開けた平地に布陣するのは、明智光秀率いる一万六千の軍勢だ。

明智光秀が本能寺で信長を急襲したと報《しら》せがきたのが十日前、急遽《きゅうきょ》毛利軍と講和をまとめ転進した。そして渡海前だった四国遠征軍の神戸信孝と合流し、ここ山崎の地で明智光秀を討たんとしていた。

二尺九寸（約九十センチ）の大太刀《おおだち》を肩に担ぎ、虎之助は駆けていた。味方の先鋒《せんぽう》の働きを見極めろと、秀吉に下知されたのだ。従うのは数人の足軽《あしがる》のみ。得物《えもの》の十文字槍は物見には邪魔なので、本陣に預けている。

しかし、検分だけで終えるつもりはない。

すでに合戦は始まっている。兜首《かぶとくび》を手土産《てみやげ》に、先鋒の働き振りを秀吉に報せるのだ。

味方の高山右近《たかやまうこん》が、明智軍の伊勢与三郎《いせよさぶろう》と激しく干戈《かんか》を交えていた。弓鉄砲の矢戦ではなく、刀槍の間合いで互いの肉を斬り刻まんとしている。

虎之助は、躊躇なく乱戦の中に踏み込んだ。敵味方が入り乱れる戦場で、大太刀を振るう。群がる足軽を蹴散らし進んだ。

標的はすぐに見つけた。三日月の兜飾りを持つ武者だ。鉄砲隊を率いる侍大将のようで、周りには弾《たま》をこめんとする足軽が十人ほど膝をついていた。打ち放した銃煙が霧を思わせる。

「どけどけ」

大太刀を振り回して、鉄砲足軽を薙《な》ぎ払う。歯を剝《む》いて、敵の侍大将が槍を繰り出してきた。三日月の兜飾りが陽光を反射し、虎之助の目を射す。よけるのは容易《たやす》かったが、あえて穂先を引きつけた。そして寸前で身を捻る。敵の槍が脇《わき》の下を通過するのと、大太刀を振り上げるのは同時だった。

まずは三日月の飾りが両断された。兜もひしゃげる。目鼻耳口のあらゆる穴から血を吹きこぼし、侍大将は倒れ伏す。

首を切らんと、馬乗りになった時、視界の隅で槍を持つ武者が見えた。肩に担ぎ投《とう》擲《てき》の構えをとっているではないか。鋭い穂先は、幅の広い笹《ささ》穂《ぼ》槍《やり》と呼ばれるものだ。切っ先は、虎之助の方を向いている。

視線がぶつかる。口髭《くちひげ》を持つ武者だ。その瞬間、相手の意図を悟る。

咆哮《ほうこう》と共に、槍が武者の手から放たれた。

虎之助はよけない。

びゅうと音がし、首の横を笹穂の槍が通過した。続いて、火縄《ひなわ》の大音響が背を打つ。首を捻ると、敵兵の胸に深々と槍が刺さっていた。手に持つ火縄銃は天を向き、白煙を吐き出している。虎之助を射たんとする兵から、口髭の武者が助けてくれたのだ。

「今のうちに首をとられよ。敵は、拙者が引き受ける」

口髭の武者は腰の刀を抜き、虎之助に迫らんとする敵をひとりふたりと斬り伏せた。

返礼よりも先にすることがある。首を素早くかき切り、虎之助は立ち上がった。首を袋にいれて、腰紐《こしひも》にくりつける。

口髭の武者の足元には、数体の骸《むくろ》が折り重なっていた。虎之助は骸に刺さったままの笹穂槍を引き抜き、「得物を」と助太刀してくれた武者に投げ返した。

「悪いが、拙者は先へ行く」

片手で受け取り、背中を見せた。

礼を言おうとした虎之助だったが、口髭の武者はすでに前方へ駆けんとしている。

一方の虎之助は、秀吉の本陣に帰らねばならない。

「御名《おんな》は」

武者の背中に虎之助は声をかける。くるりと顔だけが振り向いた。

「神戸三七様が与力、山路将監」

名前だけを言い残して、千を娶《めと》った武者は乱戦の中へと消える。

四

大山崎の地に、味方の勝鬨《かちどき》があちこちに木霊《こだま》していた。その中を歩くのは、虎之助だ。首を左右に回し、人を捜す。やがて、目当ての人影を見つけた。

「おお、先ほどの若武者か」

口髭の下から白い歯を見せ、山路将監が笑いかけてくる。

「羽柴家の加藤虎之助と申します。危ういところを助けていただき、感謝いたします」

虎之助は深々と頭を下げた。

「虎之助？　もしや妻の実家の塚原殿の剣の弟子か」

上げた頭ですぐに頷いた。山路の表情に特別な変化はないので、千との仲は知らないのかもしれない。なぜか、胸を撫で下ろす。

「こたび、私が戦功を上げられたのは山路殿のおかげです。これを――」

言いつつ、虎之助は黒漆《くろうるし》で彩られた脇差を腰から抜いた。兜首をとった褒美として、秀吉から下賜《かし》されたものだ。

「よせよせ、儂《わし》も若い頃は年長者に助けられた。礼などもらっては、逆に名折れだ」

「それでは、逆に私の名折れになります」

いつもなら好意として有り難く受け止めるはずが、なぜか意地になっていた。

口髭の下から、山路が笑みを零《こぼ》す。

「頑固な男だな。では、別の形で礼を受け取るというのはどうだ」

「別の形とは」

「お主は、我が妻と歳も近い。千への土産に櫛《くし》でも買って帰ろうと思うのだが、どんな柄《がら》や色がよいか助言してくれぬか」

山路の顔に邪気は微塵《みじん》もなかった。

「し、しかし、私は槍しか振ったことのない粗忽者《そこつもの》です。ご婦人が何を喜ぶかなど……」

断ろうとしたが、不覚にも桜の柄が頭に浮かんだ。千のもっとも好きな花だ。

「桜はどうでしょうか」

言葉が、虎之助の唇をこじ開けた。

山路は首を折って考え込む。

「時季外れだが……そういえば妻の持ち物に桜の押し花があったな」

山路の言葉が、虎之助の胸をざわつかせる。

「悪くないかもしれんな。感謝するぞ。脇差よりも、その助言の方が儂には嬉しい」

目を糸のようにして笑う姿に、さらに胸が苦しくなった。虎之助は表情を悟られぬように深く一礼して、腰に脇差を差し直す。

五

清洲《きよす》で行われた談合は、合戦よりも長く過酷で、そして退屈だった。

虎之助は福島市松や加藤孫六らと、城の御殿の廊下であぐらをかいている。羽柴家の侍だけではない。柴田《しばた》、丹羽《にわ》、滝川《たきがわ》、池田《いけだ》、森《もり》、それらに与力する家中の侍たちが部屋に納まりきらずに、廊下にひしめく。あるものは舟を漕ぐように居眠りし、あるものは博打《ばくち》を打ち、あるものは碁《ご》や将棋で時間を潰していた。

織田家の後継者と所領の分配を決める評議が開かれているのだ。

が、これが長い。家督は信長の直孫の三法師《さんぼうし》が継ぐことに決まったが、所領の分配はなかなか決まらない。秀吉とともに戦った織田（神戸）信孝、その兄の織田信雄《のぶかつ》にどの国を与えるか。明智や死んだ織田信忠《のぶただ》の領地を、誰がもらい受けるか。評議は難航している。

「た、大変じゃ」

叫びつつ、達磨のような体型の武士が駆け寄ってくる。

「どうした、大塩。所領が決まったのか。羽柴家は、どこを加増された」

虎之助らは腰を浮かし、大塩を待ち受ける。

「加増は加増だが、かわりに長浜を失う」

「なんだと」

皆が立ち上がった。近江国長浜は、秀吉が九年前に信長から宛行《あてが》われた本拠地だ。

「長浜は、柴田伊賀守《いがのかみ》様の領地になった」

柴田伊賀守は、柴田勝家の養子である。

「馬鹿いえ、こたび明智を討つのに柴田様に何の功があった。なぜ、一等武功を稼いだ我ら羽柴家が、領地を手放さねばならぬ」

叫んだ福島市松に、侍たちの視線が刺さる。いくつかに殺気が混じっているのは、柴田家やその与力の家中のものだ。

「よせ、市松、決まったことは仕方あるまい」

虎之助が叱りつける。

「それよりも重要なのは、長浜に所領を持つ我らの処遇だ」

先ほど、美濃《みの》国（岐阜県）を織田信孝が采配することが決まった。それにより美濃に所領を持つ稲葉《いなば》一鉄《いってつ》らの城主は、その与力に組み込まれた。長浜に所領を持つ虎之助らが、柴田伊賀守の下につけられてもおかしくない。

「安心しろ。筑前様に加増された山城国から、我らは所領をもらえるようだ」

何人かが安堵《あんど》の息を吐く。

「では、長浜を伊賀守様だけで采配すると」

「いや、三七様の与力の何人かを、柴田伊賀守様の下につけて家老にするそうじゃ」

「そうか、慣れ親しんだ長浜を失うのは心残りだが、仕方あるまい」

虎之助は腕を組んだ。さざ波のようなざわめきが御殿を駆け抜けていく。廊下にひしめく他の家中の侍たちにも、秀吉が長浜を失うことが伝わったようだ。長浜を手放す衝撃が醒《さ》めれば、もっと別の絵が見えてきた。

秀吉のかつての本拠地を、柴田勝家と織田信孝が共同で統治する図式だ。

「ということは、三七様と柴田様は入魂《じっこん》ということか」

福島市松が声を落として訊くと、大塩は「だろうな」と頷いた。

ともに明智光秀を討った秀吉と信孝だが、秀吉が織田家の後継者に三法師を推したことで、完全に敵対していた。秀吉の本拠地の長浜を勝家の養子の柴田伊賀守に宛行い、信孝の与力を家老として派遣する。勝家と信孝による、露骨すぎる秀吉への構えだった。

「これは戦の匂いがするな」

福島市松らが、満面に笑みを浮かべる。赤子の頃から乱世の空気を吸ってきた。秀吉の深謀遠慮の全貌は想像だにできないが、直感で大きな戦があることは理解できる。それは虎之助らだけでなく、御殿の廊下にたむろする侍たち全員がそうだった。今までの弛緩《しかん》した空気は霧散し、はりつめたものが廊下に満ちる。

「それはそうと、大塩よ」

虎之助は、達磨のような体型の朋輩《ほうばい》に声をかけた。

「三七様の与力から、誰が長浜の家老として移るのだ」

虎之助の問いに、大塩は一息ついて答える。

「山路将監殿だ。山崎の合戦でも手柄を上げた。家老として、これほどの御仁《ごじん》はおるまい」

六

長浜城を、羽柴軍の旌旗が十重《とえ》二十重《はたえ》に囲っていた。ちらつく雪よりも白い旗が、城の曲輪《くるわ》に一本上がる。それを待っていたかのように、柴田伊賀守の旗指物《はたさしもの》が全て地に伏した。

開城降伏の合図である。

清洲での合議の後、まず動いたのは織田信孝だった。安土城にいた、織田家当主三法師を岐阜城へと移したのだ。

織田家を乗っ取る行為と弾劾《だんがい》したのが、羽柴秀吉だ。信孝追討の兵を挙げ、柴田伊賀守の守る長浜城を大軍で囲った。北陸《ほくりく》の柴田勝家は、深い雪に阻《はば》まれ救援に赴《おもむ》けない。またたくまに、開城させることに成功する。

虎之助らは甲冑《かっちゅう》を着込んで、長浜城の大手門を囲っていた。瓢簞《ひょうたん》の馬印《うまじるし》の下で羽柴秀吉が床几《しょうぎ》に座している。

大手門の扉が軋《きし》み、ゆっくりと開く。陣羽織を着た男には、口髭が蓄《たくわ》えられていた。長浜城家老の山路将監だ。降伏を示す白旗を先導し、虎之助や秀吉の前までやってくる。

「柴田伊賀守が名代《みようだい》、山路将監でございます。降伏開城の使者としてやって参りました」

秀吉の前で膝をついた。降る雪が、山路将監の肩に薄っすらと積もる。

「降伏の儀、確かに承った。非は、三法師様の身柄を奪った三七殿にある。伊賀守殿のご決断を、天も賢明なことと嘉《よみ》していよう」

山路将監の両の拳《こぶし》が震えている。伏せた顔は歪んでいるように見えた。どうやら、降伏は柴田伊賀守の意向で、家老の山路は反対していたようだ。

「では、粛 々《しゆくしゆく》と開城の儀を済ませようか。山路殿よ、支度《したく》は万端であろうな」

山路は背後に合図を送った。大手門の扉の隙間から白装束《しろしようぞく》の一団が現れた。大人の男はいない。女や娘、童《わらべ》ばかりだ。柴田伊賀守や家老たちの妻子——人質である。

虎之助の目が、ひとりの女人《によにん》に吸い込まれる。一際《ひときわ》高い背、白い襟元から伸びる首には小さな傷が横に走っていた。美しい眦が、今日ばかりは痛々しい。

山路将監の妻、千である。

人質たちは静々と歩き、秀吉の前で横一列に並んだ。そしてひざまずく。

「死に装束とは殊勝なる心構え。安心なされ。筑前の名にかけて、決して疎《おろそ》かには扱わぬ」

不敵に笑う秀吉。言外に、裏切れば容赦はしないという意志が濃厚に含まれていた。

横に侍《はべ》る小姓《こしょう》に目をやり、秀吉が囁《ささや》く。

「これから攻める三七殿も、これくらいものわかりがよければよいのにのぉ」

なぜか、虎之助にはその表情が醜悪なものに見えて、目をそらす。

七

江北《こうほく》の山々の上から、羽柴秀吉一行は下界を見下ろしていた。挙兵時に雪化粧をしていた山嶺は、新緑を吹き上げんとしている。北国街道《ほっこくかいどう》が貫くように南北に走り、峰の隙間から余呉《よご》湖や海のようにのっぺりとした琵琶《びわ》湖の一部が覗《のぞ》いている。目を北国街道に沿って北へとやると、途中で木柵が道を塞《ふさ》ぎ、その両側の山々に戦旗がひしめいていた。

柴田勝家の軍――約三万である。

春になり、とうとう北陸の柴田勝家が動いたのだ。一方の秀吉らは、織田信孝を降伏させ人質をとり、伊勢の滝川一益《かずます》と戦っていたところだった。抑えの兵を残し、秀吉が率いる大軍は江北へと急ぐ。そして先日、柴田軍と同じように、街道を塞ぐように布陣を完了した。

羽柴軍は第一陣から第三陣まで、三つの層を織りなすように柴田軍と対峙している。

最前線の第一陣には、左翼に柴田伊賀守家中の山路将監、そして北国街道を挟んで右翼に堀秀政《ほりひでまさ》。ちなみに、柴田伊賀守は病床にあり、長浜で療養している。

余呉湖を左側に挟んで第二陣。左から桑山修理《くわやましゆり》、中川瀬兵衛《なかがわせへえ》、高山右近らの諸将が壁をつくるように配され、その奥の第三陣に羽柴秀吉とその弟の秀長《ひでなが》が率いる本軍があった。

「柴田め、やっと北陸から出てきたと思ったら、野戦に出る気配がないのう」

軍配を大儀そうに肩に打ちつけて、秀吉がぼやく。背後には、虎之助ら若い侍たちが十数人いるだけだ。羽柴軍の陣ははるか南にある。わずかな供回りで、敵の様子を見にきたのだ。万軍の総大将というより、物見を命じられた足軽大将の風情《ふぜい》だ。

虎之助の仲間の何人かが、鼻を空へ突きつけて犬のようにひくつかせている。確かに、大きな戦が起こりそうな匂いはしない。しばらく、両軍は静観するようだ。

「なんじゃ、その不満気な顔は」

秀吉が、軍配を突きつけた。

「若造の目にはわからぬかもしれんが、柴田方とは駆け引きという名の合戦をしているのじゃ。おい、佐吉《さきち》、あれを見せてやれ」

呼ばれた小姓のひとり――石田《いしだ》佐吉が背負う行李《こうり》をおろし、書状の束を取り出した。

「柴田めが、内通を促す書状をばらまいている。お前らの耳にも入っていよう」

秀吉が忌々《いまいま》しげに言う。

「これは、ほんの一部ではございますが」

石田佐吉が、虎之助たちに書状を手渡す。

「うは、長浜城に火をつければ、知行四千石だってよ」

福島市松が奇声を上げた。

「対陣する羽柴方の砦《とりで》を焼けば、五千石だ」

加藤孫六が嘆息をついた。

「長浜城を乗っ取れば、七千石を永代扶持《えいたいふち》」

大塩が、体型だけでなく目も丸くしている。

虎之助含め、ほとんどが千石にはるかに満たぬ知行しかもらっていない。

「このような書状が、滞陣する木之本《きのもと》だけでなく長浜にもばらまかれています」

佐吉の言葉に、秀吉が唇を捻じ曲げる。謀略の矛先は、寝返った柴田伊賀守配下の部将たちだ。

「柴田伊賀守様が病床にある長浜衆には、つらい揺さぶりだな」

加藤孫六が腕を組んだ。

「そういや、第一陣の山路殿の砦に、怪しい人影がしきりに行き来しているらしいな」

福島市松の声は小さかったが、全員の耳朶《じだ》を不穏《ふおん》に撫でた。

秀吉は物見に飽きたのか、少し離れたところで石田佐吉と帳面を覗き込んでいる。きっと兵糧や軍資金の算段をしているのだろう。

「俺は丸岡《まるおか》十二万石と引き換えに、山路殿が返《かえ》り忠《ちゅう》の起請文《きしょうもん》に血判したと聞いたぞ」

平野が秀吉らに聞こえぬように囁いた。さすがに聞き捨てならない。

「迂闊《うかつ》なことを口にするな。こちらを揺さぶる柴田方の流説に決まっておろう」

だが、虎之助の言葉に皆は不満気だ。

「そうは言うが、山路殿は柴田伊賀守様が降《くだ》る時に、一番強く反対したそうじゃないか」

達磨のような体をした大塩の言葉に、虎之助は反論できない。

「もともと、山路殿は伊勢の神戸家の家老だ。こたびも、利につられてもおかしくない」

「三七様の与力から伊賀守様の与力に移ったのも、利のためだろう」

噂話は止まらない。

「よせ、山路殿は人質として老母と妻を差し出した。それが何よりの忠誠の証《あかし》だ」

怒鳴りつけるが、男たちの顔には疑心がありありと浮かんでいた。

八

「くそう、忌々しい」

馬上で秀吉が罵声《ばせい》を上げる。左手には握り飯を摑《つか》み、右手には近習《きんじゅ》からもたらされた書状を持っている。小姓に馬をひかせ、南へ向かっていた。その一団の中に、虎之助はいる。

江北での対陣は、時折柴田軍が野次や罵声を浴びせかけるだけで、大きな衝突はない。

逆に、伊勢の滝川一益との戦いで、不穏な空気が流れていた。秀吉は伊勢の戦場に睨みをきかせるため、一旦長浜へ戻るのだ。その間、江北の戦場は弟の羽柴秀長が采配する。虎之助らも秀吉について、久々に長浜城へと帰還しようとしていた。

「柴田修理め、かき回すだけかき回しおってからに」

握り飯にかぶりつきつつ、秀吉は悪態を垂れ流す。実は長浜帰還には、理由がもうひとつある。長浜城で柴田伊賀守の家臣が裏切るという噂が流れていたからだ。人質たちが脱出を企てているとも耳にした。十のうち九は雑説だが、対応しなければ陣中の士気に関わる。

「まずは、人質に怪しい動きがないかを見極めるのが先決かと。誰かを先行させましょう」

そう言ったのは、小姓の石田佐吉だった。

「確かに、な。雑事は先に潰しておくべきだろう」

秀吉は手にしていた握り飯を口の中に放り込んだ。くちゃくちゃと音をたてて嚙む。

「さて、誰を人質のところに先行させるか」

嫌な予感がした。

「虎之助、大塩」

思わず顔が歪みそうになったが、大塩に続いて黙って馬を寄せる。

「お主らは先に長浜へ行け。そして、客人たちのご機嫌伺いをしてこい。女子供に何ができるわけではないだろうが、そうでもせねば味方の疑心を抑えきれん」

米粒のついた指をねぶりつつ秀吉は続ける。

「三七殿の人質は、大塩が見張れ。長浜衆は、虎之助じゃ」

山路将監の妻、千のいる屋敷には棒を持った足軽たちが番をしていた。屋敷を守るためではない。人質の逃亡を阻むためだ。虎之助は目礼だけをして門を抜ける。夕日が屋敷の中を橙色《だいだい》に染めていた。太陽の温もりを含んだぬれ縁を歩きつつ考える。千は一体、どんな暮らしをしているだろうか。尾張中村の一本松で誓いをたてて以来、言葉は交わらせていない。人質となった姿を、皮肉にも目にした程度だ。いまだ己は、万石の侍大将に程遠い。

もっとも、大名になったとて、もう妻に迎えいれることはできぬが。

ぬれ縁の先の障子《しょうじ》が開いていた。萌黄《もえぎ》色の小袖《こそで》に身を包んだ若い女性がいる。切れ長の目をつむり、長い首をあらわにするように顎を上げている。

虎之助の胸が柔らかく跳ねた。

千だ。

何をしているのだろう。祈るかのような所作だ。さらに近づくと、柔らかかった鼓動が硬質なものに変わる。千は両手を前に突き出して、何かを握っていた。首の傷へと吸い込ませるように近づけている。細い指に包まれているのは――

短刀の柄ではないか。

「千っ」

叫ぶより早く、ぬれ縁を蹴る。千の手が動く。組討《くみうち》を挑むように、虎之助は飛びかかった。千の手首を握る。奪いとろうとしたが、抵抗された。力まかせに押し倒す。

気づけば、柔らかいものを下に組み敷いていた。虎之助の胸の下に、千の顔がある。

「と、虎之助か」

目を見開いて、惚けたような声で名を呼ばれた。千が懐にしまっていたものだろうか、懐紙《かいし》が床に散らばっている。桜の花弁を押した美濃紙のようだ。

「千、お主、何をしようとした」

胸の下の幼馴染《おさななじみ》を詰《なじ》った時、視界の隅に短刀の柄が見えた。視線を這《は》わすと、木製の鍔《つば》があり、その先には白刃――はない。木で造られた刀身があるだけだ。

熱い鍋を触ったかのように、床についていた手を離す。

千がゆっくりと上体を起こし、乱れた襟元を整えた。

「虎之助は勘違いしています。私は稽古をしていただけです」

「稽古」と、間抜けにも復唱してしまった。

「虎之助も武人なれば、わかりましょう。いつ身を処すことになっても、見苦しくないよう心がけておくのが、我が父の教えです」

死ぬ覚悟があれば、勇ましく自死できるわけではない。自裁のための鍛錬を怠れば、覚悟も鈍るし、しくじれば恥を背負って生きねばならない。虎之助や千が学ぶ塚原小才治の門下では、切腹や介錯《かいしゃく》の稽古は常に欠かさないことという定めがあった。

それは女人も同様だ。

「す、すまぬ。つい、勘違いしてしまって」

差し出されたのは桜の花弁を押した懐紙だった。気づけば、脂汗が流れている。慌て受け取り、額や首筋を拭う。

「二度目ですね」

「え」と、訊《き》き返す。千は指を喉元の傷へとやった。

「虎之助に助けてもらうのは、これが二度目ですね」

そう言って、千は笑う。

唇は微笑《ほほえ》んでいたが、目は泣くかのように潤《うる》んでいた。

九

長浜から戻った戦場は、相変わらず静観の空気が濃く漂っていた。虎之助らにできることは、槍の穂先と体を鈍らせないことだけだ。

えい、おう、と気合いの声と汗を撒《ま》き散らし、敵のいない虚空《こくう》へ槍を何十回何百回と突く。くすぶる闘志を持て余す若い武者たちが、異様な気を発していた。

皆の動きがぴたりと止まる。

耳を澄ました。戦太鼓《いくさだいこ》の音が聞こえてくる。

北からだ。

「柴田軍が動いたぞ」と、足軽の声がした。素早く目をやると、皆の表情に喜色が溢れている。陣幕を撥《は》ね上げ駆け出す。目指すは物見櫓《ものみやぐら》だ。登れば、敵の動きがわかる。しかし、すぐに足が緩む。何人かが宙に鼻を向け、空気を嗅いでいた。

「見るまでもねえ。こりゃ、化粧戦《けしょういくさ》だ」

化粧戦とは、やっと矢弾が届くぎりぎりの間合いでの合戦のことだ。本気で陣を落とす気などない。

「鬼柴田ともあろう人が、小賢《こざか》しい真似を。ゆさぶりをかけてるつもりか」

足を止め、加藤孫六が吐き捨てた。

「どんな具合だ」と、上にいる足軽に声をかける。

「遠くから矢を射かけるだけですね。鉄砲も射ってますが、空砲のようです」

さもありなんと、全員が頷いた。とはいえ、ここまで来たのだ。登って戦の様子を秀吉に伝えるのも役目だ。虎之助は梯子《はしご》を伝い、物見櫓の最上部へ至る。

陣から打って出た敵兵は多いが、届くか届かないかの間合いで矢を放つだけだ。勇ましい太鼓と空砲が、ひどく場違いに聞こえる。

だが、それに応じる羽柴軍の様子がおかしい。旗指物が不穏に揺れている。

「ありゃ、随分と味方が浮足だってやがる」

足軽が呑気《のんき》な声を出した。

柴田軍は羽柴軍の第一陣である山路将監、堀秀政の陣に撫でるように矢を射かけている。それに対する味方の動きが奇妙だ。柴田軍よりも、左右の友軍の動きを警戒している。いくつかの部隊は露骨に、敵のいる前ではなく味方のいる左右に兵を集めていた。それらは、皆、山路将監や長浜衆の陣に向いていた。

長浜衆が裏切るのでは、と皆が警戒しているのだ。柴田軍のゆさぶりが、予想以上に羽柴軍を蝕《むしば》んでいる。梯子に手をかけて、急いで地面へと降りた。

「どうだった」

興味なさげに聞く朋輩をかき分け、虎之助は秀吉のいる陣幕へと急いだ。

十

久々に会った山路将監の頰はやつれ、口髭には白いものが多く交じっていた。一礼して、虎之助は前へと進みでる。

「虎之助殿、久しいな」

笑うと皺《しわ》が深くなり、心労が浮かび上がるかのようだ。

虎之助は今、山路将監のいる神明山《しんめいやま》の砦に、秀吉の使者として来ていた。後ろについてきているのは、小姓の石田佐吉だ。副使として、虎之助を補佐する。

「そういえば、先日、千と会ったらしいな」

腕の下に組み敷いてしまった千の姿を思い出し、口の中に苦い汁が満ちた。

「ええ、お元気そうでした」

虎之助の重い口調に山路は怪訝《けげん》そうな顔をしたが、それ以上言い募ることはなかった。

「それで、こたびは何用で参られた」

必要以上に威儀を正したのは、山路にとって良い報せではないからだ。

「はい、こちらの神明山砦に、木村隼人《きむらはやと》殿が入ることが決まりました」

山路が目を見開いた。木村隼人は、秀吉の近習のひとりである。

「山路殿は隣の堂木山《どうぎやま》砦に移ってもらい、以後はそこの守将である木下殿の下知に従ってもらいます」

「それは……第一陣の左翼を我ら長浜衆には任せられんという意味か」

武士としてこれほどの屈辱はない。山路の顔が朱色に染まる。

「柴田方の流布する風説ははなはだしく、このままでは捨ておけぬというのが、筑前様のお考えです」

山路を信用していないという、秀吉の意思表示だ。膝の上の山路の拳が震え出す。

「儂は、長浜に人質を置いている。それでも、信に足らぬと言うのか」

「筑前様は、長浜衆の皆様を寸毫《すんごう》も疑っておりませぬ」

言ったのは、石田佐吉だった。なぜか、虎之助の胸がざわつく。石田佐吉の弁は、理路整然としすぎておりどこか突き放すかのようにも聞こえたからだ。

「ただ、山路殿は神戸家、織田家、柴田家、そして羽柴家と主を頻繁に替えられています。そのご経歴ゆえに、周囲の疑念を完全に拭うのは難しいのです」

正論を言い終わらぬうちに、床几が倒れた。山路が目を血走らせ、仁王立《におうだ》ちしている。

「き、貴様ごとき若輩者《じゃくはいもの》に何がわかる。儂を二心者《じしんもの》と愚弄するつもりか」

詰め寄ろうとした山路に、虎之助が慌てて割ってはいった。

「佐吉、控えろ。無礼であろう」

虎之助の叱責《しっせき》に、石田佐吉は不満そうな表情を見せた。だが、すぐに頭を下げたのは、この場では石田佐吉が副使だということに気づいたのだろう。石田佐吉を退室させ、まだ息を荒らげる山路を床几に座らせる。

「誰もわかっておらん」

山路が自身の膝を殴りつけた。

「儂は、すすんで主を裏切ったことなど一度もない」

神戸家が信孝に乗っ取られた時も、山路は頑強に抵抗した。隠居した神戸家の前当主の要請により、あえて織田家の傀儡《かいらい》となった神戸家に尽くしたのだ。清洲会議の後に、柴田伊賀守の家老に転籍したのも、信孝の命令だ。その柴田伊賀守が降伏したことにより、秀吉の軍門に降らざるを得なくなった。山路自身が節を曲げたことは一度たりともない。

「にもかかわらず、儂のことを裏切者扱いしおる」

「山路殿」と、声をかけた。

「茶会を開いてはいかがか」

山路がゆっくりと顔を上げた。

「陣中の和が乱れるのは由々しきことです。このまま捨ておけば、柴田方につけこまれます。木村殿や木下殿ら第一陣の侍大将を茶会に招いて、胸襟《きょうきん》を開いてはいかがか」

思いつきの策だったが、山路は俯《うつむ》いて考えこんだ。

十一

茶席は大地に毛氈《もうせん》をしいただけのもので、陣幕を張り巡らせて壁をつくっていた。野点傘《のだてがさ》の下では、茶釜が湯気を上げている。

虎之助は、山路とふたりきりで待っていた。

「それは」と、虎之助が尋ねる。山路の手には、桜の花弁を押した懐紙があったからだ。

「ああ、岐阜城下の職人に頼んで、桜を特別に押して誂《あつら》えたのだ」

「長浜で、千殿に会った時も同じものを持っていました」

「千には苦労をかけるゆえな。このぐらいしかしてやれぬ」

山路は寂しげに笑った。山路への疑心ゆえに、人質暮らしをする千にも辛いことが多いのは容易に察することができる。

「そういえば、虎之助殿は千と将来を誓いあう仲だったらしいな」

突然の問いかけに、虎之助は思わず姿勢を崩しかけた。

「驚かせてしまったようだな。実は、千から聞いていたのだ。確か、長浜に移った日のことだったかな。隠し事はしたくない、と千が言ってな。万石の侍大将になって迎えに来る、か。若いというのは、いいものだな」

なぜか、冷や汗が脇の下を流れる。耳も熱い。

「どうじゃ、万石の侍大将になれそうか」

俯いて、虎之助は己の手を見た。

「わかりません。桶狭間《おけはざま》や姉川《あねがわ》のような合戦が、そうそうあるとは思えません」

「大きな合戦があれば、万石の手柄を立てられると言いたげだな」

虎之助は否定しなかった。

「ですが、もうかつての時代とは違います」

弱音《よわね》のようなことを吐く自分が恨めしい。

「こういう場を設けてくれた恩返しだ。ひとつ助言しよう。虎之助殿、城のことを学ばれよ」

「城ですか」

「そうだ。どんな戦でも、城や砦の攻防は必須だ。また、戦がなくても、城造りは治世の役に立つ」

左の二の腕を虎之助は摑む。邁進《まいしん》した道から外れろ、と言われているような気がした。

「そんな顔をするな。万石の侍大将が城に疎いというのもおかしいだろう」

そう言われれば、頷くしかない。

「例えば、だ。こたびの味方の陣に弱点を見つけられるか」

虎之助の眉が跳ねた。

「砦に弱点があるのですか」

「例えばの話だ。儂が言いたいのは、そういう目で砦や城を見ろということよ。そうすれば、守将の工夫がわかってくる」

確かに、今までそういう目で城や砦を見たことがなかった。顎に手をやり考えこむ。布陣する砦の縄張りを思い出そうとするが、半分以上は靄《もや》がかかったかのようだった。

「まあ、すぐには無理だろう。ただ、さっきの言葉を心のどこかに覚えておいてくれれば、年寄りは嬉しい」

目を細め、山路は笑った。

「しかし、木村殿も木下殿も遅いのお」

山路が両腕を上げて伸びをする。もう約束の刻限は過ぎていた。だが、誰もこない。

湯気を上げていた茶釜が完全に冷める頃、陣幕の端が控え目に上がった。小具足姿の小姓の顔が見えた。

「おお、やっと来たか。木村殿か、それとも木下殿か。早くお通ししろ」

立ち上がろうとした山路の体が固まる。小姓の顔が暗く重いものだったからだ。

「お客人が来たのではないのか」

山路が恐る恐る尋ねる。

「はい、木村様、木下様から使いがありました。急病のために、茶会は欠席する、と」

「欠席……ふたりともか」

寸瞬だけ躊躇してから、小姓は頷いた。

しばし、沈黙が流れた。

山路が絞り出すように口を開く。

「裏切者の茶は飲めんということか」

小姓の両肩が跳ね上がるほどの怒声だった。

「木村殿、木下殿には事情があると、先ほど小姓が言ったではないですか」

虎之助が立ち上がろうとした。

「では、ふたりして同時に病に倒れたのか」

唾《つば》を飛ばし、山路が怒鳴る。

虎之助は反論できない。

「この山路将監をなめるな」

茶入れを摑み、毛氈の上に叩きつけた。蓋《ふた》が飛び、抹茶が飛び散る。

「山路殿、お静かに。みだりに騒げば、いらぬ疑いをかけられますぞ」

虎之助を振りほどこうとした山路の動きが止まった。

戦太鼓が鳴り響いている。

首を巡らすと、木々の間から柴田軍が街道に押し出す様子が見えた。遠間から太鼓の音と挑発の罵声を、羽柴陣へと浴びせている。

矢弾は射かけてこない。化粧戦にも満たぬ、つまらぬ挑発だ。

だが、何も対応しない訳にはいかない。すでに山路は、指示を飛ばしつつ陣の中へと走っていた。

無論、虎之助も本陣に戻らねばならない。

駆け戻った本陣はものものしい空気に包まれていた。木霊に乗って、柴田軍の声が届く。

「おい、聞いたか。とうとう山路殿が裏切ったらしい」

「知らいでか。茶会に木村様を呼び、暗殺しようとしたのだろう」

耳に届いた兵卒たちの声に、慌てて足を止めた。

「今、木村様がその件で筑前様に注進しているらしい」

虎之助の顔から血の気がひく。虚報もはなはだしい。

秀吉のいる陣幕は、旗本《はたもと》や近習たちで厚く囲まれていた。

「虎之助だ。通せ、筑前様にお話がある」

「なりませぬ」と、阻んだのは石田佐吉だった。

「筑前様は今、木村殿と面会中です。余人を交えられぬ大事な用件です」

「それは、山路殿が茶会にことよせて木村殿を暗殺しようとしたことか」

石田佐吉の眉宇が硬くなった。

「それは偽りだ。俺はつい先ほど、山路殿の茶会にいた。暗殺などという謀《はかりごと》はない。すぐに筑前様に会わせろ」

だが、石田佐吉の顔色は変わらない。

「その剣幕のままお会いすれば、あらぬ噂がたちます。まず私めが面会し、先ほどの件を伝えます。それが順序のはず」

そう言われれば、従うしかない。陣幕をくぐる石田佐吉の背中を見送る。やがて、また石田佐吉が現れた。

「山路殿の件、あいわかったと筑前様は仰せです」

「本当か。頼む、一言、俺からも筑前様に申し添えさせてくれ」

石田佐吉は首を横に振った。

「ご無用です。それよりも、今は混乱する陣をまとめるのが先決。特に第二陣の乱れが由々しきことになっております。虎之助殿は福島殿らと手分けして、各陣を至急検分するようにと筑前様のご命令です」

「しかし……」

「ここで、虎之助殿が無理を押して謁見《えっけん》すれば、それがあらぬ噂となって敵方に利されるかもしれぬのですぞ」

虎之助は返答に詰まる。しばし逡巡《しゅんじゅん》した後に、「わかった」と声を絞り出した。

各砦を手分けして回り、士気の緩みや陣地の不備を正しているうちに陽《ひ》が落ちてきた。まだ第二陣の督促が終わらない。

突然だった。夜の闇が薄れ、虎之助の影が地面にくっきりと現れる。背後が明るくなっていた。慌てて首を捻ると、第一陣の一部が赤々と燃えている。

あれは――

山路将監の守る堂木山砦だ。

「なんだ、何が起こった」

「柴田勢が攻めてきたのか」

第二陣の砦が、たちまち騒然となる。馬蹄《ばてい》の音が響いた。徐々に近づいてくる。

「伝令」という絶叫も聞こえた。秀吉の本陣へ向かう使者だ。

「筑前様の旗本の加藤虎之助だ。何があった」

浮かび上がった騎馬武者に声をかける。

「山路殿、ご謀反。砦を焼いて、柴田の陣へ走った」

言葉と虎之助を置き去りにするように、伝令の兵は駆けていく。

十二

堂木山を燃やす炎がやっと下火になった頃、虎之助は秀吉の陣へと帰りついた。陣幕の前には、奉行衆《ぶぎょうしゅう》が頭を寄せ合っている。

「ご奉行衆、なぜ山路殿は裏切ったのだ」

声は落としたが、険が籠《こも》るのを止められない。

「どうやら、山路は申し開きができぬと見て、敵方に走ったようだ。被害が砦だけというのは、もっけの幸いよ」

「申し開き、ですと」

「そうよ。木村殿暗殺の件の糾問《きゅうもん》の使者を向けたのよ」

そんなことをすれば、山路はますます追い詰められるではないか。

「私は山路殿の茶会に同席していました。裏切るはずがない。そう伝えたはずです」

奉行衆が目を見合わせた。その所作から、石田佐吉に託した伝言が伝わっていないと確信した。

「虎之助殿」と、呼ばれた。見ると、石田佐吉が陣幕の陰から顔を出していた。「こちらへ」と物陰へと手招きしている。

「おのれ」と、駆け寄った。

「貴様、どういうことだ。なぜ、俺の言葉を伝えなかった」

「膠着《こうちゃく》を動かすための策です。山路殿が裏切れば、柴田も動かざるをえないでしょう」

石田佐吉は平然と言ってのける。

「まさか、膠着を打開するためだけに、山路殿に罪を着せたのか」

「柴田軍を動かすには、生半可な策では叶いませぬゆえな」

「ふざけるな」

石田佐吉の襟を乱暴に摑んだ。だが、秀吉の秘蔵っ子は泰然としている。

「それに、最後は山路殿自身がご決断し裏切ったのです」

「決断ではない。貴様らが、裏切るように仕向けたのだろう」

「ちがいます。糾問の使者を出しても、山路殿は潔白を主張しました。信じられぬなら、首を差し出すとも。それが変わったのは、三七殿ご謀反の偽報を耳に入れてからです」

ぶるりと、襟を摑む虎之助の両腕が震えた。織田信孝は今も名目上は神戸家の当主だ。山路が織田についているのは、隠居させられた神戸家前当主の命令だ。たとえ織田の血をひく当主でも、神戸の名を冠している以上は忠誠を尽くせと言われた。その神戸家の現当主の織田信孝が、柴田についたと流言を吹き込まれた。

怒りのあまり、虎之助のこめかみの皮膚が激しく蠢《うごめ》く。呼吸もできかねるほど苦しい。

「汚い策を弄しおって。貴様に武士の誇りはないのか」

拳を振り上げた。

「全て筑前様のご指示。私は従ったまでです」

打擲《ちょうちゃく》の寸前で拳が止まった。耳を打った言葉が、虎之助の体を戒《いまし》めたのだ。

「嘘だ。戯言《ざれごと》だ」

石田佐吉が失笑を漏らす。

「ならば、なぜ拳を止められた。本当に戯言だと思っているなら、躊躇せずに殴りつけたはずだ」

石田佐吉の言葉を、虎之助は否定できない。長浜城が降伏した時の、秀吉の表情が蘇《よみがえ》る。並んだ人質を、まるで商品を検《あらた》めるかのような目つきで見ていた。

十三

雨が降っていた。その中を、虎之助は走る。草鞋《わらじ》は泥に塗《まみ》れ、脛《すね》はおろか膝の上にある草摺《くさず》りさえも汚している。異様なのは、騎馬武者の中でひとり虎之助だけが徒士《かち》なことだ。

「畜生、俺たちは馬借《ばしやく》じゃねえぞ」

「戦がはじまってから、走ってばっかじゃねえか」

鞍《くら》の上で、福島市松と加藤孫六が怒鳴る。

雨が滴る空気には、今や鼻をひくつかせなくとも大合戦の匂いがしている。

山路将監の裏切りは、予想通り戦局を動かした。ただし江北の柴田軍ではなく、美濃岐阜城の織田信孝を、だ。山路の裏切りを好機と見て、叛旗《はんき》を翻《ひるがえ》したのだ。

秀吉は急遽《きゆうきよ》、軍を岐阜城へ向けたが、雨のために途中の川が増水しそれ以上の進軍を阻まれた。そんな時にもたらされたのが、江北の戦場で柴田勝家の将、佐久間玄蕃《さくまげんば》が、羽柴軍の陣を強襲したとの報せだった。今までの化粧戦ではない。砦の守将のひとり中川瀬兵衛が戦死するほどの苛烈《かれつ》な攻めだった。

聞けば、先鋒となったのは山路将監だという。難攻不落と思われた第二陣の砦を、火攻めで瞬《また》く間《た》に陥落させた。さらに噂は、山路将監が砦の弱点を柴田軍に教えたために、勝家が強攻を決断したとも伝えている。

ここにおいて、秀吉は軍を再び江北へ返す。雨がしのつく中での大転進となった。馬蹄が撥ね上げる泥雫が、虎之助の頬を打つ。横を見ると、達磨のような体型の騎馬武者が馬を寄せようとしていた。

「馬もないのに無理するな」と、大塩が怒鳴る。

虎之助は、運悪く連れてきた馬二頭が病に倒れて動けない。仕方なく、己の足で走っている。行軍の先頭は秀吉の旗本勢で、虎之助以外は全員が騎馬である。

「心配するなら、替え馬をよこせ」

大塩の丸顔が歪んだ。貴重な替え馬を譲って、万が一手柄を取る機を逃せば、後悔してもしきれないのだ。

「親切で申しておる儂に、馬をよこせだと。そんな疲れた体で戦の役にたつか。大人しく、徒士の列に下がれ」

「余計なお世話だ」

冷たく突き放すが、なぜか大塩は馬を遠くへやらない。

「もしや、山路殿のご家族のことを気に病んでいるのか」

雨で煙る視界が激しく歪んだ。裏切りの代償として、山路将監の老母と妻の千は磔《はりつけ》にされた。噂では、足軽たちが長浜の屋敷を囲った時、千は喉をついて自害しており、骸を江北の戦場まで運んで柴田軍の目の前で磔にしたという。

「儂も、最後に見た三七殿の妻子の姿が目に焼きついている。だが、これも戦国の習い。感傷に溺れるな」

処刑されたのは、山路の家族だけではない。織田信孝の妻子もそうだ。

千の死を惜しむあまり、自分を責めるかのような行軍を課しているわけではない。裏切者の家族が処刑されるのは、当たり前だ。山路も覚悟の上だろう。無論、千もだ。

ぐらりと大地が傾《かし》ぐ。前に出そうとした右足で、左足を蹴ってしまったのだ。泥濘《ぬかるみ》の中に盛大に突っ込む。その横を騎馬武者が容赦なく駆けていく。いつのまにか、雨は小降りになっていた。

大塩の言う通りだ。旗本の後ろに、かなり離れて徒士の兵が続いている。彼らと一緒に行けばいいだけだ。

だが――

歯を食い縛ると、がりっと音がした。小石でも嚙んだか、それとも奥歯が砕けたのか。

泥まみれの体を持ち上げた。馬体に揉《も》まれるようにして、虎之助は駆ける。

十四

江北の戦場は、その様相を大きく変えていた。三本の線を引くようにしてあった羽柴軍の砦群は、その真ん中の線――第二陣をずたずたにされていた。みっつある砦のうちふたつが落ち、残る賤ヶ岳砦が完全に孤立していた。

中入りと呼ばれる第二陣への強襲を敢行したのは、佐久間玄蕃と柴田三左衛門《さんざえもん》。援護するように、前田利家の軍も突出していた。

余呉湖を囲むように、敵味方が入り乱れている。まず余呉湖の北西岸に柴田方の前田利家、その隣の南西の岸に柴田三左衛門、南に孤立する羽柴方の賤ヶ岳砦、東岸にふたつの砦を落とした佐久間玄蕃、北には賤ヶ岳砦と同様に孤立する羽柴方の砦がある。

そこに秀吉が帰着した。

余呉湖は、さながら南蛮時計《なんばんどけい》のようだった。敵味方が、時を刻む針のように激しく動き出す。余呉湖の東岸にいた佐久間玄蕃は、南岸で孤立する賤ヶ岳砦の前をぐるりと通り撤退を開始した。賤ヶ岳砦を攻めんとしていた柴田三左衛門も、佐久間玄蕃の退路を確保しつつ西岸ぞいをゆっくり後退する。

秀吉も無論、座視していない。佐久間玄蕃に攻撃をしかけるが、戦上手《いくさじょうず》の敵にあしらわれる。そこで、秀吉は孤立が解けた賤ヶ岳砦へ入った。ゆるゆると後退する、柴田三左衛門へ手勢を差し向けたのだ。それに猛然と反応したのが、佐久間玄蕃だった。撤退を放棄し、気勢を上げて柴田三左衛門と合流しようとする。賤ヶ岳砦に入った秀吉の首をとる、千載一遇《せんざいいちぐう》の好機と考えたのだろう。

たちまちのうちに、激しい矢戦が始まった。

ちなみに東岸でも堀秀政や羽柴秀長が、柴田勝家の本隊と矢戦を展開していた。二匹の蛇が余呉湖を囲み、互いを食《は》みあうかのような激しい矢弾の応酬を繰り広げている。

どちらも一進一退だ。

空には雨雲の残滓《ざんし》が薄く棚引いていた。空は晴れつつあるが、大地はぬかるんでいる。戦場に漂う匂いが、刀槍を打ち合わせる合戦が近いことを教えてくれている。

虎之助は、不思議な心地だった。

求めてやまぬ槍をあわせる大合戦が近いというのに、不思議と気持ちは凪《な》いでいた。

湖風が吹き抜けた。

いつの頃からだろうか、鼻をつく争乱の匂いが変わってきた。油売りの斎藤道三《さいとうどうさん》の美濃の国盗《くにと》り、守護代家臣にすぎない織田信長の上洛、百姓秀吉の大出世、それらの快事を生んだ時代の匂いとは違う。あの頃は、槍一本、才覚ひとつで、乱世に巨大なうねりを生み、その流れに諸侯を巻き込めた。血や官位は関係ない。知恵と武芸で時代をつくれた。駒ではなく、棋士として乱世を戦っていけた。

が、きっとこれからはちがう。

合戦がないわけではない。柴田勝家を倒せば、紀州雑賀衆《きしゅうさいかしゅう》、四国長宗我部《しこくちょうそかべ》、九州《きゅうしゅう》島津《しまづ》、東海徳川《とうかいとくがわ》、関東北条《かんとうほうじょう》、奥州伊達《おうしゅうだて》と戦いが続くだろう。国内に敵が尽きれば、さらに外へ。

だが、虎之助らが時代をつくることはかなわない。ただ、大きな流れに溺れぬよう必死に泳ぐしかない。もし力尽きれば——

頭に浮かんだのは、口髭の武者と首に傷のある若い女性だった。決して信念を曲げなかったふたりの末路を考える。時代の流れの前には忠義や、個人の資質など取るに足らぬものだ。

手に持つ十文字の槍が、卑小なものに見えた。

この戦で功を上げ、万石の侍大将になれば、こんな諦観《ていかん》とも決別できるだろうか。

とても、そうは思えなかった。自分は今、駒にたとえれば歩《ふ》だ。手柄を上げれば、桂馬《けいま》や銀将《ぎんしょう》、飛車《ひしゃ》にはなれるかもしれない。

だが、盤面を支配する棋士には一生なれない。

「どうした、らしくねえ。賢《さか》しげな顔をして」

背後から声をかけたのは、福島市松だった。

「待ちに待った合戦だろう。もっと猛《たけ》れよ」

唾液でぎらつく歯を見せて笑う福島市松に、愛想笑いを返す。

「虎之助よ、今まで何人殺した。いくつの村を焼いた」

福島市松の声には、かすかに殺気が籠っていた。

「武士をやめて頭を丸めれば、今までの業《ごう》から逃れられると思うなよ。もう儂らは、地獄行きは決まりの身ぞ」

福島市松の言葉が、骨身に沁《し》みる。

「だが、幸いなことに儂らには念仏や数珠《じゅず》のかわりにこれがある」

福島市松は、持つ槍を虎之助の眼前にかざした。

「主君よりも、女房よりも、親兄弟よりもはるかに信に足る相棒だ。きっと地獄行きにも付き合ってくれる。戦場では、最高の伴侶に心身を預けるのみだ。違うか」

虎之助は手に持つ己の得物を見た。

「主君や武士の名誉のために戦え、などとは言わぬ。十文字の槍の持ち主として、恥ずかしくない振る舞いをしろ」

雲の隙間から陽光が降り注ぎ、虎之助の槍の穂先が輝いた。

「どうだ、ふっきれたか」

先ほどと違い、福島市松の声は優しげだった。振り向いて、朋輩を見る。思わず苦笑した。福島市松の持つ槍の穂先が、こちらの首を狙っていたからだ。

「ふっきれたと言わなかったら殺すつもりか」

「賢しげな臆病者は、敵よりも厄介ゆえな」

言いつつ、福島市松は槍を引いた。ということは、もう己の表情からは迷いが消えているということか。

ふと見ると、瓢簞の馬印の下に座っていた秀吉が立ち上がっている。口の両端を下品にずり上げて、醜悪に笑っていた。その表情から、とうとう決戦の時が来たのだと理解する。

「いけえ、総がかりじゃあ」

背後から聞こえる秀吉の声が煩《わずら》わしいと思った。虎之助ら若武者たちは賤ヶ岳砦を出撃し、坂を駆け下りていた。急な斜面は馬の足を折りかねないので、皆徒士だ。

「武功を稼げ。今が決戦の時ぞ」

秀吉の命令を引き剝《は》がすように走る。

目の前の敵陣からは矢弾が飛来していた。ひとりふたりと味方が倒れ、転がる。何度か虎之助の具足をかするが、足は緩めない。ただ、槍が命ずるままに虎之助は駆ける。

壁をつくる槍衾《やりぶすま》がぐんぐんと近づいてきた。十文字槍を旋回させて、薙ぎ払う。わずかにできた隙間に、身をめりこませるようにして突き進む。

一条、二条と肌の上を熱が走る。斬られたのか――。だが無視する。きっと浅傷《あさで》だ。

槍を一旋させた。血飛沫《ちしぶき》が舞い、甲冑を濡らす。道をこじ開けると、眼をぎらつかせる兜武者が何十人もいる。視界の隅では、福島市松や加藤孫六らも、槍衾を突破していた。兜武者の向こうには、援軍の佐久間玄蕃の旗指物が急速に近づきつつある。

「怯《ひる》むな。追い返せ」

「そうだ。筑前はすぐ目の前にいるぞ」

虎之助らの背後に屹立《きつりつ》する瓢箪の馬印を、敵も認めたのだろう。大将首を目前にして、瞳が野心でぎらついていた。

たちまちのうちに乱戦になる。

虎之助は槍に導かれるように戦った。雑兵《ぞうひょう》や足軽、兜武者と斬り結びつつ進む。

やがて、一騎打ちを演じるふたりの武者が見えた。ひとりは達磨のような体型をしており、あちこちから血を吹きこぼしている。

大塩金右衛門だ。

「山路ぃ」

大塩が敵の名を叫びつつ、槍を振り回した。相手の武者は笹穂槍で、難なく受け止める。反対側の石突《いしづき》を、大塩の体にめり込ませた。

朋輩の体が傾ぎ、敵の顔貌があらわになる。

山路将監だ。口髭は完全に灰色になり、兜の目庇《まびさし》の下の目は真っ赤に充血していた。

血を帯びた穂先を、山路は懐紙でゆっくりと拭う。

虎之助は近づいた。槍をしごくと山路も気づき、互いの視線が空中でぶつかる。

無言で、両者槍を構えた。

切っ先がゆらめき、まるで会話するかのようだった。

血で汚れた懐紙が、目の前を舞っている。

桜の花弁がちらりと見えたような気がした。

背を折り曲げるように、前屈みになる。後ろに引いていた右足裏が浮いた。左の踵《かかと》の腱が、極限まで伸びる。

和すように、互いに咆哮する。

急速に、間合いが近くなる。

槍を繰り出す距離になっても、足を止めない。大太刀の間合い、刀の間合いを通り過ぎる。脇差を抜く距離になった時、互いの槍が動いた。

一刺必殺の槍が、ふたりの喉へ吸い込まれる。

避《よ》けるなどという小賢しい真似をするつもりは、ふたりともなかった。

虎之助の手に衝撃が突き抜ける。

一瞬疾《はや》く、虎之助の槍が山路将監の喉を貫いていた。一方の山路の槍は横にそれ、虎之助の首の皮一枚だけを削っている。

槍を抜くと、山路の体がゆっくりと傾いだ。笹穂槍が転がり、めりこむようにして背を大地につける。山路は何事かを言わんとしている。灰色の口髭の下の唇がわなわなと震え、開き閉じを繰り返す。が、喉仏を刺し貫かれたために、声に変じることはなかった。

ただ、その唇は誰かに謝っているかのように、虎之助には感じられた。

首にかけていたものを甲冑の下から引きずり出す。膝をついて、山路の手を取る。急速に温もりが喪《うしな》われようとしていた。冷たくなる掌《てのひら》に、胸から取り出したものを握らせる。

千にもらったお守りだ。首にかけていた紐で、山路の掌ときつく縛りつけた。

「首は取らぬのか」

後ろを向くと、血だらけの大塩が起き上がろうとしていた。

「首はくれてやる」

大塩が目を剝いた。

「勘違いするな。お前との一騎打ちで、山路殿は力尽きていた。半分以上、お前の手柄だ」

「恩には着ねえぞ」

大塩はよろよろと立ち上がる。

「だが、助かった」と、力なく零す。

「そう思うなら、山路殿の首供養を頼む。手厚く葬ってやってくれ」

「当たり前だ。これほどの兜武者の首だぞ。親の葬式よりも懇《ねんご》ろに弔《とむら》ってやるわ」

それだけ聞ければ十分だった。

背を向けて、一歩二歩と前へ進む。

「どこへ行く」

大塩の愚問に答えたのは、槍だった。十文字の穂先が前をさす。

「戦場だ」

槍が、虎之助の唇と舌を動かした。

生涯の伴侶を脇に抱え、地面を蹴る。踊るように揺れる敵の旗指物目掛けて走る。

咆哮すると、山路に切られた喉から血が迸《ほとばし》り、鎧《よろい》の下の着衣を濡らした。

敵味方の骸が折り重なっていたが、進路は曲げなかった。飛び越えて、突き進む。

ただ、まっすぐ愚直に。

槍と共に戦場へ、虎之助が吸い込まれていく。

怪僧恵瓊

一

出雲国《いずものくに》（島根県）を中心とする山陰の兵たちが、中国山地の険路《けんろ》を越えていく。道は細く、山々に綱を這《は》わすように軍勢が続いていた。

等間隔に白い旗指物《はたさしもの》が並ぶ様子が美しい。太い横線が三本入った三引両《みつびきりょう》の紋様《もんよう》は、中国百二十万石の毛利《もうり》家にあって、小早川《こばやかわ》家とともに〝毛利両川《りょうせん》〟と称される吉川《きっかわ》家のものだ。

先頭を行くのは、吉川〝蔵人頭《くろうどのとう》〟広家《ひろいえ》。数えで四十歳、朝鮮の役では碧蹄館《へきていかん》の戦いなどで活躍し、心身ともに脂《あぶら》がのった武将である。

夏の太陽が、武者たちの鎧《よろい》に葉叢《はむら》の影を落とす。踏みしめる草と土の匂いが暑気と共に立ち上がり、歴戦の広家の体を包む。今、広家は所領の兵三千を率いて、大坂城を目指しているところだ。会津《あいづ》の上杉景勝《うえすぎかげかつ》が徳川家康《とくがわいえやす》の上洛命令を無視したため、追討令が出されたのだ。

が、軍勢は遅々として進まない。吉川広家の先に、同じく会津征伐《せいばつ》のために大坂城を目指す西国大名の一団がいるからだ。

「ええい、忌々《いまいま》しい。この歩みでは、恵瓊《えけい》めに追いつくのはいつになるかわかりませぬぞ」

同じ毛利家の家臣、宍戸《ししど》や熊谷《くまがい》、益田《ますだ》らが吐き捨てた。広家とは別にすぐ後方の毛利本家の先遣隊《せんけんたい》を指揮していたが、我慢できずに単騎先行し広家と並んだのだ。前方で喧嘩でも起こったのか、行軍は滞っていた。広家らは馬を下り、苛立《いらだ》たしげに土を踏むのみだ。

「どうする吉川殿、このままでは上方《かみがた》にいる恵瓊を止められない」

「そうだ、もし奴が石田治部《いしだじぶ》（三成《みつなり》）や大谷刑部《おおたにぎようぶ》（吉継《よしつぐ》）と結べば、我らは徳川家を敵に回すことになる」

豊臣秀吉《とよとみひでよし》死後の数々の騒動を、広家は思い出さざるを得ない。五大老のひとり徳川家康によって、豊臣政権は完全に壟断《ろうだん》された。奉行衆《ぶぎようしゆう》の石田三成らは抵抗したが、広家の目には蟷螂《とうろう》の斧《おの》にしか見えなかった。いずれ、天下は家康のものになるだろう。武田信玄《たけだしんげん》、豊臣秀吉ら、戦国の英傑《えいけつ》と鎬《しのぎ》を削った家康に敵《かな》う大名などいるはずがない。

だが、と広家は口の中だけで独語する。安国寺《あんこくじ》恵瓊――奴は同じ毛利家の使僧でありながら、家康が強大と知ってなお楯突《たてつ》こうとしている。

伊予《いよ》（愛媛県）に所領を持つ恵瓊は、海路ですでに大坂入りしているはずだ。噂ではまだ領国を発《た》っていない主君の毛利輝元《てるもと》が、祐筆《ゆうひつ》を恵瓊のもとに派遣したという。このままでは、恵瓊が毛利輝元の代行者となる。家康を敵に回しては、万に一つも勝機はない。

照りつける陽《ひ》が、さらに強くなった。肌を焦《こ》がさんばかりの光に、目眩《めまい》を感じる。

「恵瓊が慧眼《けいがん》を持っていたのは、もう昔の話だ。それをお館様《やかた》はわかっておられぬ」

宍戸が掌《てのひら》に拳《こぶし》を叩きつける。かつて、恵瓊は織田信長《おだのぶなが》の転落を予言し、まだ無名だった秀吉を〝さりとてはの者〟と評した。

その先見の明を、かつては広家らも信頼していた。事実、輝元の信任も厚い。それをいいことに、恵瓊は様々に暗躍《あんやく》しているのだ。

きつく結んでいた唇《くちびる》を、広家は開いた。

「いや、恵瓊が徳川に勝つ腹づもりがあれば、まだ救いはある。あるいは、奴はもっと恐るべきことを謀《たばか》っているのかもしれぬ」

広家の意図を理解できず、皆は目を見合わせた。

「恐るべきこととは、一体いかなることですか」

さすがの広家も軽々《けいけい》に口に出すことは憚《はばか》られた。

前方を凝視する。行軍の列は、あちこちで人溜まりができていた。中には腰を落として休む兵たちの姿もある。広家は決断せざるを得ない。

「宍戸殿、熊谷殿、益田殿、先に上方に飛んでくれるか。貴殿らの軍勢は、私が責任を持って率いる」

「ですが手勢もなく、恵瓊とどうやって伍《ご》せばよいのですか……」

三人の顔は不安気だ。無理もない。広家自身、秀吉死後に主君の毛利輝元の命令で兵を率い上洛し、武力行使をちらつかせたことがある。家康も絡んだ一族の毛利秀元《ひでもと》の給地問題を有利に解決するためだ。

広家や毛利家だけではない。大名たちは騒動が起こるたび、兵を率い威圧を加えた。

「頼む。今、三人だけを上方に発たせても、恵瓊に対抗するのは難しい。だが……。今は毛利家の行く末がかかった局面。恵瓊の暗躍を見過ごすことはできぬ」

宍戸ら三将の顔が引き締まる。馬に飛び乗り、鞭《むち》を入れた。

「どけどけ、我らは毛利家の使者だ。道を空けろ」

だが、前を行く軍勢の反応は乏しい。道を譲ったのは、わずかな兵たちだけだ。宍戸らはこじ開けるようにして進み、時に縫《ぬ》うようにして追い越していった。

二

大坂についた吉川広家の四方八方から、声を嗄《か》らして物を売りつける文句が聞こえてくる。陣羽織《じんばおり》を着る広家の肩に、群衆や商人が次々とぶつかった。商家だけでなく、辻や道のあちこちに物売りの幟《のぼり》が翻《ひるがえ》っている。

広家が到着したのは、宍戸ら三将を先遣させて数日が経《た》った頃だ。大坂の町は、会津遠征の後軍や大坂城留守を任された西国大名たちの兵、そして彼らに物を売りつける商人たちでひしめいている。その中を、広家は近習《きんじゅ》や宍戸らを連れて歩いていた。

商売人たちは威勢がいい。矢弾《やだま》や硝石《しょうせき》を売りつけようと、必死なのだ。それも当然である。近江国《おうみのくに》（滋賀県）愛知川《えちがわ》が、石田三成や大谷吉継の手によって突如封鎖されたのだ。これにより、西国諸将は徳川家康と合流できなくなった。

「ええい、邪魔だ。我らは硝石どころではないのだ」

道に溢れる商人を押しのけて、広家らが向かったのは安国寺恵瓊の屋敷だ。築地塀《ついじべい》の向こうに、鐘楼《しょうろう》の屋根が見えてきた。館と同じくらい高い鐘楼のおかげで、大名屋敷というより寺院のような趣《おもむき》がある。門前では、黒い僧衣を身にまとった老僧侶が佇んでいた。

「おおお、吉川様、よくぞ参られた。もうすぐ来られると思い、こうしてお待ちしておりましたぞ」

老僧侶は相好《そうごう》を崩して、広家らを出迎える。艶《つや》やかな肌に厚い唇は、商家の隠居を思わせた。この男が戒律《かいりつ》とは無縁の暮らしを送っていることは知っているが、顔をたるませる脂肪はさらに増えたようだ。

安国寺恵瓊――毛利の使僧にして、伊予六万石の大名でもある。

「遠路よりのご上坂ご大儀に存じます。吉川殿に来ていただければ、鬼に金棒」

返事をする気も失せるほどの、白々しい世辞《せじ》だった。

「恵瓊よ、まんまとやったな」

唾棄《だき》するかわりに、広家は声を投げつけた。

「さて、何のことでしょうか。皆様にご迷惑をかける不手際があったでしょうか。それよりも、どうぞ中へお入りください」

さっさと門をくぐる恵瓊に、ついていかざるを得ない。庭を抜け玄関に入り、広間に通された。漆《うるし》と金箔《きんぱく》で彩られた巨大な仏壇が鎮座している。菱形《ひしがた》が四つ集まった武田菱《たけだびし》の家紋は、特に分厚い金箔で化粧されていた。恵瓊がその前に座ると、今にも法要が始まるかのようだ。陣羽織を着込んだ自分たちが、ひどく場違いに思えた。

「恵瓊よ、石田治部や大谷刑部と会っていたそうだな」

広間の雰囲気に呑《の》まれぬように、広家は低い声で問いただす。

先行させた宍戸らによって、恵瓊が石田三成や大谷吉継と会談し、その日のうちに愛知川に関所を設けさせたことはわかっている。だけでなく、毛利輝元を、反徳川の総大将に仰ごうとしている。救いは、毛利輝元がまだ領国を発っていないことだ。今なら恵瓊にたぶらかされたと言い逃れができる。そのためには、ここで恵瓊に言いくるめられる訳にはいかない。

広家は目だけを動かし、己の腰を見る。脇差を確かめ、さりげなく手を近くへやった。それだけで武人の広家の気持ちは静まり、肝が据わる。

「これは参りましたな。吉川様や宍戸殿らは、大きな勘違いをしておられる」

わざとらしく、恵瓊は両手を振った。黒く長い袖が、不穏《ふおん》に揺れる。

「吐《ぬ》かせ」と、広家は戦場で鍛えた喉《のど》で一喝《いっかつ》した。だが、恵瓊の表情に、狼狽《ろうばい》の色が混じることはない。

「では、石田治部らとは密談していないと言うつもりか」

訊《き》きつつ、広家は腰を動かしてわずかに半身になった。いつでも抜刀できる姿勢を作る。

「密談などとんでもない」

「では、石田殿とは会っていない、と」

宍戸らが両手をついて、広家より前に躙《にじ》り出た。

「いえ、お会いしました」

「なに」と、皆が間抜けにも問い返す。恵瓊の言っている意味がわからない。

「お喜び下さい、蟄居《ちっきょ》中の石田殿ですが、すこぶる元気そうでしたぞ」

まるで親戚の近況を語るかのようだ。

「恵瓊殿、我らを愚弄《ぐろう》するつもりか」

さらに前に出て宍戸らが詰《なじ》るが、黒衣の使僧は笑みを深くするだけだ。広家は無言で脇差の鞘を握りしめる。躊躇《ちゅうちょ》なく鯉口《こいぐち》を切った。殺気が迸《ほとばし》る。

恵瓊は鋭く一瞥《いちべつ》したが、なおも表情と態度は変わらなかった。

こ奴めと、広家も舌を巻かざるを得ない。

「吉川様らがおっしゃるように、石田殿、大谷殿らと確かに談合いたしました。が、それは豊臣家の行く末を憂《うれ》うがゆえ。何ら恥じるところはありませぬ。それを密談などと言われれば、まるで拙僧《せっそう》が悪事を企《たくら》んだかのように聞こえましょう」

「ふざけるな、愛知川に関を設けたのは、悪事でないと申すか」

広家は、脇差を手にしたまま声を張り上げた。

「内府《だいふ》めの蛮行に、西国大名が加担させられるのを止めたのですぞ。なぜ、悪事なのですか。きっと、御仏《みほとけ》も拙僧の行いを賞賛しておりましょう」

満足気に言う恵瓊は、広家でさえたじろぎかねないほど堂々としていた。

「これらの行いは、野心ゆえではありませぬ。内府という豊臣家に巣くう害虫を取り除くため、正義を遂行したまでのこと。なぜ吉川様らは非難されるのか」

恵瓊の分厚い唇が持ち上がり、微笑を象《かたど》る。

「何より、こたびの拙僧の行いを、我が主君は喜んでおられますぞ」

手を叩いて、恵瓊は人を呼んだ。入ってきたのは、毛利輝元の祐筆だ。

「我が主もお拾《ひろ》い様（豊臣秀頼《ひでより》）の名代《みょうだい》として、正義の鉄槌《てっつい》を内府に下せることを、大変にお喜びです」

恵瓊が祐筆を促すと、一通の書状を取り出した。広家らの前で大きく広げる。

宍戸らが覗《のぞ》き込む。〝内府違いの条々〟と書かれた文面だった。家康を弾劾《だんがい》する文が、十三ヵ条も並んでいる。最後に武力をもって家康を制裁するという文言があり、豊臣家奉行衆三人の署名が記されていた。豊臣家は、家康こそ逆賊と認めたのだ。

「この内府違いの条々に対する副状《そえじょう》を、ご主君から頂戴しております」

祐筆が出した副状には、毛利輝元の筆跡で内府違いの条々を支持する旨が書かれていた。

誰も声も出ない。

あろうことか、毛利輝元が家康と対決することを決断したのだ。

「さらに我が主は、決意のほどを天下に知らしめるために、大坂城の西ノ丸を攻める英断も下されました」

恵瓊の言葉に、宍戸らが体を強張《こわば》らせる。大坂城西ノ丸には家康が普請《ふしん》した天守閣があり、徳川家家臣が留守を守っている。そこを攻めれば、毛利家と徳川家との決戦回避は至難になる。

「ちなみに、西ノ丸攻めの先手に任じられたのは、毛利甲斐守《かいのかみ》（秀元）様です」

「馬鹿な、甲斐守様が内府様を攻めるなどありえぬ」

宍戸らが叫ぶ。だが、恵瓊の言葉を、祐筆が重々しく頷《うなず》いて肯定した。

広家もにわかには信じられなかった。輝元の養子として毛利家を継ぐはずだった、毛利〝甲斐守〟秀元が、なぜ家康を攻めるのだ。黄と黒の糸威《いとおどし》で彩られた鎧を着込んだ巨軀《きょく》の若者のことを思い出す。朝鮮の戦野を、広家と共に駆け抜けた。少々短慮《たんりょ》だが勇猛果敢《ゆうもうかかん》で毛利家の当主に相応しい、と広家を含め皆が期待していた。だが、輝元に男児が生まれ、秀吉は後継者の座を降りた毛利秀元に同情し、毛利家の所領のかなりを分知させるよう命じた。秀吉が死んで給知分配は実行されなかったが、広家らが安堵《あんど》したのも束の間、それを蒸し返したのが家康だ。分知を履行するよう、強硬に迫ってきた。親徳川派の広家でも怒りを覚えるほどの、理不尽な要求だった。

毛利輝元にとってみれば、家康は所領を簒奪《さんだつ》する怨敵《おんてき》。

家康に大恩ある毛利秀元に、家康は所領を安堵する恩人。

断れば逆臣として輝元に討伐されるので、受けざるを得ない。毛利家中を反家康へと、一気に舵《かじ》を切らせる恵瓊の策だ。

「拙僧が、主君の意を受けて、豊臣家のために奔走《ほんそう》していることがわかっていただけましたでしょうか」

惚《とぼ》けた恵瓊の言い草が、逆に蜘蛛《くも》の糸のように張り巡らせた謀《はかりごと》に、毛利家が完全に搦《から》めとられていることを実感させる。

「貴様の企みはわかっているぞ」

「豊臣と毛利の両家のために尽力する拙僧の赤心《せきしん》、まだ理解していただけぬのですか」

恵瓊は悲しそうに目尻を下げる。その態度を、広家は鼻で嗤《わら》った。

「白々しい芝居はやめろ。毛利家を内府に楯突かせるのは、豊臣家のためではあるまい。ましてや、毛利に天下を取らせるためでもない。貴様の望みは毛利家を滅ぼすことだ」

「ほお、何を根拠にそんなことを」

恵瓊は目を妖しく光らせる。両の口端を吊り上げて、不気味に笑っていた。

宍戸らもさすがに納得しかねるのか、半眼になって広家を見つめる。

黙って腕を伸ばし、指さした。先をたどると、恵瓊の背後にある仏壇の家紋へたどりつく。菱形が四つ並んだ武田菱だ。

「恵瓊、貴様は安芸《あき》（広島県）武田氏の末裔だ。父を我が祖父元就《もとなり》公に殺されておろう」

「そういえば」と、宍戸らが声を上げた。恵瓊は甲斐（山梨県）の武田信玄と源を一にする安芸武田氏の出だが、毛利元就に滅ぼされている。恵瓊の父は切腹に追い込まれ、幼い恵瓊は安国寺に預けられ出家した。

何の因果か、学僧だった恵瓊を毛利元就が見出し、外交を担う使僧として登用したのだ。

「確かに、拙僧は安芸武田氏の血を汲《く》んでおり、父は元就公によって自刃させられました。ですが、幼少の頃の話。顔も覚えておらぬ父のために、仇《かたき》を討とうなどとは思いませぬ」

安芸武田氏が滅びたのは、恵瓊が数えで二歳の頃だ。

「何より拙僧が毛利のためにいかに奔走したかは、吉川様や宍戸殿らがご存じのはず。毛利本家百二十万石、分家した小早川家や拙僧が太閤《たいこう》様からいただいた知行を含めると、百五十万石を超えまする。この全てを拙僧の手柄と言うのは憚られますが、少なくない礎《いしずえ》を築いたと自負しております」

広家らが反論しなかったのは、事実だからだ。

微笑《ほほえ》む恵瓊と、広家はしばし睨《にら》みあった。

「恵瓊よ、儂《わし》は忘れておらぬぞ。国分《くにわけ》のことだ」

一瞬だが、恵瓊の口元が固まる。

「国分とは、また懐かしいことを。もう二十年ほど前のことになりましょうか。確かにあの折衝は、拙僧にとっても痛恨の極みでした」

言葉とは裏腹に、悪びれた様子は微塵《みじん》もなかった。

山崎《やまざき》の戦いを経て天下人となった秀吉、それと同盟する宇喜多《うきた》家と、毛利家は厄介《やっかい》な国分（領土分割問題）を抱えていた。その時、広家は上方にいた。秀吉が明智光秀《あけちみつひで》を破り、柴田勝家《しばたかついえ》にも勝利した後、二十三歳だった広家は、人質として秀吉のいる大坂城に送られていたからだ。


「申し訳ありませぬ」

恵瓊が青々とした頭を下げて、二十三歳の吉川広家に謝った。

「拙僧の力不足で、清水宗治《しみずむねはる》公の死を無駄にしてしまいました」

今と違い、まだ皮膚がたるんでいなかった恵瓊は額を擦《こす》りつけた。

国分の結果は、毛利家にとって不利なものだった。備中国《びっちゅう》（岡山県）の高松《たかまつ》城を失うことになったのだ。もともと、高松城は清水宗治が守っていた。それを囲っていたのが、羽柴《はしば》秀吉だ。本能寺の変で信長が横死した際、その死を秘して和議を結んだ。その条件として、秀吉は清水宗治の切腹を求めたのだ。

「あの和議は宗治公の死をもって成したもの。なのに、国分で高松城を手放すことになりました。泉下《せんか》の宗治公にあわせる顔がありませぬ」

「頭を上げてくれ。恵瓊はよくやってくれた。今、羽柴家を敵に回しても勝てない。

父や叔父上も納得してくれよう」

それでも、まだ恵瓊は頭を床に押しつける。ため息をついて、広家は立ち上がった。

「国分の結果は残念だが、気を落としてばかりはいられまい。毛利の威信を取り戻すため鉾《ほこ》を磨き、有事に備えるしかない」

自身の言葉に、広家は頷いた。秀吉に敵《かな》う大名はいない。今後、毛利家は秀吉傘下の大名として、多くの軍役が課される。この不名誉は、戦場の働きで返すしかない。

「お覚悟のほど、感服《かんぷく》いたしました。元就公の孫という血統は伊達《だて》ではありませぬな」

恵瓊がやっと顔を上げると、額が真っ赤になっていた。背を向けて、襖《ふすま》に手をかける。

服従する国人衆たちは、毛利家頼むに足らずと侮《あなど》るはずだ。国政の舵取りを誤れば、反乱が起きかねない。当主の毛利輝元は三十一歳だが、凡庸《ぼんよう》だ。補佐する広家の父の吉川元春《もとはる》と叔父の小早川隆景《たかかげ》は有能だが、最近体調が思わしくない。下手をすれば、毛利家百二十万石が崩壊するかもしれない。

襖を開く手が、途中で止まった。うなじに手をやると、産毛《うぶげ》が逆立っている。後ろから、嫌な気配を感じる。振り返るのが憚られるほど、邪《よこしま》な気が背を撫《な》でていた。まだ、部屋には恵瓊がいるはずだ。

　息を殺し、首を捻った。

　恵瓊が座していた。手に何かを持っている。武田菱の入った位牌《いはい》だ。愛《め》でるように撫でる恵瓊の顔を見て、総身が粟立《あわだ》った。

　笑っている。先ほどの平伏が嘘のように、両の口端を吊り上げ、目尻を垂らしている。その表情は、毛利の忠実な使僧などではない。清水宗治の故地《こち》を手放し、苦境に陥った毛利を嘲笑《あざわら》っているのか。若い広家には、そうとしか思えなかった。

　回想の恵瓊の嘲笑《ちょうしょう》と、目の前にいる老僧の笑いが重なった。皮膚はたるみ目尻や口元には皺《しわ》が増えたが、吊り上がる唇の形はそっくりだ。

　やはり、間違いない。恵瓊は、徳川に敵わぬと知っていながら輝元を焚《た》きつけたのだ。天下分け目の戦いで、毛利家を滅ぼすために。安芸武田氏が滅亡して以来約六十年間、忠臣を演じ続けた。最大の障壁である、毛利両川の小早川隆景と吉川元春が死ぬのを見届け、好機が到来するのを、ずっと待っていたのだ。

三

大坂城の一室から、吉川広家は西ノ丸の様子を宍戸らと見下ろしていた。西ノ丸には、幾百もの旌旗《せいき》が翻っている。三角形を形作るように配された黒点の上に〝一〟が描かれた意匠《いしょう》は、毛利家の旗指物だ。とうとう毛利家当主の毛利輝元が、大坂城に入った。内府違いの条々も、全国の大名に発布された。すでに宇喜多秀家らが、徳川家家臣の鳥居元忠《とりいもとただ》の籠《こも》る伏見《ふしみ》城攻めに出発している。

恵瓊と毛利家の暴走を止められなかった自身が歯がゆい。と同時に、これからの難局を考えると、胃の腑《ふ》を鷲掴《わしづか》みにされたような吐き気に襲われる。

「とにかく善後策を考えよう」

広家は、窓から体を引き剝《は》がした。皆もそれに続く。ひしめく毛利兵が打倒徳川の気炎《きえん》をあげるのを聞きつつ、十数人が車座になる。広家が心を許せる同志たちだ。額を寄せ合い、いかにして毛利が敵でないと家康にわからせるかを協議する。

「よし、結論はふたつに尽きるようだな」

広家が視線を配ると、皆が頷いた。

ひとつは当主の毛利輝元を大坂城に釘づけにしておくこと。輝元が恵瓊にたぶらかされ、西軍についたと戦後に言い訳ができる。

「逆にいえば、お館様が出陣すれば、毛利家は乱の首謀者の烙印《らくいん》を押されるということですな」

宍戸の確認に、広家は頷いた。

「そうなれば、改易《かいえき》は免《まぬが》れない。我ら毛利の家臣が合戦場にいるのは致し方ない。だが、お館様は、何があっても大坂城から動かしてはならん。次にふたつ目だが――」

家康が率いる軍勢に、一矢一弾たりとも射ちかけない。毛利家の兵は多い。幾つもの隊が戦場へ送られるはずだ。そのなかのひとつは、家康と対峙《たいじ》するだろう。しかし天下分け目の戦場で、毛利勢は傍観者に徹する。

「徳川勢が射ってきても、絶対に応戦してはならん」

「味方が傷つくことがあってもですか」

宍戸の問いかけに、首を折るようにして広家は頷いた。ざわめきが立ち上がる。

「果たして、そんなことが可能でしょうか」

「できなければ、毛利家が滅ぶだけだ」

全員が押し黙った。

「とにかく、ふたつの方針は決まった。あとは、やりきるのみ。結果は天に委ねよう」

広家は己の膝を大きく叩いた。

「では、まずやるべきことは、お館様を大坂城に留めることですな。ですが、あのお館様が、果たして大人しく大坂城に留まってくれましょうか」

宍戸の問いかけに、今度は広家が困惑する番だった。

毛利輝元は、英雄の器ではない。いや、百二十万石の大名でさえ、荷が重い。その割には、欲深く領土拡張には積極的で、今回もまんまと恵瓊の口車に乗せられた。

「わからん。だが、やるしかないだろう」

吐き出された広家の言葉は、自身でも驚くほど苛立ちに満ちていた。

四

大坂城の西ノ丸には、家康が普請した小さな天守閣がある。背後には、本丸にある黒漆喰《くろしっくい》と黄金瓦の太閤秀吉普請の天守閣もそびえていた。秀吉の築いたものと比べると、西ノ丸の天守閣は華美な装飾はない。だが、灰色の厚い漆喰壁や太い格子窓と鉄の扉に、家康の手強さを見るかのようだ。

　吉川広家は一礼して、西ノ丸天守閣へと入る。奥の一室には、美しい陣羽織や黒光りする臑籠手《すねこて》をつけた小具足《こぐそく》姿の武士たちが十人ほどいた。中央にいるひとりの男だけは、異様だった。漆を塗ったかのような黒い素袍《すおう》を着て、鷹揚《おうよう》に扇子で自身を煽《あお》いでいる。顔は少し下膨れだが、目鼻口には貴人の風格が漂っていた。毛利家百二十万石の当主、毛利輝元である。戦時というのに、将棋盤を挟んで近習のひとりと対局していた。

　毛利輝元は眼球だけを動かし、広家を一瞥する。

「しばし待て。勝負が佳境ゆえ、手が離せぬ」

　広家は、ため息を口の中で嚙み潰す。

「うふふ、ほれ、やったぞ。飛車《ひしゃ》を取ったぞ」

　毛利輝元が嬉しそうに相手の飛車を摘《つま》み、持ち駒の列に加えた。見ると盤上は、輝元が圧倒的に優勢だった。すぐに相手を投了させられるのに、しない。

「よし、次は金を取ったぞ」

　持ち駒を見ると、飛車や金、銀、桂馬《けいま》などの駒がずらりと並んでいた。王を詰めることはそっちのけで、自分の持ち駒を増やすことに夢中になっている。

やはり、このお方は王者の素質を持ちあわせていない。欲は旺盛《おうせい》だが、野心にまで昇華させていない。

嚙み潰したはずのため息が、唇をこじ開けた。

家康とは器が違う。だからこそ、西軍の総大将などになってはいけないのだ。

「お館様、西軍の名代……いえ、事実上の総大将就任、おめでとうございます」

広家の世辞に、輝元はくすぐったそうに笑った。

「やっと、あの内府に目にものを見せる時がきた。煮え湯を飲まされた今までを思えば、何と愉快なことか」

毛利秀元の給知分配問題や石田三成を親徳川派七将が襲撃した事件で、輝元は家康とことごとく対立した。結果、給知分配問題では十七万石もの分知を承諾させられ、襲撃事件では三成の隠居に加え家康と義兄弟の契《ちぎ》りを結ばされ、風下に立つことになった。

「やっと借りを返すことができるわ。余が総大将となり、内府めを潰してやる」

「そのことでございますが」

じろりと、広家は睨まれた。

「毛利の所領を拡大する、またとない好機とお思いになりませぬか」

広家は語る。西国の親徳川派大名は、ほとんどが会津征討の前軍に組み込まれている。所領の留守部隊は、間違いなく寡兵《かへい》だ。

「まずはこれを攻め、毛利の版図を拡大するのです」

広家は絵地図を広げた。日本全土が描かれている。中国毛利家百二十万石の領地だけが、赤で彩られていた。

「内府に与《くみ》した四国の大名に、まず兵を向けるのです」

近習に筆を所望し、四国の土佐《とさ》以外の三国を朱で塗り潰す。阿波《あわ》（徳島県）の蜂須賀《はちすか》家、讃岐《さぬき》（香川県）の生駒《いこま》家、伊予の藤堂《とうどう》家は、いずれも徳川家についている。

「さらに九州は、大友《おおとも》殿に兵を与え攪乱《かくらん》し、四国平定後に毛利の兵を入れます」

豊前《ぶぜん》（福岡県）の黒田《くろだ》家、肥後《ひご》（佐賀県）の加藤《かとう》家の領地を赤く塗る。輝元の目が輝き出した。

「内府めと決戦するのは、四国九州を併呑《へいどん》してからでよろしいかと」

広家は、献上するように絵地図を両手で渡した。

「とはいえ、内府の軍が反転し、ここ大坂を目指すのは間違いないでしょう。まずは宇喜多殿や石田殿を戦わせ、両者疲弊したところでお館様のご出陣」

「余が出陣すればどうなる」

「内府めの所領、関東二百五十万石を奪うことができます」

輝元が持つ絵地図の関東の部分をゆっくりと筆で塗った。輝元の頰がだらしなく緩む。

「今、早急に内府と戦えば、勝ったとしても関東二百五十万石は諸将と山分けとなりましょう。無論、西国の領地も増えませぬ」

「それは、うまくないな」

毛利輝元は顎《あご》に手をやって考え込んだ。

広家の胸に複雑な思いが滲《にじ》む。あるいは、輝元にもう少しだけの器量があれば、自分は家康と戦ったかもしれない。家康相手に戦場を疾駆《しっく》する。武人として生まれ、これほどの栄誉があろうか。だが、広家は胸に広がる想いを抑え込んだ。

今は、この毛利輝元の器量不足につけ込むしかない。

「なれば、まずはここ大坂城に腰を据えるのです。軍を派遣し西国を略取し、東から来る家康の動きを見張るには、大坂城にいなければなりませぬ。何より、お拾い様を掌中《しょうちゅう》に置かねば、西軍総大将も有名無実」

「確かに」と、美味なる料理を口にしたかのように何度も輝元は頷いた。

「とはいえ、徳川に当たる軍団に、毛利の旗が一本もないのも具合が悪かろう」

さすがにそこまで暗愚《あんぐ》ではなかったか。

「それがしを一隊の大将に任じて下さい。徳川本隊と戦ってみせましょう」

「いや、大将は甲斐（毛利秀元）にやらせろ」

顔が歪みそうになった。給知問題で家康に恩がある毛利秀元は、大坂城西ノ丸占拠の先手となったことで、完全に主戦派に傾いた。もともと戦場でしか生きられぬ豪傑だ。全力で戦うことが、家康への恩返しと割り切っている。

「あ奴は余の養子にもかかわらず、内府と共に大切な所領を掠《かす》めとろうとした。奴を内府とぶつけて、身の程知らずを教えてやればいい。いい気味だと思わんか」

自身の考えに感心するかのように、輝元は顎を撫でた。豪傑の毛利秀元が家康と対すれば、問答無用で攻めかかるはずだ。

果たして、広家らだけで抑え込めるだろうか。

「なるほど、よいお考えでございます」

内実を悟られぬよう、密《ひそ》かに丹田《たんでん》に力を込めた。

「となれば、やはり拙者も参加するべきでしょう」

輝元がこちらを睨《ね》めつけた。眉根を寄せているのは、広家を疑っているのか。咳払いをひとつして、肌が触れるほど近づく。今までと一変して小声で囁《ささや》いた。

「内府めに恩がある甲斐殿は、内通しているやもしれませぬ」

輝元は、目を見開いた。

「それがしを目付け役として、派遣してください。その上で、ぜひ先鋒《せんぽう》の役を頂戴したい」

徳川軍と毛利秀元の間に、身を挺《てい》して立ち塞《ふさ》がるのだ。これしか手はない。

「ふむ、確かに恩知らずの甲斐は、信が置けぬな」

輝元は天井に目をやり、しばし考え込んだ。

「よし。では、お主に内府と当たる一隊の先鋒を任せる」

「ありがたき幸せ。身命《しんめい》を賭《と》して、やり遂げます」

「恵瓊もつけてやる。ふたりで、上手《うま》く甲斐を御すのじゃ」

またしても顔が歪みそうになった。あの恵瓊と同じ戦場で駆け引きして、広家の思惑通りにいくだろうか。頭を下げて表情を隠すのと、輝元が立ち上がるのは同時だった。

「楽しみよのお。この合戦が終わる頃、皆が驚くはずじゃ。こたびの兵乱が、毛利が主導した戦《いくさ》だったことを知ってな。その時の皆の顔を見るのが、待ち遠しいわ」

輝元の高笑いが、鳴り響く。

一礼して、広家は退室した。西ノ丸を出ると、宍戸らが青い顔をして待っていた。

「すぐに出陣の支度を。一隊の先鋒を任された」

この言葉だけで、宍戸らは広家の意図を察してくれた。

毛利家の命運をかけて、戦わぬための戦いに向かうのだ。

五

秋の気配は濃厚になり、山々は薄っすらと色づこうとしていた。吉川広家ら毛利勢は、美濃国《みののくに》（岐阜県）にある南宮山《なんぐうさん》という小山に陣取っている。視界に映る木々のいくつかは果実を実らせ、枝をしならせていた。そんな光景とは対照的に、南宮山の陣は緊張に満ち満ちている。山上には、大将毛利秀元の一万五千。麓《ふもと》付近には、安国寺恵瓊の千八百、長束正家《なつかまさいえ》の千五百、長宗我部盛親《ちようそかべもりちか》の六千六百。そして諸隊の最前線に、吉川広家が三千で陣取っている。

南宮山の東二里半（約十キロメートル）には大垣城《おおがき》があり、西軍の石田三成や宇喜多秀家らが籠っていた。

南宮山を背負う位置にいる広家は、忙《せわ》しなく揺れる膝を抑えられない。座す床几《しようぎ》もかたかたと音を奏《かな》でる。何度も腹に手をやった。今までの戦場ではびくともしなかった腹が、きりきりと痛む。嫌な味の生唾《なまつば》を何度も飲み下した。

西軍決起後、毛利勢は伏見、伊勢《いせ》と転戦した。家康のいない東軍を攻めるのは致し方ない。とはいえ、伊勢の安濃津《あのつ》城など本来味方のはずの城を落とした時は胸が痛んだ。

だが、感傷に浸っている暇はない。

徳川家康西上の報が入ったのだ。

そして今、決戦の地美濃へと集結した。心労で胃の腑を痛める広家とは対照的に、旗下《きか》の兵の気力は充実している。最後の伊勢での戦いは二十日ほど前、南宮山に布陣したのが七日前だ。傷は癒《い》え、戦う準備は万端だ。そんな南宮山の陣に、伝令の兵が次から次へと駆け込んで来る。東軍の大軍が南宮山の南方にある岐阜《ぎふ》城を発ち、北上したのだ。旗指物や馬印《うまじるし》を伏せているため、軍勢に家康がいるかどうかはわからない。

正体不明の東軍は、大胆にも大垣城の西軍本隊を無視して、さらに北上して赤坂《あかさか》にある小山に陣取ったのだ。

さらに、伝令の兵は続く。赤坂の地で、東軍は隠していた旌旗を翻した。家康の所在を示す〝厭離穢土《おんりえど》欣求浄土《ごんぐじょうど》〟の馬印が高々と掲げられる。西軍と東軍の本隊は、一里（約四キロメートル）に満たぬ距離で対峙した。

幸いにも、毛利輝元は大坂城を動いていない。石田三成らは豊臣秀頼を擁《よう》して出陣するよう、早馬《はやうま》でしきりに要請しているが、広家の進言を忠実に守ってくれている。合戦の決着がつくまで、毛利輝元が変心しないことを祈るだけだ。

だが、あの輝元がどれだけ自制できるだろうか。

そんな中、広家は使者の到着を待っていた。

西軍の、ではない。東軍の密使を、だ。

広家は東軍の黒田長政《ながまさ》を通じて、毛利輝元が恵瓊にたぶらかされていると家康に伝えていた。その旨を家康が了承したか否《いな》か。諾《だく》ならば、本領安堵を保証してくれる。家康の言質《げんち》なくして、東軍を勝たせるのもまた危険だ。

「まだか、まだか」と、心中でしきりに呟く。

一際大きな馬蹄《ばてい》の音が轟《とどろ》いた。山上の毛利秀元の陣から、どよめきも沸き起こる。

「伝令っ」

届いた声は、今までとは違っていた。殺気だった口調で、使者が飛び込む。

「杭瀬川《くいせがわ》で、合戦です。石田方の島左近《しまさこん》殿、さらに宇喜多家も徳川勢に戦いを挑んでおります」

広家の心の臓が大きく跳ねる。まだ、密使は来ていない。にもかかわらず、合戦が始まってしまったのか。

「か、数はいかほどか。内府は出陣したのか」

立ち上がり、伝令の兵に詰め寄る。

「数は両軍二千に満たぬ模様です」

安堵の息をついた。どうやら、小競《こぜ》り合いだ。だが、まだ油断はできない。両軍が援軍を送り続ければ、本格的な大合戦に発展するかもしれない。

また床几へ腰を落とす。先ほどよりもずっと激しく膝が揺れ始めた。

山上の毛利秀元の陣からは杭瀬川の様子がわかるのか、盛んに喚声《かんせい》が沸き上がっている。戦況に一喜一憂しているのだ。やがて、山上の陣から勝鬨《かちどき》が聞こえてきた。どうやら、小競り合いが終わったようだ。大合戦に発展しなかったことに胸を撫でおろす。だが、いまだ心の臓の鼓動は平静には戻らない。駆け足するかのように、胸を叩く。

東軍の密使は、まだ来ないのか。広家が己の膝を殴りつけた時だった。

陣幕の外から声が聞こえる。思わず、広家の尻が浮く。三河訛《みかわなま》りがあることを聞き逃さなかった。

「殿、ご使者がおいでになりました」

「すぐにお通ししろ。そして、旗本らは場を外せ。近習のみ残れ」

広家の謀を知る近習ばかり、十数人が残った。

陣幕が上がり、姿を現したのは若い武者だ。緋色《ひいろ》の紐《ひも》で、茶筅《ちゃせん》に髷《まげ》を結っている。

広家の高揚がたちまち萎《しぼ》んだ。使者の名は、正木左兵衛《まさきさへえ》。二十代にして、万石《まんごく》の扶《ふ》持《ち》を持つ宇喜多家の家老だ。宇喜多家は今年のはじめに家中騒動が起こっている。家臣たちが武装し、当主の宇喜多秀家を恫喝《どうかつ》したのだ。結果、歴戦の家臣の多くは追放処分になった。誰もが宇喜多家は弱体化すると思っていたが、案に相違して西軍の堂々たる主力として活躍している。その理由は、目の前にいる正木左兵衛に負うところが大きい。出自が全く不明ながら、宇喜多家に新加入し一翼を担う将として力を発揮しているのだ。

正木左兵衛が怪訝《けげん》そうに周囲を見たのは、近習しかいないことを不審に思ったのだろう。

「正木殿、よく参られた。確か、杭瀬川で東軍と戦っていたと聞いたが」

努めて平静を装い、広家は声をかける。

「見事に我が軍の勝利です。こちらが、討ち取った敵将の目録《もくろく》でございます」

やはり、正木左兵衛の言葉には微《かす》かに三河訛りがある。

「それは重畳《ちょうじょう》。さっそく山上に陣取る甲斐殿や大坂におわす我が主君に知らせよう。士気も大いに上がるはずだ」

目録を受け取りつつ言う。

「しかし、どうして、宇喜多家の家老であるそなた自らが、わざわざ出向いたのだ」

本来なら、使者に任せればいいはずだ。

「拙者が参りましたのは、軍監《ぐんかん》としてでございます。南宮山に陣取る諸将の士気を確かめるよう、言われたのです」

まさか、広家が家康と通じているのを見透かされているのか。

「ああ、ご無礼の段、ひらにご容赦を」

正木左兵衛は、広家を宥《なだ》めるように続ける。

「ですが、様々な噂が飛び交っているのはご存じでしょう。疑心がくすぶれば、互いに連携をとるのも至難」

西軍は一枚岩ではない。西軍の小早川秀秋《ひであき》は伏見城攻略後、病と称して合戦に参加しなくなった。

「軍監として陣内を検分すること、許していただけますでしょうな」

「疑われるのは気分が悪いが、仕方あるまい。好きにされよ」

断れば、こちらが家康と通じていることがばれるかもしれない。

「わかりました。では、まずは本隊の甲斐様の陣から検分させてもらいます」

胸を撫で下ろす。どうやら、正木左兵衛が一番疑っているのは、毛利秀元のようだ。給知配分で家康に受けた恩は大きいと判断したのだろう。

正木左兵衛は茶筅髷を揺らし、広家の陣を去る。山上へ向かう背中を見送りつつ、額から流れる汗を拭いた。これほどまでに、騙《だま》し合いとは気を遣うものなのか。戦場で槍を合わせる方が、はるかに性にあっている。

近習のひとりが、足音を殺して近づいて来た。

「殿、おいでになりました」

声を落として言う。

「また軍監か。陣を検分したくば、好きにさせろ」

そこまで口にして、気づいた。なぜ、声を落とす必要があるのか。

「まさか、来たのか」

近習は無言で頷く。懐《ふところ》から書状を取り出した。

「これをお渡しするように、と」

素早く近習たちに壁を作らせる。慎重すぎるほどゆっくりと、書状を開く。徳川家重臣の本多忠勝《ほんだただかつ》と井伊直政《いいなおまさ》両名からのものだ。

目に飛び込んで来たのは〝本領安堵〟という文字である。家康は、毛利輝元に敵意がないことを認めたのだ。さらに、それを黒田長政と福島正則《ふくしままさのり》が保証すると記された起請文《きしょうもん》も添えられていた。

喜びが、手の震えを大きくさせる。

家康本人の直筆の誓紙《せいし》でないのは残念だが、贅沢は言えない。

吉川広家は何度も頷いた。あとは、決戦で毛利勢を傍観者に徹しさせるだけだ。

ちらりと背後に目をやる。毛利秀元の軍勢の士気は、遠目にも高い。赤地に白丸の旗指物が、燃え盛るように揺れていた。

さらに視線を横に移す。

安国寺恵瓊の陣がある。

こちらは、なぜか不気味に静まり返っていた。

六

雨が、南宮山の山肌を湿らせている。夜気は冷たく、風が吹くと骨が震えるかのようだ。吉川広家は、首を巡らせた。大垣城が燃えている。夜空を赤々と焦がしていた。山上の毛利秀元の陣へと向かう足を止め、城が火の粉を吹く様子を凝視する。

昨日、杭瀬川の合戦が終わってから、状況はめまぐるしく変化した。近江で待機していた小早川秀秋が、突如動いたのだ。美濃へ入国し、松尾《まつお》山《やま》城の西軍の守兵を追い出した。松尾山城は大坂と大垣城を結ぶ重要拠点。石田三成らは、急遽《きゅうきょ》軍議を開き、松尾山城に糾問《きゅうもん》の軍を送ることに決めた。夜のことである。その動きを家康が察知し、松尾山城へと同じく軍を向けた。

西軍が大垣城に火をつけたのは、東軍を攪乱するためである。

西軍は南宮山の南の牧田《まきた》道を西へ進み松尾山城を目指し、東軍は南宮山の北の中山《なかせん》道《どう》を進み同じく松尾山城を目指す。松尾山の麓には、関《せき》ヶ原表《はらおもて》という平野が広がっている。おそらく、そこで東西両軍が激突する。

「おおお、吉川様ではないですか」

左側の闇から声が届く。人魂《ひとだま》を思わせる松明《たいまつ》の群れが、ゆっくりと近づいてきていた。目を細めると、夜と同化するかのような黒い僧服を着た恵瓊の姿が見えた。刀はおろか、鎧や臑籠手さえもつけていない。法事に向かうかのような格好だ。

「とうとう内府めが動きましたな。早く甲斐様のもとへ参りましょう」

石田三成らの使者が、南宮山に陣する毛利軍に山を降り合流するよう要請してきたのだ。今から広家らは、毛利秀元の陣で軍議を開く。広家と恵瓊は並んで歩きつつ、篝火《かがりび》が赤々と焚かれる毛利秀元の陣幕をくぐった。長宗我部盛親、長束正家らが、関ケ原表周辺の絵地図を囲んでいる。

巨軀の男がひとり立ち上がり、熱弁を振るっていた。毛利秀元だ。黄と黒の糸威は、朝鮮で見た猛虎を思わせる。唾を飛ばし、急ぎ本隊と合流すべしと論じていた。その熱気に雨も蒸発するかのようだ。長宗我部盛親や長束正家らは、しきりに頷いている。

広い関ケ原表に布陣すれば、毛利秀元を抑えることは難しい。毛利軍は、傍観者ではなくなってしまう。今まで積み上げてきたものが、崩壊してしまう。

「待たれよ」

気づけば、広家はあらん限りの声で叫んでいた。

「ここは軽々に動くべきではない」

毛利秀元が血走った目を向けてきた。構わずに、諸将の間に割って入る。

「小早川の動きは知っていよう。敵か味方か判然とせぬ。まず、小早川の動きを見極めるのだ。それをせずに南宮山の要衝《ようしょう》を手放せば、この地を東軍に占拠される」

小早川秀秋は松尾山城を占拠したが、麓に陣する西軍諸将には攻撃を加えていない。

「愚論だ」

大喝《だいかつ》したのは、毛利秀元だ。

「東軍が動き、西軍が大垣城を焼いた今、南宮山にいる意味はない。まさか、そんなこともわからぬのか」

「その通り。何より、合戦に参加できなかったら、末代までの恥だ」

長宗我部盛親が同意する。

「だが……」と、広家が口を挟もうとした。

「今こそ、決戦の刻《とき》との甲斐様のお言葉、拙僧は強く感銘を受けましたぞ」

広家を阻んだのは、読経《どきょう》で鍛えた喉が放つ声だった。恵瓊が、ゆっくりと諸将を見渡している。

「この機を逃せば、毛利は天下に恥をさらしましょう」

恵瓊の言葉に、毛利秀元も満足気に頷く。

「ですが、小早川勢が松尾山城を降りました」

広家は間抜けにも、「え」と言ってしまった。諸将もざわめく。

にわかには信じられない。元は毛利一族ということもあり、小早川家には広家の縁者が多い。彼らから、小早川秀秋は徳川につくだろうとの情報を得ていた。ならば、なぜここで要衝の松尾山城を手放すのだ。

「石田殿の発した糾問の軍に、とうとう旗幟《きし》を明らかにしたのです。もし、小早川殿が敵と通じているなら、松尾山城に籠るはず。ですが、城を明け渡した。味方に相違ありません。なれば、違う戦い方があります。それは南宮山を出ぬこと」

「貴様も臆病風に吹かれたのか」

巨軀の毛利秀元の詰問に、恵瓊は静かに首を横に振った。

「違いまする。拙僧には必勝の策があります」

皆の前に広げられた絵地図を、恵瓊は指さした。広家は、ただ呆然と見つめるだけだ。いまだ、戦況の変化と恵瓊の言うことに頭がついていかない。

「まず、関ヶ原表の合戦ですが、小早川殿が味方とわかった今、我ら西軍が圧倒的に地の利があります。地形をご覧あれ」

絵地図の関ヶ原表は、四方を山に囲まれている。

「今、内府めはこの隘路《あいろ》を抜けて、関ヶ原表へと進まんとしております」

恵瓊は家康がいた赤坂に指をやり、隘路となった中山道をなぞり、関ヶ原表まで動かした。

「ご覧のように、道は狭くあります。ここに西軍が蓋《ふた》をして迎え討つ。いかに内府が大軍といえど、簡単には落とせませぬ」

確かに、と毛利秀元が呟いた。

「隘路で西軍が内府を迎え撃つまで、我らは待つのです。きっと日が昇ると同時に開戦となりましょう。その時こそ、我らが南宮山を降りる刻」

信者に説法をするかのような恵瓊の声だった。

「なるほど、内府の軍を挟み撃ちにする、と。隘路ならば逃げ道もないな」

広家の顔から血の気が引く。まさに西軍必勝の策ではないか。

「ふむ、今、目の前を通る東軍を黙って見過ごすのは癪《しゃく》だが」

毛利秀元が顎を撫でた。口元にはうっすらと笑みが浮かんでいる。

「だが、これ以上の策はないだろう。さすがは恵瓊。よし、我らはあえて、この地を動かぬ。東軍を隘路で挟み撃ちにして、皆殺しにするのじゃ」

毛利秀元の号令に、皆が一斉に「応」と答える。

広家は、黙って俯《うつむ》く。どうする、と己に何度も問いかけた。いつのまにか、西軍が圧倒的優位に立っている。あるいは、このまま恵瓊の策に乗り西軍を勝たせるか。

首を激しく横に振った。石田三成も毛利輝元も、天下人の器ではない。勝ったとしても、いずれ内紛となり第二第三の家康に下克上されるだけだ。

やはり、取る手はひとつだ。先鋒の己が道を塞ぎ、毛利を不戦に導く。

ふと、横を見た。黒衣に身を包んだ恵瓊が佇んでいる。清水宗治の故地を毛利が手放した時のように、分厚い口端を上げて笑っている。

いつのまにか雨は止み、霧が漂っていた。白い靄《もや》が辺りを覆う。

恵瓊の周囲には、とりわけ深い霧がまとわりついている。

七

白霧の中で聞く東軍約十万の雑踏は、巨人の心音を思わせた。

夜は明け、霧が鈍い光沢を帯びる。うっすらと前方の視界が開け始めた。吉川広家の軍勢がざわつき出す。

殺気が立ち上る。薄くなっていく霧の向こうに見えるのは、林を思わせる影だ。風が吹いてはためくのは、旗指物か。

東軍のしんがりだ。

目の前に現れた敵に、味方の兵たちが気負うのがわかった。吉川広家の意図を知る者は近習だけだ。旗本《はたもと》や足軽《あしがる》は、東軍と戦うものだと思っている。

放った斥候《せっこう》は、すぐに戻ってきた。

「池田《いけだ》家の軍で、総勢は約五千。さらに後方には、蜂須賀、浅野《あさの》の隊が続いております」

近習や旗本たちがどよめく。

「落ち着け。まだ合戦の刻ではない。軽々しく動くなよ」

必要以上に声を張り上げ、広家は命じる。もし、ここで誤って矢でも射かければ、毛利勢が合戦に巻き込まれる。

「命令があるまで動くな。禁を破る者は斬る。侍はもちろん、足軽雑兵《ぞうひょう》、小者《こもの》にいたるまで徹底させろ」

近習たちが走る。駆けつつ、広家の指示を叫ぶ。静かなどよめきが、波紋が広がるように陣内を伝わっていく。殺気の高まりは抑えられたが、かわりに緊張が満ちる。

広家の首が、見えぬ手で捻られたように動いた。武者としての本能が、目差《まなざ》しを西へと誘わせる。南宮山の山並みは広家の背後の南から、左手の西方まで続き、隘路で途切れていた。立ちはだかる山で見えないが、関ヶ原表がある方角だ。

大きなうねりが、靄を吹き飛ばしている。

肌を打ったのは、殺気と鯨波《とき》の声だった。

瀑布《ばくふ》が滝壺に落ちるかのようだ。皮膚も揺れる。

とうとう、はじまった。関ヶ原で東軍と西軍がぶつかったのだ。

極限と思っていた吉川勢の緊張が、さらに高まる。兵たちの理性を決壊させんばかりに嵩《かさ》を増す。前方に立ちはだかる池田勢からも、気合いの声が迸った。

広家は、乱暴に額を拭う。肩を大きく上下させないと、呼吸が困難なほどに息苦しい。

何度も顔を後ろへ向けた。南宮山山上の毛利秀元の陣では、赤地に白丸の旗指物が忙しげに動いている。池田勢に突撃せんばかりに、前がかりになっていた。

顔を前に戻すと、池田勢が天に向かって発砲しこちらを挑発していた。

「池田め、正気か」

そう呟《つぶや》かざるをえない。家康から吉川広家内通の報《しら》せは届いていないのか。そうとしか思えぬほど、威嚇《いかく》射撃を盛んに放っている。背後の毛利秀元が反応すれば、どうなるか。山上から攻め降りる一万五千の兵を、わずか三千の吉川広家で止められるわけがない。いや、何より、毛利秀元を待たずに、池田勢が吉川広家に襲い掛かりそうなほど、旗指物から滲む気迫は強い。

呼応するように、関ヶ原表の叫喚《きようかん》は激しさを増す。対峙する毛利秀元と池田勢の闘志に油を注ぐかのようだった。

「殿、見て下さい」

西へと目をやる。北からは伊吹山《いぶきやま》山麓が南からは南宮山の山並みが迫り、幅四町(約四百四十メートル)ほどの隘路を形作っていた。線を引くように、西の空に黒と白の二筋の煙が立ち上る。

「関ヶ原表から狼煙《のろし》が上がっております」

石田三成から南宮山の諸隊への攻撃命令だ。毛利秀元の陣から、喊声が沸き起こる。一度ではなく、規律正しく三度。突撃前の毛利家慣例の雄叫《おたけ》びである。数騎の使番《つかいばん》が、山肌を降りてくるのも見えた。途中で長束、長宗我部、吉川、恵瓊の陣へと分かれる。

「甲斐様からのご伝令です。南宮山の先鋒として、ただちに前方の池田勢を蹂躙《じゅうりん》すべし」

広家の本陣にたどり着いた使番が、声を荒らげる。

旗本や近習の視線が集中した。

「あいわかった、と甲斐殿にお伝えしてくれ」

「頼もしきお言葉、甲斐様へお伝え……」

「だが」と、すかさず吉川広家が言葉をかぶせる。

「昨夜の雨で火縄《ひなわ》の火が消えた。先駆け、しばしお待ちあれ、とも伝えてくれ」

「な、何を言っておるのです」

使番が目を剝《む》いた。

「こちらにも油断があった。火縄に火を灯《とも》し終われば、すぐにも攻めかかる」

事情を知る近習は目を伏せ、不戦の意図を知らされていない旗本たちは訝《いぶか》しげな視線を広家に送る。震えながら立ち上ったのは、使番だ。

「わ、わかりました。すぐにお伝えします。ですが、ひとつだけお確かめしたい。まさか、臆病風に吹かれたわけではありますまいな」

「無礼者、殿が朝鮮の陣でいかに勇敢だったかを貴様は知らぬのか」

近習が立ちはだかるように間に割って入った。使番は顔を歪め、一礼して去る。

広家はこうべを巡らせた。

長束、長宗我部の陣も毛利秀元同様に猛《たけ》っている。さらに視線を流すと、広家の右翼に並ぶ、安国寺恵瓊の軍勢がいた。

沈黙を保ったままだ。それが広家の胸騒ぎをさらに大きくさせる。

八

次から次へと、出陣を督促する使番がやってくる。だが、吉川広家はのらりくらりとかわす。その間も、関ヶ原表から伝わる叫喚は激しさを増す。隘路に徳川軍が点々と布陣しているため、斥候は送れない。怒号と喚声、悲鳴から、戦況を予想するしかなかった。いまだ、一進一退のように感じられる。

東西両軍の銃煙と衝突で上がった砂塵《さじん》が、空の下辺を灰色に塗る。風になびく白黒の二筋の狼煙が消えかかっていた。

銃声が広く散開していることに気づく。ということは、西軍は隘路を塞ぐ戦法をとらず、関ヶ原表に進軍する敵を包囲殲滅《せんめつ》する策をとったようだ。

よし、と広家は頷く。隘路を塞がれれば、長期戦となる恐れがあった。その間に、毛利秀元らが移動すれば、広家では抑えきれない。石田三成がとった包囲策は、高度な連携が必要だ。うまくいけば効果は絶大だが、寄せ集めの西軍には荷が重いだろう。

やはり、己《おのれ》の判断は間違っていなかった。徳川の勝利は盤石だ。

なのに、なぜか額をしきりに脂汗が伝う。

「殿、また、甲斐様が」

しつこい奴めと心中で罵《ののし》った。

「いちいち会っていられるか。小便でもしていると言って、本陣へ入れるな」

「ですが、あの鎧は」

まだ近習が指を突きつけているので、顔を向けた。

息を呑む。天を衝《つ》かんばかりの巨漢の武者が、駆け下りてくる。黄と黒の糸威を配した鎧を着込んでいた。続く十数騎の武者の背には、赤地に白丸の旗指物がある。

毛利秀元だ。動かぬ広家に業《ごう》を煮やし、旗本を率いて直談判に来たのだ。立ち塞がろうとした武者たちを、毛利秀元の巨軀が蹴散らす。

下馬することなく、毛利秀元は本陣まで乗り入れる。一騎打ちを挑むかのように、雄々《おお》しく鞍《くら》から飛び下りた。

「甲斐殿、無礼であろう」

広家が、指を突きつけて詰る。

「黙れ、策士。見損なったぞ。裏切り、西軍に攻めかかるならまだしも、傍観して戦をやり過ごすだと。卑怯千万もいいところだ。恥を知れ」

毛利秀元の言葉は、矢尻のように鋭利だった。吉川広家の胸が軋《きし》むように痛む。

「勘違いされるな。機を待っているのだ」

自身でも苦しい言い訳なのは、わかっている。

「貴様の二枚舌は聞き飽きた」

毛利秀元の叫びに、吉川広家の近習があとずさる。

「今より、この毛利〝甲斐守〟秀元が前軍の指揮を執る」

「よせ、徳川に勝てると思っているのか」

思わず本音を口走ってしまった。

「とうとう地金《じがね》を出しおったな。浅ましい男め。朝鮮での勇名も昔の話か」

毛利秀元が、広家に背を向け、前方の池田勢を睨みつけた。

「聞け、前軍の兵どもよ。この旗指物を左右に激しく翻すのが合図だと、山上にいる我が手の者には伝えている」

　毛利秀元の旗本のひとりが、背に負う旗指物を両手で抱え直し、天に突きつける。

山上の軍が槍をしごく音が、広家にも伝わってきた。

「我が手勢は山を駆け下り、池田勢を蹂躙する。止めたくば止めよ。鉾でもって応えよう」

「待て、前軍の指揮は私の役目だ。勝手は許さんぞ」

広家が、毛利秀元の前に立ちはだかる。

「黙れ。南宮山の総大将は儂だ。我が命に従わぬ貴様は、もはや先鋒の資格はない」

殺気と気合いがぶつかった。自然と、ふたりの腕が動く。

広家と毛利秀元の右手が、腰の刀へと伸びる。指が柄に触れようとした時だった。

ほほほ、と場違いな笑い声が流れた。思わず、ふたりは同時に首を捻る。

黒衣の僧服を着た男が、ゆっくりと近づいてきていた。

「貴様、なぜここに」

広家の呻《うめ》き声を無視して、怪僧は間合いを無造作に詰める。

「恵瓊、良いところに参った。こ奴は、徳川と内通しておる。今よりお主が先鋒となり、先駆けよ。我が隊も続く」

期待の滲む視線と共に、毛利秀元が言う。

「甲斐様、残念ながら、それはなりませぬ」

「なんだと」

「毛利の軍法を知らぬわけではありますまい。合戦がはじまってからの先鋒の役替えは、ご法度《はっと》ですぞ」

口を半開きにして、毛利秀元は惚《ほう》けた表情をつくった。すぐに正気を取り戻し、罵声を浴びせる。

「馬鹿な。そんなことを言っている場合か」

「いえ、毛利の法を違えることはできませぬ」

「ええい、貴様がそこまで愚かだったとは思わなかったわ。ならば、よい。先駆けは我が隊が担う。旗指物を――」

毛利秀元の声が、途中で掻き消えた。

「この不埒者《ふらちもの》がっ」

落雷を思わせるような、恵瓊の一喝だった。

巨軀の毛利秀元が、思わず肩を撥《は》ね上げる。広家も上半身を仰《の》け反《ぞ》らせた。

先ほどまでの混乱が嘘のように、しんと静まり返る。

恵瓊は、ゆっくりと太い唇を開いた。

「先駆けの判断は、先鋒に一任されるという法をお忘れか」

恵瓊の重い声に、旗指物を振ろうとした旗本が助けを乞うように視線を彷徨《さまよ》わせる。

「こ、こ奴の言うことは無視せよ。勝機を逃すことはならん。今こそ東軍の背後を襲う刻だ。内府の首がとれる千載一遇《せんざいいちぐう》の好機ぞ」

毛利秀元が決死の形相で命じる。

「内府に勝っても、甲斐様の首は胴体から切り離されますぞ」

「なに」

毛利秀元が目を剝いた。

「毛利の軍法を破ったものは、打ち首。この合戦に勝ったとしても、間違いなく罪に問われましょう。我が主君が、甲斐様の軍法違反を聞けば、どう思われるかな」

毛利秀元の体が凍りついた。給知問題で揉《も》めた毛利秀元と毛利輝元の間には、深い溝がある。きっと輝元は、これ幸いと毛利秀元を処分するだろう。

「毛利の軍法がいかに厳格かは、明智を討つために転進した故太閤殿下を襲わなかった過去からも明らか」

広家の父の吉川元春は追撃を強硬に進言したが、最終的には先鋒の小早川隆景に一任され、背後を襲うことはしなかった。主君の輝元でさえ、その判断を覆すことはできなかった。

毛利秀元の巨体が小刻みに震えはじめる。

「甲斐様、どうされるのです。振るのですか。それとも、振らぬのですか」

叫んだのは、旗指物を持つ武者だった。

「貸せ」

毛利秀元が奪うように引っ手繰《たく》った。広家が息を呑む。恵瓊でさえ、微かに身を硬くしている。

「くそったれが」

毛利秀元は、両手で旗指物を高々と掲げた。そして、渾身《こんしん》の力を込めて振る。

横にではない。大地へ向かって。

骨が折れるような音とともに、旗指物の竿がまっぷたつになった。

荒い息と共に、残った竿《さお》を放り投げる。馬に飛び乗り、肩を怒らせて毛利秀元は帰っていく。

広家はしばし身動きができない。最悪の事態を回避した安堵が、心身を惚けさせる。

「さて」と言った恵瓊によって、我に返った。

「拙僧も我が陣へと帰りますかな」

長い袖を翻して、背を向ける。

「待て、恵瓊、貴様、なぜ甲斐殿を止めた」

広家の声に、恵瓊が足を止めた。

「お主は、毛利を徳川家に滅ぼさせるために西軍へ参加させたのではないのか」

恵瓊は顔だけを広家へと向けた。両の口端が、不気味に吊り上がっている。

ぶるりと、広家の背が震えた。毛利秀元と対した時よりも、ずっと激しく肌が粟立っている。恐怖などという生易しいものではない。毛利家が滅ぶことが定まったかのような絶望が、広家の体を優しく抱擁している。

恵瓊は無言で、歩みを進めた。

戦場とは思えぬほど静かに佇む陣へと、黒衣に身を包んだ怪僧が吸い込まれていく。

しばらくして、関ヶ原表から届く音に異変があることに気づいた。

悲鳴が濃く混じっている。とうとう、東西両軍のどちらかが崩れ、敗走したのだ。

「どっちだ。どっちが勝った」

「東軍か、西軍か」

皆が口々に疑問の声を上げる。だが、答える者はいない。

やがて、勝鬨が聞こえてきた。

エイエイオウの大号令が、隘路から漏《も》れてくる。

隘路に布陣する、浅野勢、蜂須賀勢、そして目の前にいる池田勢が高らかに勝鬨を上げる。

「東軍が勝ったんだ」

「西軍が敗れたぞ」

広家の軍勢だけでなく、背後の毛利秀元や長宗我部、長束の軍勢からも声が上がった。

近習のひとりが近寄り、耳打ちをする。

「やりましたな。とうとう一矢一弾も徳川勢に撃ち込みませんでしたぞ」

小声だが、たっぷりと喜色が滲んでいた。

「我らの勝利です」

実感が全く湧《わ》いてこない。勝利したというのに、全身の肌は鉄《かね》のように強張ったままだ。胸中には、どす黒いものが濃い霧のようにわだかまっている。

九

薄暗い獄舎《ごくしゃ》に、読経の声が響き渡っていた。湿りと臭いが、さらに濃くなるかのようだ。

吉川広家はゆっくりと歩《ほ》を進める。やがて、狭い牢の前で止まった。

中に座す僧侶の頬はこけ、捕まるまでの逃亡生活の辛さを物語っていた。だが、読経する厚い唇は、なぜか以前より艶やかさを増している。

関ヶ原表の合戦は、半日とかからずに決着がついた。小早川秀秋が裏切り襲いかかることで、かかることで、西軍の包囲殲滅策は画餅《がべい》に帰した。亡き小早川隆景が育てた精兵の戦いは、目をみはるものがあった。あとは、一方的な殺戮《さつりく》だ。

大谷吉継は自害、逃亡した石田三成、小西行長《こにしゆきなが》、恵瓊はあえなく捕まった。西軍有力武将で捕まっていないのは、宇喜多秀家と島津義弘《しまづよしひろ》ぐらいのものだ。

太い唇の動きが止む。読経が闇の中に消えた。

「これは、これは吉川様」

普段と全く変わらぬ口調だった。

「まあ、むさくるしいところですが、楽にしてください」

格子越しの軽口に、広家も鼻白《はなじろ》まざるをえない。

「さて、毛利家はどうなりました。主家の行く末、案じておったのです」

惚けた言い草に、舌打ちで返す。合戦後も、広家の心身が休まることはなかった。

毛利輝元と毛利秀元が大坂城に立て籠ったからだ。戦えなかった毛利秀元の怒りは大きく、徹底抗戦を声高に叫ぶ。強欲な輝元も、城と豊臣秀頼を手放すことを拒んだ。

広家は黒田長政らと面会し、毛利輝元に敵意がなく、恵瓊にたぶらかされただけだと説き、家康に伝えてもらった。さらに本多忠勝、井伊直政ら徳川譜代の重臣と何度も折衝を重ねた。そして、とうとう毛利家百二十万石の身上安堵の起請文を発給してもらったのだ。それを盾に、輝元らを説得し大坂城から撤退させることに成功した。

「それにしては、随分と顔色が悪いようですが」

「当然だろう。貴様はかき回すだけかき回した。後始末にどれほど苦心したと思っておる」

「ほお、吉川様が愚痴《ぐち》とは珍しい」

労《いた》わるような目を向けてくるのが、忌々しい。

「ふん、明日が処刑というのに、取り乱さぬのは大したものだ。それだけは褒めてやる」

「ははは、それも当然でしょう。我が悲願は、見事に成就しましたゆえな」

「なんだと」

恵瓊の瞳には、虜囚《りよしゆう》とは思えぬほどの強い光が宿っていた。

「貴様の悲願とは、毛利家を滅ぼすことだろう。だが、その目はもうない。本領安堵の起請文は、内府様から頂戴した」

恵瓊は微笑を湛《たた》えたままだ。こ奴は正気を失ってしまったのか。

「やれやれ、まさか、紙きれ一枚で内府を御《ぎよ》せると思っておるとは、呑気《のんき》な御仁《ごじん》じゃ」

なぜか、背がひやりと冷たくなる。

「まあ、毛利を滅ぼすことこそが拙僧の悲願ではあるので、呑気なのは一向に結構なことではあるのですがな」

「どういうことだ。内府様が、起請文を反故《ほご》にするというのか」

格子を両手で摑み、恵瓊につめ寄る。関ヶ原の合戦以来胸中にわだかまっていた黒《こく》雲《うん》が、五体から噴きこぼれるかと思うほど肥大していた。

「吉川様はこの戦を、どう見ておられる。徳川と豊臣の戦いとは思うておるまいか。あるいは、内府と石田治部の決戦と考えておるのではないか」

それ以外のどんな意味があるというのだ。

「それは、大きな勘違いですぞ。無論、最初はそうだったでしょう。しかし、合戦の決着をつけたのは、徳川でも豊臣でも石田治部でも、無論のこと内府でもない」

格子を握る手が震えだす。

「こたびの合戦は、毛利の戦です。その証拠に、合戦の趨勢《すうせい》を決めたのは……」

「世迷言《よまいごと》だ。内府様の采配あってこその、大勝利ではないか」

恵瓊の声を塗りつぶすように叫ぶが、虜囚の僧は動じない。指を三本、突きつける。

「こたびの勝因は、みっつ。全てに、毛利が絡んでおりまする」

恵瓊は続ける。ひとつ目は、小早川秀秋の裏切り。毛利一族に連なる小早川隆景が育てた精兵が西軍に襲いかかり、一気に勝利に結びついた。

ふたつ目は、吉川広家による南宮山毛利勢の不参加。豪傑の毛利秀元が家康の背後を襲えば、挟み撃ちとなり東軍は壊滅していた。小早川勢も裏切る機を失っただろう。

最後は、毛利輝元が豊臣秀頼を擁《よう》したまま大坂城に居続けたこと。もし輝元が秀頼と共に関ヶ原に出陣していれば、福島正則ら豊臣恩顧の大名は鉾を向けられない。戦う前から、東軍は崩壊していた。

「毛利は、間違いなく勝っていたのです。小早川が裏切らぬか、あるいは南宮山の毛利が背後を討つか、さもなくば、お館様がお拾い様と共に出陣するか。このどれかひとつでも成していれば、内府は勝てなかった。きっと戦場に骸《むくろ》をさらしていたでしょうに」

手だけでなく、広家の歯の根も震えだす。

「つまり、関ヶ原の合戦は、内府が勝利した戦などでは決してないのです。愚かにもみっつの機を逃し、勝利を手放した毛利の負け戦。毛利こそが、こたびの天下分け目の合戦の趨勢を支配していた。まあ、そうなるように仕向けたのは、拙僧ではございますがな」

格子を強く握りしめないと、膝が崩れてしまいそうだった。

「そして、こたびの合戦が、徳川の勝利ではなく、毛利の敗北であったと知るものが、もうひとりおります」

「まさか、内府様か」

「さすが、そこまでは惚けておらぬようで安心しました。さて、面白きことになりましたな。毛利の恐ろしさと底力を、嫌というほど味わった内府が、果たして毛利の身上を安堵してくれましょうか」

唾を飲み込もうとしたが、無理だった。口の中がからからに渇いている。

「猜疑心《さいぎしん》の強い内府は、必ずや毛利家を滅ぼすはず」

口端と目尻がつかんばかりに、恵瓊は嘲笑う。本領安堵の起請文は、輝元に大坂城と豊臣秀頼を手放させるための謀略《ぼうりゃく》だったのか。

「吉川様の申す通り、それがしの悲願は、毛利家を滅ぼし、安芸武田一族の恨みを晴らすこと。そのためならば、命など惜しくはありませぬ。長かったですぞ。百二十万石の毛利を必ずや滅亡に導くには、生半可な策では不可能ゆえ」

激しい目眩が、吉川広家を襲う。漏れたうめき声が、自分のものだと理解するのにしばしの時が必要だった。いつのまにか、床にへたりこんでいる。体がわななわなと戦《せん》慄《りつ》する。

家康は間違いなく毛利を滅ぼす。敵対する者はどんな手段を使ってでも、何年かかってでも息の根をとめる男だ。だからこそ、吉川広家は徳川家についたのだ。

た。

「だが」

頭上から落ちた言葉に、目線だけを上げる。恵瓊が格子際まで歩み、見下ろしてい

「毛利には怨《おん》もあるが、恩《おん》もあります」

何のことかわからない。

「恨みと恩義でございますよ。父を殺されたは事実なれど、その後使僧として登用してくれた。広い世界を見せてくれた。信長、太閤、内府という英雄と邂逅《かいこう》し、天下統一の一翼を拙僧の知略が担う機会を与えてくれた。それについては、感謝申し上げる」

目を糸のように細くし、笑う。邪気のない、こんな表情もできるのか。

「恨みは十分に晴らしました。次は恩返しをしたいと思います。毛利が生き残る秘策を授けましょう」

そんなものがあるのか、と目で問う。

「西軍に通じていた者がおります。外様《とざま》ではなく、徳川の譜代《ふだい》中の譜代」

確かに真田《さなだ》家、九鬼《くき》家など、父子で東軍西軍に分かれ、生き残りをはかった大名は多い。が、それは徳川家の外様だ。三河以来の譜代は、家康に絶対の忠誠を誓ってい

る。

「本多佐渡《さど》でございます」

「馬鹿な」と、即座に否定した。

本多〝佐渡守〟正信《まさのぶ》――家康の軍師と呼ばれる腹心中の腹心ではないか。

「宇喜多家にいた正木左兵衛は、知っておりましょう」

南宮山に陣取っていた時、軍監として訪れた茶筅髷の若武者を思い出す。言葉に、かすかに三河訛りがあった。

「あ奴――正木左兵衛は、本多佐渡の次男です」

にわかには信じ難かった。構わずに、恵瓊は語る。

正木左兵衛は本多正信の次男として生まれ、倉橋《くらはし》という武家に養子に出されたこと。そこで、岡部という徳川家の旗本と諍《いさか》いを起こし、これを斬殺し、出奔《しゆつぽん》したこと。

「あるいは、本多佐渡めも、こたびの合戦が毛利有利と知っていたのかもしれませぬな。正木左兵衛が宇喜多家に加入することを、見逃しました。万一の時の本多一族生き残りの布石としたようです」

吉川広家は、ただ首を左右に振るしかできない。

「本多佐渡は謀臣《ぼうしん》ゆえでしょうか、譜代の三河武士から忌み嫌われているとか。この事実をもとに、本多佐渡と交渉するもよし、あるいはその政敵と取引するもよし」

そういえば、本多正信は約四十年前に起きた三河一向一揆《いっこういっき》で家康の敵となり、一揆鎮圧《ちんあつ》後は大坂の一向宗や松永久秀《まつながひさひで》を頼り、家康に抗《あらが》い続けた過去がある。

さらに、関ヶ原でも本多正信が属する徳川秀忠の隊は遅参し、決戦に参加できなかった。まさか、家康を追い詰めるために、わざと拙攻し遅参したのか。

にわかには信じがたい。だが、真実がどうかなどは関係ない。そのように本多正信の政敵に思わせるだけで、奴の立場は著しく悪くなる。さらに、正木左兵衛の件を切り札として使えば……。

「本多佐渡を動かせば、毛利百二十万石は安堵されるのか」

思わず、恵瓊に訊いてしまった。

「馬鹿をおっしゃるな。百二十万石の安堵は夢物語。だが、座していれば毛利家は一石たりとも残りませぬ。あとは、吉川様の采配次第。三十万石残れば御の字でございましょう」

両手で顔を強く擦った。胃の腑は焼けただれたかのようで、吐き気がしきりにやってくる。だが、四肢からは力が湧き上がってくるのがわかった。

「まあ、拙僧としては毛利家の七、八十万石と刺し違えられれば、父の供養としては十分」

広家はゆっくりと立ち上がった。かすかに残る目眩が足元をふらつかせるが、力をこめて仁王《におう》に立つ。

「ご決断されたようですな。毛利の行く末がどうなるか、拙僧は極楽で高みの見物をさせていただく。せいぜい気張られよ。仏の加護があらんことを、お祈りしておりますぞ」

恵瓊は両手を合わせ、目を閉じる。

広家はきびすを返す。歯を食いしばり、一歩二歩と進む。出口を守る番兵《ばんぺい》が見えてきた。

戦が終わった解放感だろうか、笑顔で加増される所領のことを話している。

陽の光が、獄舎を出た広家を乱暴に洗う。

「まだ、戦は終わっていない」

思わず出た言葉に、番兵たちが「え」と訊き返した。

無視して、さらに歩む。拳を握りしめた。朝鮮の役、関ヶ原含め、かつてのどの合戦の時よりも、気合いが五体に漲る。四肢が震えるのは、武者震いだ。

毛利家存亡を賭けた本当の決戦へ、吉川広家は歩を進める。
背後の獄舎からは、怪僧の読経が漏れ聞こえていた。

日ノ本一の兵《つわもの》

一

「無念だ」と、病床で父の真田昌幸《さなだまさゆき》は呟《つぶや》いた。衰弱して閉じきれぬようになった瞼《まぶた》から、眼球がむき出しになっている。さらに父は何事かを呟いたが、部屋の外で鳴く蟬《せみ》たちの声にかき消され、よく聞こえなかった。

側に控える真田〝左衛門佐《さえもんのすけ》〟信繁《のぶしげ》は、乾きゆく眼をただ見下ろしていた。手を動かして、瞼を閉じてやることもなく、蟬が死ぬのと父がくたばるのはどちらが先だろうかと、ぼんやりと考えていた。

背後から「よろしいでしょうか」という声がした。左衛門佐の嫡男、真田大助《だいすけ》である。指で父の瞼を閉じてやると、襖《ふすま》が開かれて大助が入ってきた。歳は数えで十一歳だが、あと数ヵ月もすれば小兵《こひょう》の左衛門佐の背丈に並ぶであろうことは容易に想像ができた。実の父である己《おのれ》よりも、今病床にある祖父や徳川《とくがわ》についた伯父の信幸《のぶゆき》（後の真田信之）の血を濃く受け継いでいる。

父に触れた指を懐紙《かいし》で拭《ぬぐ》いつつ、左衛門佐は心中で自嘲《じちょう》した。憎き父の臨終の間際にも、従順な子を演じ続けなければならないのか、と。

「無念だ」と、また昌幸が呟いた。閉じたはずの瞼はまた見開かれている。側に控える息子をチラリと確かめてから、顔を父に近づけた。

「何が無念なのですか」

武士として父ほど名声を勝ち得た男はいない。二十六年前の上田《うえだ》城の合戦では関東覇者の北条《ほうじよう》家と徳川家の連合軍七千を、わずか二千の軍勢で退けた。それだけではない。父の真骨頂は、十一年前に徳川家康《いえやす》と石田《いしだ》三成《みつなり》との間で繰り広げられた天下取りの大合戦だ。徳川本隊とも言うべき徳川秀忠《ひでただ》約四万の軍勢を散々に苦しめて、関《せき》ヶ原《はら》の合戦に遅参させた。

その点、己はどうか。真田〝左衛門佐〟信繁は、膝の上の拳《こぶし》をきつく握りしめた。さほど年の離れていない長兄との扱いには雲泥《うんでい》の差があった。兄の信幸は父の片腕として、時に一軍を率い武功を何度もあげた。一方の己は、活躍の場をほとんど与えられなかった。左衛門佐は、真田が大勢力と同盟するための人質として前半生を過ごした。最初は徳川や北条と対抗するために上杉《うえすぎ》家に赴き、さらに豊臣秀吉《とよとみひでよし》が強大となると家財でも移動するかのように大坂に移された。武功をあげることはおろか、戦場《いくさば》にでたことさえほとんどない。

「父上は徳川親子を相手に思う存分に暴れ回ったではないですか」

父の眼球が動いた。

「確かに……、儂《わし》は己の采配で憎き徳川親子を苦しめた」

武功を誇るいつもの父の声とは明らかに違っていた。

「だが、雑兵《ぞうひょう》を殺しただけだ。儂自身の手で名のある大将首をとったことはない」

事実である。父が苦しめた徳川方の将を思い浮かべる。征夷大将軍の徳川秀忠を筆頭に、四天王の榊原康政《さかきばらやすまさ》、十六神将の鳥居元忠《とりいもとただ》と大久保忠世《おおくぼただよ》、軍師の本多正信《ほんだまさのぶ》など、名だたる徳川の猛将、謀臣の名が挙がる。だが、散々に苦しめたにもかかわらず、榊原や大久保、本多らは今や万石の大名として君臨している。一方の真田昌幸と信繁は、どうか。所領を没収され高野山《こうやさん》の九度山《くどやま》に追放されてしまった。本来なら死罪のところだが、徳川についた兄のとりなしでなんとか命を永らえることができた。

「見ろ、この己の姿を。まるで乞食《こつじき》ではないか」

左衛門佐は己や息子の着衣に目をやった。くたびれてつぎはぎだらけであった。怒りがこみ上げる。決して金がないわけではない。信州の長兄から援助もあるし、父がたびたび無心しているのも知っている。にもかかわらず、生活は困窮《こんきゅう》を極めた。

「もう乱世は終わりだ。今さら天下を望もうとは思わぬし、領地が欲しいとも考えぬ。ただ……」

喉《のど》を苦しげに上下させながら、父は言葉を吐き出す。

「討《う》ち取った首が足軽《あしがる》ばかりというのが、武士として口惜《くちお》しい」

乾いていた父の眼球に、微《かす》かに潤《うるお》いが足されるのがわかった。左衛門佐は、壁にかけてある六文銭《ろくもんせん》の旗印《はたじるし》に眼を移す。三途《さんず》の川の渡し賃からとったと言われる六つの銭の紋様《もんよう》を凝視《ぎょうし》する。

「最後に望みが叶うならば、日《ひ》ノ本《もと》一の兵《つわもの》の首をこの手でとりたい。信長《のぶなが》公が桶狭間《おけはざま》で義元《よしもと》公の首をとったように」

亀裂《きれつ》のようにはいった皺《しわ》に、父の涙が吸い込まれていく。

「お祖父《じい》様」と、背後にいる大助が声を詰まらせた。それを聞いて左衛門佐は、得体の知れない感情が己の中に渦巻《うずま》くのを自覚する。呑《の》み込まれてはいかんと自制しつつ、息子に声をかけた。

「大助よ、そばへ。手をとってやりなさい」

涙を床に零《こぼ》しつつ息子が昌幸の手をとり、顔をのぞき込んだ。

「おおぉ」と痰《たん》が絡み呼吸もままならぬ喉から歓声が漏《も》れた。

「げ、げ、源三郎《げんざぶろう》ではないか」

源三郎とは、兄の信幸の幼名である。

た。

「よくぞ、よくぞ、父のもとに帰ってきてくれた」

息子である大助の横顔を見る。そこには文武両道の好漢である兄の面影が濃くあっ

「やはり真田の頭領は、お主でなければならぬ」

きっと今、己の顔はいびつに歪んでいるのだろうと思った。兄に面会を望む書状を、父が何度も送っているのは知っている。が、改めて父の口から兄への想いを聞かされると、どす黒いものが臓腑《ぞうふ》に淀《よど》むようだった。

再び六文銭の家紋へ顔を向けて、気持ちをやり過ごそうとする。

「左衛門佐では話にならぬ。奴の器では、我が野望を託せぬ」

視界の隅で、大助が戸惑《とまど》いつつ己に顔を向けるのが見えた。

「聞け。内府《だいふ》めは、いずれ大坂を攻める。我が宿願を達成する最後の機会だ。儂のかわりとなりて、源三郎が日ノ本一の兵の頸をとれ」

死の間際だというのに、父の口元には微笑が漂っていた。ろれつが回っていなかった舌にも精気が蘇《よみがえ》り、蟬の声を押し返すように言葉の輪郭が明確になっている。

「我に秘策がある。忍びの馬場《ばば》主水《もんど》を訪ねよ。徳川の侍に左衛門佐とそっくりな男がおる。左衛門佐を徳川の陣へと潜りこませ、働かせよ……」

妄想の中でも、己は兄の引き立て役にすぎぬのか。歯を食いしばった。戸惑う大助の視線が、臓腑を焼く炎に油を注ぐかのようだった。

二

左衛門佐と大助は去り行く家臣たちの背中を見つめていた。関ヶ原で負けた後も父についてきた忠臣たちだ。父・昌幸が死に一年の喪《も》が明けると、待ちかねたように兄の信幸のもとへと帰ることになったのだ。残ったのは槍も満足に持てぬほど老いた家臣ばかりだ。

「父上、何も手元には残っておりませぬな」

大助の声には左衛門佐のもとを去る家臣たちへの憤《いきどお》りが含まれていたが、それすらも己をなじる刺《とげ》のように感じられた。家老たちの姿が見えなくなってから、左衛門佐は別室へと引き籠《こも》る。

おおよそ武士らしくない部屋であった。あるのは紙を幾重にも巻いてできた大筒《おおづつ》や火《ひ》縄《なわ》の銃身の雛形《ひながた》だ。よっつの壁を埋めるようにして幾つも並んでいる。部屋の中央には刷毛《はけ》と糊《のり》の入った壺、そして膝の高さほどに積み上げられた古紙の山。さらに火縄のカラクリ金具が整然と並んでいる。

武に期待されなかった左衛門佐がのめり込んだのが、カラクリ細工であった。なかでも、真田一族とその主筋の武田家の武将の多くを設楽ヶ原《したらはら》で殺した火縄銃には心を奪われた。黒光りする銃身に眼がいくが、心臓部はカラクリだ。木切れのようにはかなく紐《ひも》のように細いカラクリが、分厚い鉄をぶち抜く武器に変わる。左衛門佐は、カラクリの虜《とりこ》になった。

大筒の雛形をどけて、一通の書状と漆塗《うるしぬ》りの箱を取り出した。書は、忍びの馬場主水からのものだ。父からの秘策を託された男で、まるで父の死を待っていたかのように書状を送ってきた。

左衛門佐は書と並べて置いた箱の蓋《ふた》をゆっくりと開ける。出てきたのは、片手で扱える短筒と呼ばれる火縄銃だ。騎馬武者や女性が護身用として愛用するもので、銃身は二尺（約六十センチ）に足りない。一見すると玩具《がんぐ》のようにも思えた。

昌幸の命により密《ひそ》かに造らせていたものである。カラクリ仕掛けを左衛門佐が考案し、堺《さかい》の鉄砲鍛冶が実際に組み上げる。この玩具のような火縄銃に、父は兄からの援助のほとんどを注ぎ込み、それでも足りないとなると真田紐や薬の行商をして、自身や家族、家来を飢《う》えさせてまで完成させた。

短筒を取り上げて目の前にかざす。

「幸村《ゆきむら》か」と呟いた。父が忍びの馬場主水にさえも明かさなかった秘策である。これがあれば、あるいは……。

「父上」と襖を開けて大助が入ってきた。何気ない素振りで、短筒を箱にしまう。

「いかがされるのですか。大坂城からはしきりに使者がやってきていると聞きました。このままでは……」

「黙れ」

「いえ、黙りませぬ。豊臣の恩義、徳川への恨《うら》みを忘れたのですか」

それがどうしたというのだ。豊臣の恩も徳川の怨《おん》も、全て亡き父が背負うものだ。駒のように人質生活を送った己とは無縁だ。

「大助、石を持って参れ」

「何に使うのですか」

「いいから、持ってこい」

大助が戻ってきた時には、大小様々な石がのっている盆を手に持っていた。その中の一番大きなものを摑《つか》む。大人の拳を一回り大きくしたぐらいであろうか。

最後まで、父は己のことを武士として見てくれなかった。奥歯がキリリと鳴る。関ヶ原で、兄が徳川方につくのを止めなかった時のことを思い出す。兄は武士として愛されているがゆえ、敵となることを許された。しかし、己は違う。人質としての父の駒であり、最後に吐露《とろ》した策では兄の引き立て役であった。

最も忠実な肉親だったにもかかわらず、父を見捨てた兄の万分の一の期待さえも注いでくれなかった。憤りは目眩《めまい》に転じ、吐き気が五臓六腑から沸き上がる。

——冥府《めいふ》の父を、見返してやりたい。

「大助よ、儂は内府の首をとる」

「おお、では大坂方につくのですな」

心中で「違うっ」と叫ぶ。と同時に、臨終の父の言葉が脳裏をよぎる。

「日ノ本一の兵の首をとりたい」

今、この世で一番の武士といえば誰か。

考えるまでもない、徳川家康だ。父でさえ果たせなかった日ノ本一の大将首をとる。そうすることで、憎き父に己が兄よりも父よりも優れていることを証明できる。

そのためには豊臣が滅びようが、徳川が天下を取ろうが知ったことではない。

「見ておれ」と握った石に向かって呟くと、勘違いした大助が「はっ」と答えた。

奇声とともに、石を己の顔面に打ちつけた。肉が潰れる感触と、歯が砕ける音がした。不思議と痛みは感じない。歯が軋《きし》む音が、少し耳障りなだけだ。

「父上、何をするのですか」

大助の制止を無視した左衛門佐は、己の顔を石で何度も殴りつけた。白いものがバラバラと床に落ちる。砕けた歯だ。上下の前歯が全てなくなった時、今度は石を額へとめり込ませる。血で滑り、上手《うま》くいかない。

「よしなされ」

大助が両腕を回して左衛門佐の上半身を抱え込んだ時には、全てが終わっていた。懐《ふところ》から手鏡を取り出し、覗《のぞ》く。そこには血まみれの男の顔があった。上下の前歯が全て抜け落ち、眉間《みけん》には二、三寸（約六〜九センチ）にも及ぶ傷が開き、肉が見えていた。

この顔相ならば、亡き父や兄でさえ己とはわからぬであろうと思った。

三

秋風が吹き抜ける芝居舞台の上で、ひとりの役者が見得《みえ》を切っていた。中背だが仕草には切れがあり、見栄えがした。何より筋の通った鼻梁《びりょう》と切れ長の眼が、舞台の端にいても嫌でも視線を送らずにはいられぬ艶《つや》を醸《かも》していた。

大きく足を踏み出すたび、村の娘たちが歓声をあげる。どうやら源平合戦を描いた芝居のようだ。男は平氏の武者の役どころらしい。群がる源氏の兵を十文字の槍でなぎ倒しつつ、舞台中央へと躍り出た。敵はたじろいで、遠巻きにすることしかできない。役者がニヤリと不敵な笑みを浮かべて、こう言い放った。

「関東武者百万あっても、男子はひとりもおらず」

その瞬間、詰めかけていた群衆たちから歓声が沸き起こった。

「なんという無茶な」と大助が言ったのは、芝居の内容が近い将来に行われるであろう豊臣と徳川の合戦を想像させるものであったからだ。

気楽なのは詰めかけた群衆たちだ。

「よくぞ言った、幸村」

「そうじゃあ、江戸や三河《みかわ》がなんぼのもんじゃ」

快哉《かいさい》をあげる群衆に背を向けて、左衛門佐は舞台横の芝居小屋へと足を進めた。四十半ばの座長と思しき男が、一礼する。

「どうでございますか。幸村め、見事な男ぶりでございましょう」

男は商人のようにへりくだりつつ、小屋の扉を開いた。名を馬場主水という。表向きは旅芝居の座長だが、信州《しんしゅう》真田家の忍びの頭領のひとりだ。

「ああ、六文銭の旗印を率いる影武者としては申し分ないな」

背中に客たちの声を聞きつつ、左衛門佐は小屋の中へと招き入れられた。

「へえ、あんたが己の名付け親かい」

幸村と呼ばれた役者は筵《むしろ》の上でだらしなく胡座《あぐら》をかきながら、左衛門佐親子と対面した。

「まさか、こんな色男だとはな」と、指で口と額を示してみせた。

まだ癒《い》えきっていない左衛門佐の傷がズキリと痛む。

「失礼であろう。控えろ」と言ったのは、馬場主水だ。

「関ヶ原の負け戦で浪人となったお前を匿《かくま》ってやったのは誰だと思うておる」

馬場主水の言葉は聞き飽きたものだったのか、幸村は耳を指でほじりつつ口端を歪める。

「幸村よ、お主、徳川に恨みを晴らしたくはないか」

左衛門佐が声をかけると、今度は白い歯を見せて幸村は笑った。

「なんだ、まさか大坂城へ籠れというのか。冗談じゃねえ。さきの関ヶ原で、武家の戦ほど馬鹿馬鹿しいものはないと知った。他をあたってくれ、ここにいりゃ女にも不自由しねえしな」

追い払うように幸村は手を振る。

「まことの戦ほどつまらんものはない。旧恩を忘れて強きになびいた奴が勝つし、そんな奴に限って、忠義や礼節と口やかましいのも気に入らねえ。今さらもとの名に戻って槍を持つよりも、舞台の上で幸村として客を沸かせるほうが性にあっている」

左衛門佐は一喝《いっかつ》しようとする馬場主水を制止する。

「それほどに舞台が好きか」

「ああ、体の芯《しん》から熱くなれる」

「戦よりもか」

「それを、己は関ヶ原で嫌というほど知らされたと言ったろう」

幸村は関ヶ原では西軍の赤座《あかざ》家に属していたという。小早川《こばやかわ》の離反に呼応して東軍についたが、結局改易《かいえき》されてしまい、浪人の身分となった。

「戦で熱くなれぬのに、なぜ源平合戦の芝居を演じる」

ピクリと幸村の頬が動いたのを見逃さなかった。左衛門佐は畳み掛けるように言葉を継ぐ。

「それにお主は、こんなちっぽけな舞台で満足しているのか」

幸村の顔から笑みが消えた。

「今日の客を数えたか。せいぜい四十ほどだろう。足軽同士の小競《こぜ》り合いでも、もっと数がおろう。足軽以下の舞台がお主の器か」

眼球だけを動かして、幸村は左衛門佐を睨《にら》みつける。

「もっと大きな舞台で演じてみたくはないか」

「なんだ、京や江戸で芝居を開くつもりか」

「違う、大坂だ。大坂城へ行き、関東の武者どもを相手に戦うのだ」

「くどいぞ」

返答はすぐだったが、先程とは違い語尾は弱々しかった。

「関東百万の客を相手に、ある男の役を演じてほしい」

幸村はじっと自身の手を見つめていた。しばしの間黙考してから、ゆっくりと口を開く。

「つまり大坂方に籠る大将の影武者か」

左衛門佐は頷《うなず》く。

「誰になりかわれと」

「真田〝左衛門佐〟信繁」

幸村の眉間に皺がよった。芳しくない反応に、やはりあの男の名を出すべきかと忌々《いまいま》しく思いつつ口を開く。

「お主には、真田昌幸の次男と言ったほうがいいか」

関ヶ原で勇名を馳《は》せた父の名を出すと、幸村が目を見開いた。

「報酬は」と、前のめりになって尋ねられた。

「日ノ本一の兵の首よ」

「つまり」と幸村は唾《つば》を呑みつつ言う。

「内府の首」と、ふたりは同時に答えていた。

四

大坂城内の広場には、様々な人たちが行き交っていた。粗末な胴丸《どうまる》だけを着た明らかに百姓上がりとわかる男たちもいれば、煌《きら》びやかな兜《かぶと》をかぶり何十人もの武者を従えた元大名もいる。兵糧《ひょうろう》や武具を売りつけにきたのか、大八車に荷をたくさんのせた町人も威勢よく声を張り上げ、ところどころでは南蛮《なんばん》人の宣教師たちが長齢の樹木のように頭を群衆から突き出して説法をしている。

そんな中に、左衛門佐と幸村、大助の一行は紛れこんだ。大助と幸村のふたりは、煌びやかな朱色の具足《ぐそく》に身を包んでいる。特に幸村が小脇に抱えた鹿角《しかづの》と六文銭の前《まえ》立《だて》のついた兜は、異彩を放っていた。真田家伝来の兜で、父は戦場にある時は常にこれをかぶっており、関東武者はおろか上方の侍たちの間でも口の端にのぼる名物だ。

一方の左衛門佐は粗末な具足を着て、従者として付き従うふりをする。一方
物珍しいのか、幸村はしきりに首を左右に振っている。一方の大助は、不安気な目
の大助は、不安気な目差しを左衛門佐と幸村に送っている。

「安心しろ。この傷では誰も儂とわからん。堂々としておれ」

小声で左衛門佐が語りかけたが、息子からの返事はない。かわりに幸村が口を開く。

「本当かよ。徳川相手に見得を切る前に、影武者とばれて打ち首なんてシャレにならんぜ」

言葉とは裏腹に、幸村の眼は好奇心に輝いていた。

「豊臣が欲しいのは真田の名に集《つど》う浪人よ。お主が本物か偽者かなど、ささいな問題だ」

黄母衣《きほろ》を背負った武者がこちらへ歩いて来るのが見えて、左衛門佐は一旦口をつぐむ。近づいてくる武者は豊臣家の重臣だ。幸村の六文銭の兜を認めたのか、不審そうな表情を浮かべている。

「あちらから豊臣の武者が来られました。伊木《いき》様でございます」

左衛門佐は、口調を慇懃《いんぎん》なものに変えて幸村に教える。実は豊臣家で小姓《こしょう》を務めていた頃、この伊木という男と何度も顔を合わせている。

まるで間合いを詰めるような油断のない足取りで、黄母衣を背負った伊木が近づいてくる。

「伊木殿、お久しぶりでございます。左衛門佐でございます。覚えておられますか」

母衣武者の視線が従者のふりをする左衛門佐に移ろうかという時、影武者の幸村は笑顔で語りかけていた。

「お、おお、まさか、左衛門佐殿か。見事な武者ぶり、一目では誰かわかりませんでしたぞ」

隣にいる大助が瞼を見開いた。

「その点、伊木殿が黄母衣を背負う姿、若き頃と変わりませぬな」

無論のこと幸村には小姓時代の交遊関係は伝えている。が、それを知る左衛門佐でさえ、ふたりは旧知だったと思わせるほどの如才ない幸村の対応であった。

幸村と黄母衣の武者は、まるで十年来の知己《ちき》のように談笑を続け、最後に打ち合わせ通り大助を豊臣秀頼《ひでより》の小姓として仕官させたい旨を申し出た。大坂方に差し出す人質という意味だが、幸村が口にすると仲の良い農家同士の縁談を決めるかのようだった。

さらに幸村は、援軍として伊木に真田の陣に滞在してもらえるように願い出る。こちらは真田勢を監視する軍監《ぐんかん》という意味である。どうせ監視の眼がつけられるなら、左衛門佐の顔を覚えていない男の方が好都合である。幸村の頼みを豊臣家への忠義と勘違いした伊木は、上機嫌で請合い立ち去っていく。

「それにしても信じられませぬな」

小さくなる黄母衣を見つめつつ大助は呟いた。

「まあ、小幡《おばた》や織田有楽斎《うらくさい》の糞《くそ》ったれが大坂の軍師面《づら》してることを考えりゃ、真田左衛門佐が本物か偽者かなどささいなことかもな」

吐き捨てるように言ったのは幸村だった。淀君《よどぎみ》の信頼を得ている小幡景憲《かげのり》や織田有楽斎は、関ヶ原では徳川方として活躍した。徳川の間諜《かんちょう》であることは明らかだが、恐怖と興奮で我を失った大坂の主将たちはそれに気づかない。

「なんだか、上手くいきすぎているような気もするが……」

幸村は遠ざかる伊木の背中を睨んだのちに言葉を続ける。

「まあ、左衛門佐を演じる舞台に、不足はないようだな」

脇に抱えた鹿角の兜をなでる様子は、千軍万馬の将を想像させた。降り注ぐ冬の太陽が、幸村の赤い具足を輝かせている。

五

左衛門佐は夢を見ていた。

大坂城で小姓をしていた頃の夢だ。詰めの間で置物のように座っている。部屋には小姓や近習《きんじゅ》、母衣衆が大勢控えていた。淀君の好みを反映してか、皆見栄えのいい顔立ちと背格好をしている。黄母衣衆の伊木が自慢気に武功話を語っている声が響く。小兵の左衛門佐はただ隅でうずくまり、じっと時間が過ぎるのを待つだけの日々であった。

手の中にあるのは、カラクリだった。ゼンマイやバネを持っていると時間が経《た》つのを忘れた。ひとりでも平気だった。最初はどんな鉄砲を造ろうかと夢想する。大坂城の控えの間から鳥たちの姿が見えれば、領内の鳥撃ちの猟師たちが扱い易い火縄銃のカラクリを考えた。窓から大坂湾の鯨《くじら》が見えた時は、抱え火矢《びや》の要領で銛《もりう》打ちの大筒ができたら、鯨漁の男たちの危険は減るだろうと思った。いや、猟や漁だけではない。百姓の稲刈りや脱穀《だっこく》も、きっとカラクリ仕掛けが役に立つはずだ。

下城して、己の創案を一刻も早く紙に書きつけたいと思っていた。

「これ、その方、何を隠し持っている」

夢想を打ち消したのは、甲高《かんだか》い女性の声だった。慌てて首を上げると、金糸銀糸を贅沢にあしらった煌びやかな打掛けを羽《は》織《お》った女性が立っていた。豊臣秀吉の側室である淀君である。小兵の左衛門佐を見て、彼女は露骨に顔をしかめた。同時に小姓や近習たちの目が己に集まるのがわかった。視線のひとつひとつに刺のような鋭さを感じつつ、左衛門佐は腕を前に突き出し、手の中にあったものを見せる。

「火縄のカラクリでございます」

「そのカラクリで何をしておった」

かぶせるような問いかけに、左衛門佐は率直に答えざるを得ない。

「はい、火縄のカラクリによい創案はないかと考えておりました」

「皆が戦談義をしている時にか」

その一言は、氷のように冷たかった。対照的に、左衛門佐の耳が焼けた石のように熱くなる。

「捨てよ」

「し、しかし」

「太閤様の近習に必要なのは、カラクリではない」

差し出したままの左衛門佐の腕が激しく震えた。

「淀君のおっしゃる通りじゃ。もし、この場に不届き者が乱入したらどうする気じゃ。カラクリにうつつを抜かすなどもっての外よ。常在戦場の心得がなっておらぬぞ」

叱咤《しった》したのは黄母衣衆の伊木だった。周りの小姓たちがすかさず同調の声を上げ、そのうちのひとりが掌《てのひら》のカラクリをもぎ取った。

淀君が背を向ける。蝶《ちょう》の羽を思わせる打掛けを翻《ひるがえ》しつつ、奥へと悠然《ゆうぜん》と去って行く。

瞼を上げて、起き上がった。大勢の足軽たちが雑魚寝《ざこね》をしている。肩には徳川の兵であることを示す藍色の合印《あいじるし》が縫《ぬ》いつけられていた。左衛門佐は左を向いて、己の肩を確認すると同じものがある。

ムクリと起き上がると、何人かが続いた。今の左衛門佐と同じ粗末な足軽のなりをしているが、馬場主水とその配下の忍びたちである。

「西尾《にしお》は上手く真田の陣へと行ったか」

馬場主水が頷いた。

西尾とは、父が眼をつけていた真田〝左衛門佐〟信繁とそっくりな男のことである。徳川家康の孫の松平忠直《まつだいらただなお》の鉄砲足軽頭だ。今、左衛門佐は彼と入れ替わり、徳川の陣へと潜入している。

「従わねば、また顔の傷が増えると思ってか、あわてて真田の陣へと舞い戻りました」

左衛門佐が大坂城の同僚に万が一にも己と悟られぬようにつけた傷は、もちろんのこと新たに西尾の顔にもつけられている。むごいことをしたなどとは、微塵《みじん》も思っていない。

「少し、風にあたる」と言って、左衛門佐は徳川の陣を徘徊《はいかい》する。何気ない様子を装いつつ、忍びたちもついてくる。目の前に、いくつもの篝火《かがりび》が見えてきた。火には、何人もの武者たちが集っている。

「お前たちはもういい。先に寝床で休んでいろ。儂は少し、火に当たってから戻る」

徳川の武者たちがどんな談義をしているか興味があった。

「わかりました。杞憂《きゆう》かとは思いますが、くれぐれもご正体がばれぬよう用心を」

馬場主水と手下たちは、頭を深く下げて闇の中へと消える。

顔を篝火へと戻す。冬の風が火の粉をちらし、そのずっと向こうに大坂城がぼんやりと浮かび上がっていた。徳川二十万の軍に対抗する豊臣方は、約十万。数は多いが、寄せ集めの欠点は予想通り露呈《ろてい》した。出撃策を主張する浪人衆と籠城を支持する譜代《ふだい》衆で軍議は紛糾し、結果徳川の間諜の小幡景憲らが支持する籠城策をとることになった。

幸村率いる真田勢は、もっとも激戦が予想される城の南東に半月型の砦《とりで》・真田丸を築き立て籠っている。惣構《そうがま》えの空堀から突出するように造られた危険な陣地は、派手好きな幸村が喜びそうな舞台だ。無論、左衛門佐が密かに潜入する松平忠直隊が近くにいるからこその大胆な布陣だ。

左衛門佐は篝火の間を、ゆっくりと歩いた。火の周囲には、徳川の兵たちが車座になっている。その中のひとつに、見慣れない老武士がいるのを確認した。話し方に三河訛《なま》りが強くある。雰囲気からいって、家康か秀忠の旗本《はたもと》のひとりだろうと思った。

浪人相手の東軍にとっては、命がけで戦っても手柄が少ないのは眼に見えている。鉾《ほこ》を磨くよりも他家との社交に価値を見出す者は少なくなかった。この老武者もそんなひとりかもしれない。西尾という変名を名乗る真田左衛門佐は、小さな体をその輪の中に潜りこませた。

緊張感はなくとも戦場である。話題は常の合戦陣屋と同じく、誰が一番の武者かというものだった。

上杉謙信《けんしん》、武田《たけだ》信玄《しんげん》、加藤清正《かとうきよまさ》、福島正則《ふくしままさのり》といった豪傑の名が次々と挙がり、話はいつ果てるともなく続く。くべていた薪《まき》が白い灰になるころ、一座の視線はひとりの武者に集まりだした。あの三河武士である。左衛門佐は老武士の顔や首筋にいくつもの刀傷があることを認めた。聞けば、古くから家康の旗本としてそばで戦い続けた男だという。誰が最高の武士であるかの答えを欲する気運が、一座で最も貫禄のある三河武士の存在感をさらに増していた。

老武士は咳払《せきばら》いをひとつする。

「さて、皆の衆の意見はそれぞれもっともと頷くばかり。最後に年功の儂の意見を開陳して、この場を締めさせてもらうか」

左衛門佐をのぞく全員が前のめりになった。

「儂が己の眼で検分した限り、古今東西最高の武士と言われる御仁《ごじん》はひとりしかおらぬ」

老三河武士は傷だらけの顔をゆっくりと回して、一座の者を見た。

「我が、ご主君である内府様じゃ」

低いどよめきの声が沸き上がる。その中に微かに失望の響きも含まれていること
に、左衛門佐は気づいた。

「しかし、内府様は三方《みかた》ヶ原《はら》で袴《はかま》を汚された」

まだ十代の武者が、恐る恐る異論を挟んだ。三方ヶ原で武田の軍に惨敗した家康
が、逃亡中に脱糞《だっぷん》という醜態を晒《さら》したことは有名だ。

「ほう、では、ここにいる全ての士は袴を一度も汚したことがないと仰せか」

怒るでもなく、老武士は輪をつくる全員に声を投げかけた。実は戦場で、脱糞や失禁は珍しいことではない。極限の戦闘状態におかれると、下半身が緩むのは当然の生理現象である。ただ、したと公言しないだけだ。

「確かに内府様は三方ヶ原で惨敗した。だが、その時、儂は上様こそ最高の侍だとも確信した」

左衛門佐は、話に引き込まれている己を自覚した。

「必死に武田勢から逃げる時、儂は内府様の顔を見て驚いた」

老三河武士は、自分の顔に人差指をつきつけた。

「溢れんばかりの闘志がみなぎっていた。死の危機にあり袴を汚しながらも、微塵の恐怖もなかった」

ゴクリと誰かが唾を呑み込んだ。

「儂は武田、北条、上杉、織田など多くの家中の豪傑たちを見てきたが、内府様ほどの闘志を持つ者はいまだに知らぬ。これこそが、わが主君こそ日ノ本一の侍と考える所以《ゆえん》だ」

何人かが膝を強く打って、賛同の意を示した。死線にあってなお恐怖しなかった家康の姿を思い浮かべたのか、感嘆の声があちこちから上がる。

「では」と口を挟んだのは、左衛門佐だった。

「大坂方で家康公に匹敵する武士をあげるとすれば、どなたか」

再び場は静まりかえり、老武士に視線が集中した。

「今、ここで誰かの名を挙げるのは難しい。全ては奴らの戦いぶりを検分してからよ」

答えが聞けぬ不満が、ため息となって場を満たした。老武士は苦笑しつつ、再び口を開く。

「だが、これだけは言える。内府様のお顔に、恐怖の色を浮かべさせることができるか否《いな》か。もし大坂方の浪人の中にそれを為すものがおれば、そ奴こそ日ノ本一の兵と言って差し支えなかろう」

浪人風情にそれは無理だと思ったのか、一座から失笑が沸き上がった。ただ、ひとり左衛門佐だけは笑えなかった。影武者の気持ちを悟ったのか、バチリと篝火が大きく爆《は》ぜて一座の嘲笑《あざけ》りをささやかに打ち消す。

六

押し寄せる徳川方の前田利常《まえだとしつね》勢を十分に引きつけた後に、真田丸から鉄砲が一斉に火を噴いた。その様子は、左衛門佐が潜む松平忠直の陣からもよく見えた。真田丸に取り付こうとした兵たちが、将棋の駒が倒れるがごとく次々と地に伏していく。

籠城する大坂方に最初に攻めかけたのは、真田勢の挑発に我慢の限界を迎えた前田軍だった。前田勢と並ぶように布陣する松平忠直の陣からどよめきが沸き上がり、真田の放つ銃声にかぶさった。

「よし」と口の中だけで呟いて、左衛門佐は頷く。真田勢に配備した銃には、己が改良したものも多い。銃声を聞けば、それを幸村がいかに活用しているかがわかる。

動揺が走ったのは、松平忠直陣だった。前田勢に抜け駆けをされたと思ったのだ。たちまち陣太鼓《じんだいこ》が鳴り響き、軍勢が動き出す。攻撃は正面ではない。戦場を斜めに横切るようにして、真田丸を目指す。この突出した陣を放棄して大坂城を攻める危険は、兵法の素人でもわかる。

焦ってはいても、松平忠直は野戦上手の家康の孫である。木や竹、鉄の盾を押し立てて、鉄砲で待ち受ける真田丸へと寄せていく。左衛門佐は火縄銃を構えて、攻め手に加わるふりをした。こちらの陣立ては幸村に通報しているとはいえ、撥《は》ね返すのは容易ではないかもしれない。左衛門佐の胸に、微かな不安がよぎる。

真田丸の丸太組の門が、突如として開いた。そこに控えていたのは赤備えの騎馬武者たちだ。先頭には、十文字槍を小脇に抱える鹿角兜の武者。白い歯を見せると同時に、前立の六文銭がキラリと光った。

鉄砲戦を予想した松平忠直の軍は、完全に虚をつかれた。壁のように連なっていた前衛の盾に綻《ほころ》びが生じる。

徳川の陣太鼓をかき消すかのような大音声《だいおんじょう》が、真田の陣から上がった。「かかれっ」と、幸村が一喝している。その声は、徳川勢の最も乱れた一点めがけて発せられた。まるで、弓矢でも放つかのように。十文字の槍が翻り、幸村が突撃する。命知らずな武者たちが赤い潮《うしお》となって、影武者の後へと続いていく。

七

「幸村めがあれほどの将とは思いもよりませんでした」

夜空に三百挺の大筒の砲音が木霊《こだま》するなか、馬場主水が西尾に変装した真田左衛門佐に話しかけた。ふたりは幸村が籠る真田丸を目指しているところだ。地面には、徳川方の死体があちこちに折り重なっている。全て幸村率いる真田勢と戦って敗れた兵たちだ。左衛門佐が潜入する松平忠直の軍だけでも四百八十騎が討ち死にし、雑兵もいれると〝その数知らず〟と記される有様だった。

無論、左衛門佐が徳川方の布陣や戦法を克明に知らせたがゆえの戦果ではあるが、これほどまでとは思わなかった。おかげでふたりは、打ち捨てられた死体をまたぐのにひどく苦労しなければいけない。

「それにしても悔《くや》しいのは、大筒に音を上げて和議が成立しそうなことですな。そうなれば内府めの思うつぼではないですか」

馬場主水が恨めしげに大坂城の天守閣をにらんだ。

「構わん、そうなることは読めていた」

「僭越《せんえつ》ながら、ここは幸村めに夜襲させるべきです。和議が成立する前に一《いち》か八《ばち》かの賭けに出て、内府を討ち勝利を引き寄せるのです」

馬場主水の眼が、黒い満月を思わせる光を放つ。

「まだ、その機ではない。自重しろ」

「納得がゆきませぬ。もし和議が成れば、ゆっくりと滅ぶだけですぞ」

珍しく馬場主水が言葉に感情を滲《にじ》ませるが、左衛門佐は生返事をしてやり過ごした。

――儂が欲するのは、合戦の勝利ではない。日ノ本一の兵の首だ。

そのためには、今はまだ家康の首をとる時ではない。京や江戸では東軍敗北という虚報が流れている。そんな状況で家康を討っても価値は下がる。豊臣にトドメを刺す寸前まで徳川が追いつめたとき――誰もが家康こそはまことの天下人と認めざるを得ない状況になって、初めて左衛門佐の宿願である日ノ本一の兵の首をとることができるのだ。そのためには、豊臣の滅亡など些事《さじ》であった。

「そんなことより、早く行くぞ。叔父上を待たせて疑われては、謀《はかりごと》が水泡に帰す」

家康は大坂の侍大将にしきりに内応の使者を送っており、とうとう幸村演じる左衛門佐のもとにも来た。使者は叔父の真田信尹《のぶただ》だという。さすがに、こればかりは影武者に任せるわけにはいかない。


真田丸の薄暗い陣小屋の中で、左衛門佐はうずくまっていた。目の前には、信濃《しなの》(長野県)一国の地図が広げられている。消えかかった燭台《しょくだい》の火が、かろうじて城や村の名を書いた文字を浮かび上がらせる。

「信濃一国か」

先程までの信尹との会見を思い出す。せいぜい十万石程度の誘いとたかをくくっていたが、意外にも叔父経由で家康が提示したのは信濃四十万石の領地だった。

無論、そんなものに心動かされる程度の決心では、己の顔を石で潰さない。事実、日ノ本一の兵の首をとるという覚悟に微塵のぶれもない。

ならば、と己に問いかける。どうして、こうも心臓は不穏に拍動しているのだ。まるで好いた女人《にょにん》を寝取られたような、どす黒い情念が渦巻いている。

どっと、小屋の外から笑い声が聞こえてきた。己の身の内に黒く淀む思いとは正反対の、春の陽光のような快哉だった。

「一体、何事だ」と暗闇に問いかけると、「幸村めが、皆を集め宴《うたげ》を開いております」と、馬場主水の声がした。舌打ちをひとつする。

しばらくは徳川方の力攻めはないから休んでおけと命令はしていたが、惚《ほう》けろとは言っていない。立ち上がり、陣小屋を出た。

左衛門佐の眼に飛び込んできたのは、上半身裸の褌《ふんどし》姿の武者たちだった。その中心に棒を持ったひとりの男が立っている。朱の籠手《こて》と臑当《すねあて》をつけた小具足《こぐそく》姿で、肩に棒をもたせかけ、右手で杯《さかずき》をあおっている。

「父上、次は拙者と手合わせしていただきたい」

裸の男たちをかき分けて出てきたのは、大助だった。秀頼からもらったのか、艶やかな茜《あかね》の陣羽織《じんばおり》を着ている。

「息子とはいえ、容赦はせんぞ。それに手合わせの約定《やくじょう》は知っておろうな」

「無論のこと。父上から一本とれば、望みのものをひとついただけると。拙者は、先祖伝来の鹿角の兜を頂戴したく存じます」

真田家伝来の宝物の名が出て、褌姿の男たちがざわめいた。

「阿呆《あほ》ぅ、儂が言うておるのは勝った時ではなく負けた時のことよ。負ければ、褌姿

や釣り合わぬ」

「やれやれ、博打好きの性格は誰に似たのやら。だが、伝来の兜を賭けるには褌姿じ

白い歯を見せて大助が木刀を構えた。

「負けた時のことを考えて博打《ばくち》は打てませぬ」

なのは知っておろうな」

杯を裸の男たちに向けると、「そうだそうだ」と喝采《かっさい》が上がった。その中のひとり

に、黄母衣を南蛮人のマントのように羽織る軍監の伊木の姿があった。鎖骨がチラリ

と見えたということは、彼も幸村に負けて裸になったのか。

「伊木殿、何を賭ければ兜と釣り合うか教えてやれ」

童《わらべ》のように眼を歪ませて笑ってから、伊木は答える。

「そりゃあ、大助殿の褌じゃあ。鹿角兜の代償はこうでないとな」

伊木が黄母衣をはだけると、黒々としたイチモツが姿を現した。大筒が破裂したか

のような笑いが、あちこちで弾《はじ》ける。

「大助、それでもよけりゃあ、勝負してやる」

返答のかわりに、大助渾身の一撃が振り下ろされた。幸村は杯に口をつけたまま、

それを軽々と避《よ》ける。ただ避けるのではない。あと半足でも踏み込みが深ければ当た

る、ギリギリの間合いだ。

大助の顔を見ると、玉のような汗を散らしながら笑っていた。

左衛門佐の胸が苦しくなる。父から手ほどきを受ける少年の頃の兄の姿が脳裏に浮かぶ。前髪のとれていない兄の一撃に、父は時に喜び、時に怒り、時に声を嗄《か》らして叱咤する。父の声を励みとして、兄の太刀筋《たちすじ》が鋭くなる。

ふたりの間に割って入ろうなどとは思わなかった。小兵の己が入れば、父の顔に失望の色が浮かぶのは知っている。己の役目は人質であり、そこでいかに敵情を集めるかである。武芸に長じていては、敵の油断は誘えない。

「大した役者ですな。まるで、まことの親子のように戯《たわむ》れておる」

馬場主水の言葉に、左衛門佐は我に返る。気づくと、身の内にたまっていたどす黒い感情が急速にかさを増していた。それは決壊寸前の堤のように脆《もろ》く危険だと、左衛門佐の本能が警鐘を鳴らしている。

やがて豊臣と徳川の間に講和が成った。仮初《かりそ》めの平和だと誰もが理解していた。

事実、再戦は一年とかからなかった。父が亡くなった日のように蟬が鳴きしきるなか、徳川は十五万もの兵を発する。小具足さえつけずに行軍する家康の姿は、まるで物見遊山のようであった。だが顔の筋肉は弓弦《ゆづる》のように引き締まり、白い眉が逆立つほどに内に秘めた闘志は盛んだった。何より運ばせる兜はシダの前立のあるもので、関ヶ原で家康が着用したもの。家康の必勝の気概が、所作からも持ち物からも溢れていた。

八

松平忠直の隊に潜む真田左衛門佐の眼前には、茶臼山《ちやうすやま》に陣取る真田の兵たちの姿がよく見えた。足軽にいたるまで、朱の具足に身を包んでおり、まるで躑躅《つつじ》が咲き誇ったかのようだ。

遠くでいくつもの銃声が聞こえているのは、夕餉《ゆうげ》の獲物を鉄砲足軽たちが調達しているからだ。そういう左衛門佐たちも鳥撃ちのためと偽って、一時的に松平忠直の陣を離れ馬場主水と落ち合っていた。

「とうとう、ここまで追い詰められてしまいましたな。それにしても、後藤又兵衛《ごとうまたべえ》様を失ったのは悔やまれますぞ」

背後に控える馬場主水の声は不満気であった。きっと先日の戦いで、幸村に正確な徳川軍の位置を知らせなかったことを恨んでいるのだろう。そのために幸村は濃霧の中で立ち往生し、大坂方の勇将・後藤又兵衛を見殺しにしてしまった。

「仕方あるまい。まだ、その機ではなかったのだ。兵を失わぬことこそ、肝要の場面であった」

先日まで、左衛門佐が潜む松平忠直の軍は、幸村のいる戦場とは遠く離れていた。取れる連携などたかが知れていた。

馬場主水と共に背後を見る。幾重にも屏風《びょうぶ》を並べたような、徳川の軍勢がある。特に家康の旗本は警戒が厳重で、まるで人と具足でできた城壁のようであった。暗殺を恐れ、顔見知りの侍でさえ近くを通るのを憚《はばか》られるほどだ。

「しかし、幸村めは首尾よく内府の首をとれるでしょうか」

「いかに幸村が豪傑で儂の指示通り動いたとて、家康の旗本に迫るのが精一杯よ。間違いなく撥ね返される」

意を測りかねたのか、馬場主水は童のように小首を傾《かし》げた。やがて、少しずつ忍びの頭領の顔から血の気が引く。

「今、なんと申された。幸村たちでは、内府を討てぬとおおせか」

「ああ、間違いなく一兵残らず全滅する」

それでも一向に構わない。逆に幸村が家康を殺してしまっては、日ノ本一の兵の首を自身がとるという望みが叶わない。

「一体、何を企《たくら》んでおるのですか。拙者が亡きお父上から聞いておる謀とは、全く内容が違いまする。何より、幸村以外に内府の首をとることができましょうか」

左衛門佐は向き直って、馬場主水を見据える。

「よかろう。忍びとはいえ、九度山に配流《はいる》された親子二代に仕えたお主には明かしてやる」

鳥撃ちの筒音と蟬の鳴き声が響くなか、真田〝左衛門佐〟信繁は懐に手をいれて、あるものを取り出した。

「見ろ、これを」

突きつけたのは、父が左衛門佐に造らせた短筒であった。

「なんでございますか。ただの短筒ではございませぬか」

馬鹿にするかのような馬場主水の声であった。左衛門佐は無言で短筒を構える。銃口は馬場主水の配下である忍びのひとりに向けられた。

「お戯れを。一体、どういうつもりですか」

「お主の配下に、江戸にいる兄と通じている者がおる」

馬場主水の顔色が変わるのと、配下のなかの何人かが腰の刀に手をやるのは同時だった。裏切り者は三人か、と左衛門佐は冷静に勘定しつつ、引き金を引いた。落とした瓜《うり》のように、ひとりの男の額が割れ、血肉が爆ぜた。

残りのふたりが選択したのは、闘争ではなく逃走だった。左衛門佐や馬場主水を斬り殺すよりも、弾込めに時間がかかる火縄銃の射程から逃れる方が容易だと計算したのだろう。馬場主水の「追え」という叫びに、「手出し無用」と発した左衛門佐の声が被さる。

まだ初発の煙を吐き出し切っていないにもかかわらず、左衛門佐の短筒が火を噴いた。間者の後頭部が弾ける。さらに暫時《ざんじ》の間をおいて、もう一度引き金をひく。最後の男は首を撃ち抜き、絶命させた。

「こ、これは、いかなカラクリでございますか。なぜ、これほど素早く撃つことができるのです」

馬場主水は目を剝《む》きつつ尋ねるが、左衛門佐は無視して倒れた男へと近づく。これこそが、左衛門佐が創案した連発銃である。一見すると普通の短筒だが、カラクリ仕掛けの弾倉が仕込まれている。銃口のすぐ下に鉄の筒があり、それを前へ滑らせると手の中に早合《はやごう》（火薬と弾丸）が落ちてくる仕掛けになっている。早合を握った手はちようど銃口の前に来るため、すぐに弾込めができる。さらに火蓋や火挟みの開閉、口薬の装塡も一発ごとに自動で行われる仕組みに改良されており、通常の火縄銃と比べて約五倍の連射速度を誇っていた。

左衛門佐は、苦しむ男に短筒を向け引き金を引いた。一発、二発、三発、最初の男の額を撃ち抜いてから計八発、発射し続けた。そのうちの何発かは、遠くで鳴る鳥撃ちの銃声と重なった。

絶命を確認してから、左衛門佐は馬場主水と向かいあった。

「こたびの謀の種を明かそう。しかと聞け」

呆然《ぼうぜん》と立ち尽くす忍びの頭領に向けて、左衛門佐は語りかける。

幸村がいかに豪傑といえど、家康の旗本に撥ね返されるだろう。幸村が家康に槍をつけることは叶わぬが、旗本に混乱を生じさせることはできる。

その時こそが、好機なのだ。幸村に目を奪われている隙に、徳川の合印をつけた左衛門佐が旗本の間をすり抜け家康へと近づき、短筒を発射する。

その様子を想像し、左衛門佐の体は震えた。父でさえ成せなかった天下人を殺すという大望の快感が、全身を愛撫《あいぶ》する。

さらに左衛門佐は言葉を継ぐ。

「幸村とは、我が影武者の名前ではない」

「どういうことでございますか」

「正しくは、この短筒の名よ」

銃口を馬場主水に突きつけた。

「これは我が父が日ノ本一の兵を討ち取るために、妖刀・村正《むらまさ》の鋼《はがね》でつくりし短筒よ」

村正とは、徳川家に仇《あだ》なすと言われた刀だ。家康の祖父、父、そして息子の命を奪った凶刃として天下で知らぬ者はいない。

「父はこの短筒に、昌幸と村正から一字ずつとり名付けた」

妖銃、幸村――という声がどこからか聞こえた。それが馬場主水の発した言葉なのか、それとも配下の者の声か、あるいは己の心中の呟きかは判然としなかった。

「儂にとっては影武者も銃の弾丸のひとつにすぎぬ。だから、幸村という名をやった。つまり、あ奴めは家康に放つ八連式の――いや、九連式の最初の弾丸というわけよ」

左衛門佐はゆっくりと九発目の引き金をひく。無論のこと、弾はでない。だが、馬場主水は心の臓を撃ち抜かれたかのように顔を歪ませる。

九

慶長二十年五月七日正午、戦国最後にして最大の合戦がはじまろうとしていた。

真田左衛門佐は、天王寺口へと進撃する松平忠直の陣中にいる。皆がこの戦が最後になるという予感があるのか、足取りは力強くも速い。侍大将が「慌てるな」と声をかけないと、与力《よりき》として前衛に布陣する秋田実季《あきたさねすえ》や浅野長重《あさのながしげ》の軍を追い越してしまいかねない勢いだった。首を後ろへ向けると大海原《おおうなばら》を思わせる徳川の陣が続き、はるか遠くに家康の旗印が見えた。

やがて鉄砲を担ぐ左衛門佐の視界に、六文銭の旗印が翻る茶臼山の姿が映る。

真田勢の先頭にいるのは、うっすらと黄色みを帯びた河原毛《かわらげ》の悍馬《かんば》に乗った武者である。十字槍を小脇に抱え、緋威《ひおどし》の鎧《よろい》に鹿角の兜をかぶっていた。夏の太陽を反射する六文銭の兜の飾りが、嫌でも眼に焼きつく。押し寄せようとしていた徳川勢の足が、たちまち鈍った。鹿角の兜の武者は、白い歯を見せて笑う。舞台の上で発露した笑顔と何ら変わらない。隣に控える馬場主水が、嘆息《たんそく》を漏らす。

真田勢の東隣では大坂方の毛利勝永《もうりかつなが》勢が、早くも徳川軍と鉾を合わせようとしている。急速に充満する殺気を涼やかに受け流して、真田幸村は馬上で笑っていた。

三千の赤備えを従える幸村は、一切の下知をしなかった。ただ、馬に鞭《むち》をいれただけだ。それだけで十分だった。馬が力強く踏み出した一歩が、幸村が松平勢のどこを攻め、どの道を突破するかを雄弁に物語っていた。狼《おおかみ》が獲物を狩る時に言葉を必要としないがごとく、旗下の赤武者たちが躍り出る。

「ひるむなぁ。松平の名にかけて、戦え」

叫ぶ松平忠直の侍大将を、真田の赤備えがたちまちのうちに呑み込んだ。

幸村たちは突き進む。

後には無数の死体が横たわっているだけだった。

十

大樹のように屹立《きつりつ》する家康の旗印が不穏《ふおん》に揺れている。家康本陣へと走る左衛門佐は眼を何度もこすり確認した。三方ヶ原の合戦以降、家康の旗印は一度も乱れたことがないのが評判である。にもかかわらず、旗は均衡を崩すかのように微かに後ずさりしていた。

前へと振り返ると、松平忠直の旗印が見えない。いや、それだけではない。後備えの酒井家次《さかいいえつぐ》、内藤忠興《ないとうただおき》らの旗も群衆の中に埋没してしまっている。

乱戦の中、一際、光彩を放つものがあった。血で赤く染まった真田の六文銭だ。真田の旗印が前へと十歩進めば、豊臣方の諸将の旗も呼応するように十歩進む。真田の六文銭が徳川軍の右翼へ切り込めば、援護するように豊臣方の旗が左翼にめりこんだ。

戦場を支配しているのは、ただ六文銭の旗印だけであった。

「幸村め」と叫んでいた。まさか、ここまでの武者だったとは。左衛門佐の全身が粟立《あわだ》つ。そして、同時に激しく後悔した。

振り返り家康の陣を見る。己の予見がいかに甘かったかを、苦しげに傾ぐ徳川の旗印の文字が教えてくれている。

さすがに家康の旗本は意地を見せた。一度、二度と幸村の攻撃を撥ね返す。だが、それが限界だった。逃げようとする者、戦おうとする者が衝突し、武具を取り落とす音が方々で沸き上がった。

八連式銃「幸村」を握った左衛門佐は、その隙に旗本たちの間に紛れ込む。

駆けろ、走るのだっ、と己に命令する。

このままでは、家康の首を影武者に奪われてしまう。

「どこだ」と叫ぶ。家康はどこにいる。

首を左右に激しく振るが、わからない。家康の旗印が見つからない。

「真田が来たぞ」

悲鳴のような声が上がった。振り向くと、血染めの六文銭が眼に飛び込んできた。たちまちのうちに旗本が崩される。

なぎ倒される旗本たちを割るようにして、十文字の槍を振るう武者の姿が見えた。鹿角の兜をかぶっている。三河武士の大身槍を寸前のところでかわし、返礼のごとく十字槍を胸板にめり込ませる。

血しぶきの間から、破顔する幸村の表情が見えた。倒した武者の最期を見届けることはない。幸村の顔が跳ね上がり、両の口角が限界まで持ち上がる。

つられて左衛門佐も同じ方向を見る。瞬間、己の心臓が何倍にも肥大したかのような錯覚を覚えた。

地につく寸前のところで持ちこたえている徳川の旗印があった。その横には肥えた体を黒光りする甲冑で覆った老武者がいる。シダ飾りの兜は、関ヶ原で東軍の総大将がつけていたものだ。

「内府だ」と左衛門佐が叫ぶより早く、幸村は馬に鞭をいれていた。

よろめきつつ、左衛門佐も走る。


幸村と左衛門佐が家康を挟み討ちにする。急速に三者の間合いが縮まろうとしていた。瞬時に勘定する。幸村の十字槍の間合いよりも、己の連射銃の射程の方が先に内府を捉えると。

その時、眼に飛び込んできたものがあった。

家康の姿だ。

幸村の鋭鋒《えいほう》から逃れようとしている。腰が抜けているのか、数人の従者に引きずられるようにしていた。ひきつった表情、涙が滲む眼、惚けたように開かれた口からは今にも命乞いの言葉が漏れ出てきそうだった。

次に届いたのは、声だった。

「内府、お覚悟」

その瞬間、左衛門佐は引き金をひいていた。

砕けたのは、幸村のかぶる鹿角の兜の六文銭だった。

「なぜだ」と、己に叫びつつ問う。

銃口は家康ではなく、幸村へと向いていた。続けざまに二発三発と短筒が火を噴き、幸村の体に赤い花が咲いた。

咆哮《ほうこう》とともに、幸村が槍を旋回させる。さらに左衛門佐は引き金をひく。

一瞬前に家康の首があった虚空を、十字槍が通過した。

「三河武士の意地を見せろ」

再び幸村が槍を構えた時、家康との間には人の壁ができていた。もう、内府の姿は左衛門佐からは見えない。

一瞬、幸村が血だらけの顔をこちらに向けたような気がしたが、ふたりの間にも旗本たちが乱入し、互いの位置さえもわからなくなってしまった。

十一

神社の境内の木漏《こも》れ日の中で、幸村は腰をおろし休んでいた。地面は、流れる血でどす黒く染まっている。けたたましく鳴く蝉の声だけが、日常のものだった。

左衛門佐が近づくと、幸村は真っ赤になった顔を向けて笑いかけた。

「無念だ……とは思わんよ。存分に舞台を楽しんだ。あんたにゃ悪いが、真田の大将の役は演じきった」

誰が己を狙撃したか、幸村は気づいていないようだった。咳《せ》き込んで血を吹き零しつつ、影武者は言葉を継ぐ。

「で、あんたはどうするんだ。まだ、戦うのか」

左衛門佐の口は鉄扉《てっぴ》のように固く閉ざされていて、自らの意思では開くことができなかった。なぜ、己は幸村を撃ってしまったのだ。その疑問が体中を駆け巡る。

「いたぞ」と、蟬の声をかき分けるように怒号が聞こえてきた。武者たちが土をふむ振動が足裏から伝わってくる。徳川方の侍が、幸村と左衛門佐を隙間なく包囲した。

「鹿角の兜は、真田の大将だ。討ち漏らすな」

槍の穂先が輪をつくる。

「待て、合印をよく見ろ。ひとりは味方ではないか」

「いや、先程、親しげに話しておった。間諜やもしれぬ」

殺気は幸村と左衛門佐に等しく注がれていた。

「そうだ。儂も見たぞ。こ奴は徳川方のふりをする敵に違いない」

「油断するな。短筒を持っておる。構わぬから、ふたりとも串刺しにしろ」

血脂《ちあぶら》のついた穂先が鈍く光り、左衛門佐へと向けられた。

「おい、そこの徳川方の武者よ」

幸村が誰のことを呼んだのか、最初はわからなかった。遅れてドスンと胸に大きなものが当たり、慌ててそれを両腕で受け止める。見ると、鹿角の兜であった。六文銭の前立は左衛門佐が放った弾丸がめり込み、粉々になっている。

「ここで会ったのも何かの縁だろう。我が首をとり、手柄とされよ。兜もくれてやる」

左衛門佐に注がれていた殺気が、たちまちのうちに薄まった。それを確認してから幸村は、極楽浄土があるとされる西を向く。

槍の穂先をかき分けて、ひとりの老武者が進み出るのが見えた。傷だらけの顔に覚えがある。昨年の冬の陣の折、篝火を囲んで談笑した三河武士だ。

「真田殿よ、見事な武辺、そして覚悟だ。感服いたした」

「死ぬ前に世辞《せじ》を言うのが、関東の流儀か」

幸村は一瞥《いちべつ》さえせずに言い放つ。

「世辞ではない」と、三河武士が叫んだ。思わず囲む穂先がひるむほどの声色だった。

「儂は長く内府様のおそばに仕えているが、初めてかように恐怖する姿を見た。まことの武士に敵も味方もない。お主の働きは関東勢十五万が未来永劫語り継ぐ」

顔を西に向けたまま幸村は微笑を湛《たた》える。まるで礼でもするかのように頭《こうべ》を垂れて、首筋を露わにした。三河武士に促された左衛門佐は、刀を振り上げざるをえない。

腕を振り下ろすことができない。まるで誰かが切っ先を掴んでいるかのようだ。やれ、やるんだ。心中で叫ぶが、切っ先は微動だにしない。

三河武士が眉間に皺を寄せつつ口を開く。

「しかと気合いをいれぬかっ。この御仁こそは、信玄公や謙信公、否、我が主君たる内府様をも超える武士ぞ。介錯《かいしゃく》を誤れば、末代までの恥と知れ」

老武士の叱責《しっせき》を聞きながら、なぜ己が幸村に弾丸を発したかがうっすらと理解できた。

真夏の太陽が西尾宗次《むねつぐ》こと真田〝左衛門佐〟信繁の頭を焼く。

一際大きく蟬たちが鳴き始め、耳鳴りのような音が頭の中で反響した。

余命わずかな蟬たちが、左衛門佐に語りかける。

ハヤク、日ノ本一ノ〝ツワモノ〟ノ首ヲトレ、と。

解説

末國善己

実力派の歴史小説作家たちが、一つの合戦を多角的に描き出すアンソロジー〈決戦！〉シリーズは、最新の歴史研究を活かした収録作のクオリティの高さはもちろん、公募式の「決戦！小説大賞」を実施して佐藤巖太郎《さとうがんたろう》、武川佑《たけかわゆう》、砂原浩太朗《すなはらこうたろう》らを世に送り出すなど、歴史小説の歴史に大きな足跡を残している。

木下昌輝は〈決戦！〉シリーズの常連執筆者で多くの短編を発表しているが、それを一冊にまとめたのが本書『つわもの』（単行本時のタイトル『兵《つわもの》』を改題）である。

連作短編という形式に仕掛けを施した初の単行本『宇喜多の捨て嫁』、ホラーの手法で幕末史を描いた『人魚ノ肉』、織田信長を探偵役にした時代ミステリにして、信長をめぐる謎に新解釈を与える歴史ミステリでもある『炯眼《けいがん》に候』など、ジャンルミックス的な歴史小説を発表している著者だけに、本書も、正統派の歴史小説から、本格ミステリや国際謀略小説色が強いものまでバラエティ豊かな作品が収録されている。それだけに、歴史小説が苦手と考えている方も満足できるように思える。

単行本の『兵』には、公家の菊亭公彦《きくていきんひこ》に仕える俊足の少年・道鬼斎《どうきさい》を主人公にした書き下ろしの短編「道鬼斎の旅」三作が挿入され、各編を繋ぐ役割を果たしていたが、文庫ではカットされシンプルな短編集になっている。ただ、織田信長が台頭する切っ掛けになった桶狭間の戦いから、事実上、戦国時代の最後の合戦となった大坂の陣までが時系列に並び、順番に読むと歴史の流れが追えるようになっているので、戦国史に詳しくなくても戸惑うことなく物語世界に入っていけるはずだ。

「火、蛾。」は、織田信長が今川義元を討ち取った桶狭間の戦いに至る歴史を、小国・尾張三河の水野藤九郎の視点で描いている。物語の冒頭で、藤九郎が蝙蝠《こうもり》のように醜い顔とされるが、これは名門の今川家、新興の織田家に挟まれ、両大国を天秤にかけながら生き残りをはかってきた水野家の立ち位置を強調するためだろう。

藤九郎の異母兄・信元は、今川派だった先代の方針を転換し織田と同盟したが、妹の於大を今川の同盟者・松平家に送った。水野家が織田派になり於大は離縁されたが、信元は今川が勝てば松平家との縁戚関係を使って生き残る両面外交を展開していた。ただ戦国時代の小勢力は、近隣の大勢力と結んだり、離れたりするのは普通だったので水野家の手法は、当然の生存戦略だったといえる。

乱世で華麗に舞うことを望む藤九郎は、同盟している織田から得た情報を今川に流す一方、信長にも謀略の策を指南するので、スパイ小説のような緊迫感がある。策士たちが裏の裏を読み合う壮絶な頭脳戦、心理戦の先にある驚愕のラストは、勝者が次の瞬間に敗者になる乱世の無常観を端的に表現しており、強く印象に残る。

武田信玄と上杉政虎（長尾景虎。後の謙信）の両雄が激突した第四次川中島合戦に向けて進む「甘粕の退き口」は、政虎に仕える猛将・甘粕景持を主人公にしている。景虎は、名将、軍神として語り継がれている。甘粕も景虎の采配を高く評価しているが、長尾家をどこに導くかといった戦略がないと感じていた。しかも上洛時に受戒した景虎は、信仰心ゆえに不犯《ふぼん》を通しているので跡継ぎもいなかった。長尾家の将来を悲観する甘粕は、景虎を出家させ、別の当主を立てることまで考えていた。

儒教的な倫理観で主君への忠義を絶対視した江戸時代とは異なり、戦国時代は実力があればよりよい条件で他家への仕官も可能だったので、気に入らない主君の押し込めを画策する甘粕のような武士がいてもおかしくはない。

景虎は名を上杉政虎に改め信玄と対峙したが、甘粕ら信頼していた家臣に撤退しなければ「返り忠」をするといわれてしまう。要求は受け入れられ甘粕が殿《しんがり》軍を務めることになったが、これは策略で政虎は信玄との決戦に向けて進んでいく。その結果、敵の猛攻にさらされた甘粕たちが、逆境の中にあって政虎への信頼を深めていく場面には、優れた武将だけが持ち得るカリスマ性とは何かが見事に表現されていた。

細川幽斎と明智光秀は室町幕府の幕臣だった頃から親交があり、幽斎の息子・忠興は光秀の娘・玉（洗礼名ガラシャ）と結婚していたが、本能寺で信長を討った光秀が味方になって欲しいと懇願するも、幽斎は拒否した。「幽斎の悪采」は、幽斎が光秀に抱く複雑な感情を浮かび上がらせつつ、協力を拒否した理由に迫っている。

異母兄の三淵藤英に呼び出された幽斎は、将軍足利義昭と信長が決別した時、どちらが勝っても家が存続できるよう兄弟で異なる主君を選ぼうと提案され、賽子《さいころ》で藤英が義昭、幽斎が信長に仕えることを決めた。信長の下では、かつて食客だった光秀が目覚ましい出世を遂げていたが、幽斎はそれが苛烈な命令を懸命にこなした結果であると見抜いていた。そして幽斎も信長の課す命令を処理していくが、義昭の家臣として信長に抗《あらが》った藤英の処遇をめぐり信長の不興を買ってしまう。さらに光秀が恩人である藤英を切腹させたことで、幽斎は信長と光秀に怨みを抱くようになる。

結果を出せば家臣を出世させるが、失敗すれば平然と切り捨てる信長の下で心身ともに追い詰められていく幽斎と光秀は、成果主義の導入などで厳しい競争にさらされている人が増えている現代日本の読者にも、共感が大きいのではないだろうか。

加藤清正（通称・虎之助）は、賤ヶ岳《しずがたけ》七本槍の一人で、文禄・慶長の役では虎を退治したとの伝承を残す猛将であり、築城の名手としても知られている。虎之助のラブロマンスを軸に進む「槍よ、愚直なれ」は、従来の武張《ぶば》ったイメージを覆している。

秀吉に仕え初陣を間近に控える虎之助は、剣術の師匠の娘・千に、万石の侍大将になったら嫁に迎えに来ると告白した。だが千は、信長の三男で神戸家の養子になった信孝の与力・山路将監と結婚した。本能寺の変で信長が死に、後継の座をめぐって配下の武将の駆け引きが続くなか、将監は秀吉の宿敵となった柴田勝家の養子・柴田伊賀守の家老になり、千への想いを残す虎之助は将監と敵対することになる。

虎之助の青春時代は、秀吉による高松城の水攻めが象徴しているように、槍一本で成り上がれる時代が終わり、石田佐吉（後の三成）のような官僚型の武将が重用される時代になりつつあった。こうした変化を本作は、〝情〟の虎之助と〝理〟の佐吉の対比で鮮やかに切り取っていく。個人の力では押し止められない社会の流れは、どの時代にも存在しているので、虎之助の戸惑いは他人事《ひとごと》とは思えないはずだ。槍への信頼が揺らいでいた虎之助が最後にたどり着いた境地は、積み重ねた努力や愚直に生きることは泥臭いかもしれないが、自分を裏切らないと教えてくれるのである。

戦国時代を舞台にした歴史小説の華は合戦のスペクタクルだが、関ヶ原の合戦の時、共に毛利家を支える吉川広家と安国寺恵瓊《えけい》が暗闘を繰り広げていたとして歴史を読み替える「怪僧恵瓊」は、いかに合戦を避けるかが物語を牽引する異色作である。

毛利元就に家を滅ぼされ僧籍に入った過去がある恵瓊が、豊臣と徳川の決戦を利用して毛利家を滅ぼす謀略を進めていると考えた広家は、毛利家を存続させるべく逆襲に出る。関ヶ原の合戦では、豊臣の総大将だった毛利輝元が大坂城を動かず、前線に出た毛利家麾下《きか》の部隊は合戦を静観し続けた。著者は、こうした奇妙な動きは広家と恵瓊の駆け引きによって生まれたとしており、広家が、毛利の部隊を戦闘に参加させようとする様々な勢力と渡り合う場面は、静かながら圧倒的なサスペンスがある。

合戦後、敗者として囚われた恵瓊と広家がいわば感想戦を行う終盤は、伏線を回収しながら意外な真相を浮かび上がらせていくのでミステリ的な面白さがあり、戦国史に詳しければ詳しいほど著者の斬新な歴史解釈に驚かされるはずだ。

三谷幸喜《みたにこうき》が脚本を担当した二〇一六年のＮＨＫ大河ドラマ『真田丸』で、人気の武将・真田幸村の諱《いみな》が実は信繁だったと知った方も少なくないだろう。大坂の陣をクライマックスにした「日ノ本一の兵《つわもの》」は、徳川家康、秀忠父子を翻弄した知将・真田昌幸の息子の名が信繁だったとしたら、幸村は何者だったのかに迫っている。

関ヶ原へ向かう秀忠を上田城で足止めしたため九度山に配流された昌幸は、死の床で「日ノ本一の兵の首」が獲れなかったことが心残りだと口にした。それを聞いた信繁は、父の無念を晴らすため大坂城へ向かい着実に準備を進めていく。「日ノ本一の兵の首」を獲る秘策が「幸村」なのだが、その正体は実際に読んで確認して欲しい。信繁は、父の下で学んだ軍略を活かし、大坂の陣で家康を後一歩まで追い詰めた名将とされてきた。ただ本作の信繁は、自分は常に兄・信幸（後の信之）の引き立て役だったと感じ、長く人質生活を送ったため武功がなく、九度山で困窮した生活を送ることなどに忸怩《じくじ》たる想いを抱えている。自分が何者でもないとの不安や生活苦は現代とも無縁ではないので、等身大の苦悩を抱える信繁が身近に感じられるはずだ。ラストに用意されたどんでん返しは、強さのみを追求した先にあるのは寂寥感《せきりょうかん》ではないかとの問い掛けになっており、弱肉強食化が進む現代日本に一石を投じていた。「日ノ本一の兵の首」には、徳川家を祟《たた》ったとされる妖刀の村正が思わぬ場面で顔を出すが、著者はこのアイディアを、宮本武蔵《みやもとむさし》が大坂の陣直前の上方《かみがた》で、村正の刀を使う呪術「五霊鬼の呪い」で家康の命を狙う犯人を捜す『孤剣の涯て』に援用している。このように本書は、他の木下昌輝の作品に触れた時、新たな発見と楽しみが増える意味でも重要な一冊なのである。

本書は、二〇一八年二月弊社刊の『兵《つわもの》』を改題し、文庫化したものです。
文庫化にあたり加筆修正し、「道鬼斎の旅　壱・弐・参」は割愛しました。

|著者|木下昌輝　1974年奈良県生まれ。2012年「宇喜多の捨て嫁」で第92回オール讀物新人賞を受賞しデビュー。'14年に単行本として刊行された同作は、第152回直木賞候補となり、'15年第2回高校生直木賞、第4回歴史時代作家クラブ賞新人賞、第9回舟橋聖一文学賞を受賞。同年、咲くやこの花賞（文芸その他部門）、'19年『天下一の軽口男』で第7回大阪ほんま本大賞、『絵金、闇を塗る』で第7回野村胡堂文学賞、'20年『まむし三代記』で第9回日本歴史時代作家協会賞、第26回中山義秀文学賞を受賞。他の著書に『戦国の教科書』（共著）、『戀童夢幻《れんどうむげん》』『応仁悪童伝』『孤剣の涯て』などがある。

つわもの

木下昌輝《きのしたまさき》

2022年7月15日第1刷発行

発行者――鈴木章一

発行所――株式会社　講談社

東京都文京区音羽2-12-21　〒112-8001

電話　出版　(03)　5395-3510

販売　(03)　5395-5817

業務　(03)　5395-3615

Printed in Japan

講談社文庫

定価はカバーに
表示してあります

KODANSHA

デザイン―菊地信義

本文データ制作―講談社デジタル製作

印刷―――株式会社KPSプロダクツ

製本―――株式会社国宝社

ISBN978-4-06-528276-2

講談社文庫刊行の辞

二十一世紀の到来を目睫に望みながら、われわれはいま、人類史上かつて例を見ない巨大な転換期をむかえようとしている。

世界も、日本も、激動の予兆に対する期待とおののきを内に蔵して、未知の時代に歩み入ろうとしている。このときにあたり、創業の人野間清治の「ナショナル・エデュケイター」への志を現代に甦らせようと意図して、われわれはここに古今の文芸作品はいうまでもなく、ひろく人文・社会・自然の諸科学から東西の名著を網羅する、新しい綜合文庫の発刊を決意した。

激動の転換期はまた断絶の時代である。われわれは戦後二十五年間の出版文化のありかたへの深い反省をこめて、この断絶の時代にあえて人間的な持続を求めようとする。いたずらに浮薄な商業主義のあだ花を追い求めることなく、長期にわたって良書に生命をあたえようとつとめるところにしか、今後の出版文化の真の繁栄はあり得ないと信じるからである。

同時にわれわれはこの綜合文庫の刊行を通じて、人文・社会・自然の諸科学が、結局人間の学にほかならないことを立証しようと願っている。かつて知識とは、「汝自身を知る」ことにつきていた。現代社会の瑣末な情報の氾濫のなかから、力強い知識の源泉を掘り起し、技術文明のただなかに、生きた人間の姿を復活させること。それこそわれわれの切なる希求である。

われわれは権威に盲従せず、俗流に媚びることなく、渾然一体となって日本の「草の根」をかたちづくる若く新しい世代の人々に、心をこめてこの新しい綜合文庫をおくり届けたい。それは知識の泉であるとともに感受性のふるさとであり、もっとも有機的に組織され、社会に開かれた万人のための大学をめざしている。大方の支援と協力を衷心より切望してやまない。

一九七一年七月

野間省一